루키아노스의 진실한 이야기

세계문학 1
루키아노스의 진실한 이야기

초판 1쇄 펴낸 날 2013년 4월 5일

지은이 루키아노스
옮긴이 강대진
그린이 김태권
펴낸이 김삼수
펴낸곳 아모르문디
편 집 김소라 · 신중식

등 록 제313-2005-00087호
주 소 서울시 은평구 응암3동 287-21 202호
전 화 0505-306-3336 **팩 스** 0505-303-3334
이메일 amormundi1@daum.net
홈페이지 www.facebook.com/amormundibook

글 ⓒ 강대진, 2013 그림 ⓒ 김태권, 2013

ISBN 978-89-92448-18-5 04890
ISBN 978-89-92448-17-8(세트)

* 독자 북펀드에 참여해주신 분들(가나다순)
강명미 강문숙 강소영 강주한 금정연 김기남 김기남 김영란 김윤숙 김종완 김주현 김희곤 나준영 노재승 민정수 박기자 박무자 박혜미 박효선 서종도 신정훈 이경아 이상욱 이소영 이주효 이하나 장경훈 장은주 정유헌 정진우 조선아 채대광 최경호 최선희 한성구 허준호 현동우
* 이 도서의 국립중앙도서관 출판시도서목록(CIP)은
 e-CIP 홈페이지(http://www.nl.go.kr/ecip)에서 이용할 수 있습니다.
 (CIP제어번호: CIP2013001674)

Lucianus

루키아노스의
진실한 이야기

루키아노스 지음 | 강대진 옮김 | 김태권 그림

아모르문디

역|자|서|문

 고전어 번역자들의 꿈은 고전어 원문을 단어 대 단어로 옮기는 것, 즉 능동태, 수동태, 복문의 구조는 물론이고, 원문 단어의 품사까지 유지하는 것이다. 하지만 우리말과 희랍어, 라틴어는 아예 다른 어족에 속하니, 이것은 이루어질 수 없는 꿈이다. 그래도 할 수 있는 데까지 원문을 유지하려는 것이 이들의 습관이고 결벽증이다. 나도 이전에는 '원문에 가깝게'라는 원칙을 지키려 상당히 애를 썼고, 그것 때문에 편집자들과 갈등을 겪기도 했었다. 하지만 이 번역에서는 다소 '유연하게' 표현들을 바꾸고, 문장을 나누고, 엄밀하게 직역하기보다는 문장의 흐름이 부드럽게 이어지도록 했다. 우선 이 작품이 대중을 상대로 한 것이어서고, 또 사실 루키아노스 자신이 서양 고전의 가장 기본적인 목록에 들어가는 저자가 아니어서이기도 하다. 그러니 혹시 어떤 분이 원문을 대조해 보고, 역자가 이제 힘이 빠졌다거나 초심을 잃었다거나 하는 비판을 하더라도 기꺼이 받겠다.(사실은 이런 욕을 한번 먹어 봤으면 좋겠다. 한국에는 고전어를 공부한 사람이 한 줌밖에 되지 않기 때문에 이럴 위험이 거의 없다. 아니, 이것도 과장이다. '거의'가 아니라, '전혀'다.)

독자들은 루키아노스라는 이름을 아마 이 책에서 처음 접했을 것이다. 그는 호메로스나 베르길리우스처럼 기본적인 저자도 아니고, 소크라테스 이전 철학자들이나 헬레니즘 작가들처럼 철학사, 문학사에서 자주 거론되는 사람도 아니다. 서기 2세기에 살았던 이 사람은 재치 있는 다작의 산문 작가였다. 그는 자신의 글보다는 그의 영향을 받은, 『황금 당나귀』의 작가 아풀레이우스 때문에나 이따금 언급된다. 그의 글에서 운명에 대한 통찰이나 인간의 본질 같은 것은 찾으려 애쓰지 마시기 바란다. 그저 이 재미있는 문필가가 들려주는 이야기를 그냥 즐기면 된다. 옛사람들이라고 늘 진지하고 엄숙한 태도로 무거운 주제들만 천착했던 것은 아니다.

그렇다고 이 사람의 작품들이 가치 없단 뜻은 아니다. 그가 펼쳐 보이는 민담과 상상력의 세계는 다채롭고, 그 자체로 알차다. 그 이야기들은 우리 선조들이 수만 년 나누던 것이고, 지금 우리 시대에도 여전히 재생산되고 떠도는 것이다. 독자들은 그의 글을 읽으면서 라블레의 엄청난 과장이 어디서 유래했는지 알게 될 것이다. 또 그의 기이한 발상을 보면서 현대의 이야기들, 예를 들면 영화「아바타」에 나오는 환상의 세계가 그 상상력의 원천을 어디서 찾았는지 알

수 있을 것이다.(나는 「아바타」의 시나리오 작가들이, 물론 직접적으로는 『걸리버 여행기』의 영향을 받았겠지만, 틀림없이 그것의 모델인 「진실한 이야기 1」까지 읽었으리라고 확신한다.) 이런 상상력과 연결되어 있기는, 대다수 인간이 인공 장기를 사용하고 있는 미래 사회를 그린 SF 영화(예를 들면 「리포맨」)도 마찬가지다. 또 혹자는 세계 영화사의 맨 앞에 놓인 조르주 멜리에스의 「달세계 여행」에서도 루키아노스의 영향, 또는 적어도 그와 공통의 발상을 찾아낼 것이다. 한편 고래 배 속에서 일어난 일을 보면, 영화 「캐리비안의 해적」의 유령선 선원들이 어디서 그런 모습—귀상어 머리나 가재의 집게발을 지닌—을 얻었는지 알 수 있을 듯도 하다.

철학에 관심 있는 독자라면 「진실한 이야기 2」를 재미있게 읽을 수 있을 것이다. 일종의 '좋은 저승'에 사는 여러 철학자들이 우스운 모습으로 그려진다. 예를 들면 통 속에 살면서 알렉산드로스 대왕까지 희롱했다는 견유학파 디오게네스는 술주정뱅이가 되어 있고, 아이트나 화산에 몸을 던졌다는 엠페도클레스는 '통구이'가 되어 나타난다. 스토아학파 사람들은 고행 속에 덕을 쌓느라 거기 오지 못했고, 회의주의학파 사람들은 여전히 회의에 빠져 도착하지 못했다. '쾌락주의자' 에피쿠로스학파 사람들은 여기저기 잔치 자리에서 큰 인기를 누리고 있다.

철학자들을 조롱하기는 「죽은 자들의 대화」에서도 마찬가지인데, 우리는 거기서 소크라테스와 아리스토텔레스가 보통과는 다른 평가를 받는 것을 볼 것이다.(소크라테스는 미동(美童)들을 탐하고, 아리스토텔레스는 부유한 미남 제자 알렉산드로스를 갈취한다.) 물론 이 부분의 주류는 주로 견유학파의 입장에서, 속된 자들이 좇는 부와 권력, 명예가 얼마나 덧없는 것인지 밝히는 내용들이다. 저승의 신적 존재들도 우습게 그려진 경우가 많다. 카론은 자기 승객과 뱃삯을 두고 다투고, 헤르메스는 카론에게 밀린 빚을 갚으라고 독촉한다. 알렉산드로스 대왕 부자(父子)는 서로 자기가 더 뛰어나다고 다투며 상대를 깎아내린다. 이렇게 누가 더 잘났는지 다투는 경우, 더러는 알렉산드로스와 한니발의 경우처럼 어느 한쪽이 더 나은 것으로 판정이 나는 때도 있지만, 대개는 죽은 자는 어차피 모두 동등하다는 쪽으로 결론이 난다. 특히 누가 더 잘생겼는지 다투는 경우에 그렇다.

「저승 가는 길, 또는 참주」와 「카론, 또는 구경꾼들」에서는 인간사의 무상함과 인간들의 헛된 욕심, 다툼 따위가 관조되고 비판된다.

마지막에 붙은 「꿈, 또는 루키아노스의 생애」는 아마도 자전적 요소가 들어 있는 작품으로, '헤라클레스의 선택'이라고 알려진 우화의 다른 판본을 우스개를 섞어 보여 주고 있다. 마지막에 이야기의 틀이 깨지는 대목은 서사 이론에 관심 있는 분들께 흥미로울 테고, 화자가 젊은이들에게 가난에 기죽지 말고 학업을 계속하라고 독려하는 대목 또한 가슴을 울린다. 한편 장래의 직업을 선택할 기로에 놓인 화자에게 교육의 여신이 펼치는 논변은, 모든 직업이 평등하다는 현대의 '공식적' 주장과는 큰 차이가 있지만, 솔직하게 말하자면 오늘날 많은 부모들이 공부를 게을리하는 자기 자식들에게 늘어놓는 잔소리와도 비슷한 데가 있다. 예나 지금이나 교육과 출세의 관계에 대한 생각은 별 차이가 없는 것이다. 결국 루키아노스의 작품들은, 우리가 재미로 서로 들려주는 이야기들에서나, 살아가며 마주치는 여러 상황에서 보이는 태도에서나, 옛사람들과 별로 달라진 게 없다는 걸 보여 주는 셈이다.

나는 이 작은 번역서를 서양 고전 번역에 지대한 공을 세우신 천병희 선생님(단국대 명예교수)께 바치고자 한다. 천병희 선생님이 아니었다면, 한국의 독자들은 서양 고전의 주요 작품들을 읽기 위해 앞으로도 십수 년은 더 기다렸어야 했을 것이고, 서양 고전학과 그 이웃 학문의 전공자들도 원전을 확인하는 데 훨씬 더 고생했을 것이다. 나는 늘 천병희 선생님께 문화훈장을 드려야 한다고 주장해 왔지만 그 주장이 전혀 실현될 기미가 보이지 않으니, 고전 번역자들끼리라도 이런 식의 작은 선물을 모아 일종의 '훈장'을 만들어 드려야 하지 않을까 싶다. 개인적으로도 나는 천병희 선생님을 대할 때마다 늘 감동과 존경의 염을 느끼곤 하는데, 인생의 고난에 굴하지 않은 그 거인적 인내와 자신을 드러내지 않으면서 꾸준히 작업을 계속하는 성실성 때문이다. 나의 보잘것없는 이 헌정은 거인 덕에 넓은 세상을 본 작은 인간의 조촐한 선물이고, 그 거인의 발걸음을 따라가고자 애쓰는 후배 번역자의 자기반성이자 다짐이기도 하다.

2013년 3월 강대진

차례

역자 서문 • 4

진실한 이야기 1 • 11
진실한 이야기 2 • 49
저승 가는 길, 또는 참주 • 91
카론, 또는 구경꾼들 • 123
죽은 자들의 대화 • 155
꿈, 또는 루키아노스의 생애 • 249

작가에 대하여 • 264
찾아보기 • 268

이 번역본을, 존경하는 천병희 선생님께 바친다.

일러두기

- 이 책은 희랍어 원전을 우리말로 옮긴 것이다.
- 저본으로는 뷔데(Budé) 판(Jacques Bompaire 편집·번역, *Lucien*, Belles Lettres, Paris, t. II, 1998, t. IV, 2008)과 로엡(Loeb) 판(A. M. Harmon 편집·번역, *Lucian*, Harvard University Press, Cambridge Mass., Vols. 1~3, 2006, 초판 1913~1915, M. D. Macleod 편집·번역 Vol. 7, 1961)을 함께 이용하였으며, 두 판본이 차이 나는 곳(대개 고유 명사의 표기)은 대체로 뷔데 판을 따랐다.
- 희랍어 표기는 옮긴이의 원칙에 따라 최대한 원어의 발음에 가깝게 하였다.
- 본문 옆의 아라비아 숫자는 희랍어 원전의 장(章) 번호이다. 단, 「죽은 자들의 대화」에서 이 숫자는 각 장 아래의 절(節)을 가리킨다.
- 본문의 각주는 모두 옮긴이주이다.

진실한 이야기 1
Ἀληθῆ Διηγήματα

이 작품의 내용은 1인칭 화자가 들려주는 황당한 모험 이야기이다. 화자는 진실인 척하면서 거짓말을 늘어놓는 다른 저자들과는 달리, 솔직하게 대놓고 엄청난 거짓말을 들려주겠노라고 선언하고 이야기를 시작한다. 주인공이 50여 명의 동료와 함께 배를 타고 세상을 떠돌며 겪은 일이다. 그들의 모험은 크게 네 부분으로 되어 있다. 우선 포도주가 강처럼 흐르는 섬에서 포도나무 여인들을 만난 이야기. 이 모험 직후에 그들은 배가 갑작스러운 돌풍에 휘말리는 바람에 공중으로 날아가게 되고, 이후 한동안 공중에 떠 있는 섬들에 들르게 된다. 그들은 우선 달에 도착해서, 달 종족이 태양 종족과 전쟁하는 데 동참한다. 이 부분에서는 달 종족의 기이한 신체적 특징과 풍습도 함께 소개된다. 다시 바다로 내려온 다음에는 우선 등잔들의 나라에 들른다. 그 후에는 거대한 고래가 이들의 배를 삼킨다. 한데 고래 배 속에는 상당한 크기의 섬이 있고, 사람도 살고 있다. 일행은 그 사람들을 괴롭히는 이상한 종족들과 전쟁을 한다. 고래가 입을 벌렸을 때 그 바깥에서 섬을 조각배처럼 이용하는 거인들의 해전도 목격한다. 이야기는 다음 편으로 이어진다.

내가 보기에, 운동선수들이나 신체 단련에 몰두하는 사람들이   1
단지 몸의 상태나 운동에만 신경 쓰는 게 아니라 시기적절하게 휴식
하는 데도 신경을 쓰는 것처럼—사실 이들은 이것을 훈련의 가장
큰 부분으로 생각한다—, 열심을 다해 공부하는 사람들도 학문적
인 글을 많이 읽은 다음에는 머리를 좀 풀어 주고 앞으로의 수고를
위해 더 잘 준비된 상태로 만들어 주는 게 마땅하다.
    한데 다음과 같은 읽을거리를 취하면 이들에게 적절한 휴식이 될   2
듯하다. 즉, 그저 재치 있고 품위 있는 여흥거리만 제공하는 게 아니
라, 무사(Mousa) 여신과 무관치 않은 어떤 통찰까지 보여 줄 그런
것 말이다. 나는 그들이 이 글을 그런 종류의 것으로 여기리라고 생
각한다. 왜냐하면 단지 주제가 신기하고 짜임이 우아해서, 그리고 여

러 종류의 거짓말을 그럴싸하고 진실해 보이게 제시해서뿐 아니라, 이야기들 각각이 옛 시인들, 역사가들, 철학자들 중 어떤 이를 다소간 우스꽝스럽게 암시하고 있어서다. 이들은 여러 기이한 일들과 일화들을 기록한 이들인데, 나는 이들의 이름까지 밝힐 수도 있었지만 그러지 않았다. 당신 자신이 이미 읽은 것에서 그것이 분명하게 드러나리라고 생각해서다.

예를 들면 크니도스 출신 크테시오코스의 아들 크테시아스[1] 같은 사람인데, 그는 인디아에 대해서 그리고 그곳 사람들의 사정에 대해서 많이도 썼지만, 그것은 그 자신이 직접 본 것도 아니고 누군가 진실을 말하는 사람에게서 들은 것도 아니다. 또 이암불로스도 큰 바다의 사정에 대해서 많은 기이한 일들을 적었는데, 누가 봐도 뻔한 거짓말들을 지어낸 것이지만, 그래도 재미가 없진 않은 얘기들을 모아 묶었다. 그리고 다른 많은 사람들도 이들과 같은 의도에서 자신들의 어떤 방랑과 여행에 대해, 거대한 짐승에 대해, 야만적인 인간들, 기이한 생활 방식들에 대해 적어 들려주었다. 이들의 선구자이자, 이와 같은 장난질의 스승은 호메로스의 오뒷세우스였다. 그는 알키노오스 왕과 그 측근들에게, 바람들을 잡아 묶은 얘기라든지, 외눈박이들, 식인 거인들, 그리고 어떤 야만인들에 대해, 또 머리가 여럿 달린 괴물, 동료들이 약을 먹고 돼지로 변한 일 등을 이야기해

3

---

[1] 기원전 400년경 페르시아 왕 아르탁세륵세스의 시의(侍醫). 「페르시카」, 「인디카」 등의 저술을 남겼다.

루키아노스

주었고, 그와 같은 많은 것들로 물정 모르는 파이아케스 인들을 감탄하게 만들었었다.

하지만 이 모든 이들을 만나면서도 나는 그들이 거짓말한 것에 대해서는 그다지 비난하지 않았다. 왜냐하면 이것이 이미 심지어 철학을 하노라고 공언하는 사람들 사이에서까지 관례화되었다는 걸 알기 때문이다. 하지만 이들에게서 이것만큼은 좀 놀라웠는데, 어떻게 그들이 진실하지 않은 얘기를 쓰면서도 들키지 않을 거라고 생각했는가 하는 점이다. 그래서 나도 허영심의 부추김을 받아, 후세 사람들에게 뭔가 남겨 주려고 노력했다. 마음 내키는 대로 이야기할 자유를 나만 누리지 못할까 봐서다. 나로서는 진실하게 이야기할 만한 걸 전혀 갖고 있지 않았다. 언급할 가치가 있는 일을 전혀 겪은 바 없기 때문이다. 그래서 나는 거짓말 쪽으로 방향을 돌렸다. 하지만 그래도 다른 사람들에 비해서는 훨씬 정직한 편이다. 적어도 이것 하나, 즉 내가 거짓말을 하고 있다는 발언만큼은 진실하기 때문이다. 그러니 나는, 진실을 이야기하는 건 아니라는 점을 스스로 인정함으로써, 사람들의 비판을 벗어나 있는 것 같다. 따라서 나는, 내가 본 것도 겪은 것도 누구에게서 들은 것도 아닌 얘기들을 적는 중이다. 더 나아가 전혀 존재하지도 않는 것들, 애당초 존재할 수도 없는 것들에 대한 얘기들이다. 그러니 이 이야기들을 읽는 사람들은 그것을 결코 믿지 말아야 한다.

언젠가 나는 헤라클레스의 기둥에서 출발하여 서쪽 바다를 향하여 순풍을 받아 항해했다. 그 여행의 이유와 목적은 지적인 활동에 대한 열의와 새로운 것에 대한 열망, 그리고 바다의 끝은 어떤 것인지, 저 너머에는 어떤 사람들이 살고 있는지 알고 싶은 마음 등이었다. 이를 위해 나는 많은 양의 식량을 싣고, 물도 충분히 실었으며, 나와 같은 뜻을 가진 동년배 50명을 모았다. 또 무기도 아주 많이 갖추고, 큰 보수를 제시하여 최고의 사공을 데려갔으며, 배는 아주 가벼운 배였는데 길고 험한 항해를 감당해 낼 수 있도록 강화하였다.

그렇게 해서 하루 밤낮을 순풍을 받아 항해하였는데, 육지를 멀리 보면서 아직 그다지 바다로 멀리 나가지는 않았다. 하지만 다음 날 해가 뜨자마자 바람이 강해지고 파도가 높아지면서 어둠이 내리덮여, 이제는 돛을 거둬들일 수조차도 없었다. 그래서 우리는 바람에 내맡겨진 채 자포자기 상태로 79일 동안이나 떠밀려 갔다. 하지만 80일째에 갑자기 태양이 빛났고, 우리는 멀지 않은 곳에서 높직하고 숲이 우거진 섬을 발견하였다. 그것을 별로 험하지 않은 파도가 에워싸고 철썩이고 있었다. 이미 풍랑이 많이 잦아들었기 때문이다.

그래서 거기로 접근하여 상륙해서는, 너무 오랫동안 고생했으므로 한참이나 땅바닥에 쓰러져 있었다. 하지만 결국 다시 일어나서, 우리 가운데 서른 명은 배를 지키기 위해 거기 머물고, 스무 명은 나와 함께 섬의 상황을 살피러 떠나기로 했다.

한데 숲을 가로질러 바다로부터 3스타디온[2] 정도 전진했을 때, 우리는 청동으로 된 어떤 기둥을 발견했다. 거기에는 희랍 글자가 새

6

7

---

2) 1스타디온은 지역에 따라 다르지만 대체로 180미터 전후이다.

겨져 있었는데, 이미 닳아서 희미해진 그것은 "여기까지 헤라클레스와 디오뉘소스가 왔었노라"라는 내용이었다. 그리고 바위 위에 발자국 두 개가 서로 가까이 있었는데, 하나는 1플레트론[3]이나 되고, 다른 쪽은 그것보다 작았다. 내 생각에 좀 더 작은 쪽이 디오뉘소스의 것이고, 다른 것은 헤라클레스 것 같았다. 그래서 우리는 그것에 경배를 드리고 계속 나아갔다. 그러고서 얼마 가지 않아 우리는 포도주가 흐르는 강가에 서게 되었는데, 그 포도주는 키오스에서 나는 것과 아주 흡사하였다. 수량이 아주 많고 풍부하여, 곳에 따라서는 배가 다닐 수도 있을 정도였다. 그래서 우리로서는 기둥에 새겨진 글을 더욱 믿을 수밖에 없게 되었다. 디오뉘소스가 방문했던 증거를 보았기 때문이다. 나는 그 강이 어디서 시작하는지 알아보러, 흐름을 거슬러 올라가기로 했다. 하지만 내가 발견한 것은 샘이 아니라, 수많은 거대한 포도나무들이었다. 그것들은 포도송이로 무성했고, 각각의 뿌리 곁에서 맑은 포도주 방울들이 흘러나오고 있었으며, 거기서 강이 생겨나고 있었다. 그 강에서 많은 물고기들을 볼 수 있었는데, 색깔에서나 맛에서나 포도주에 가까웠다. 그래서 우리는 그것들 중 몇 마리를 잡아먹고는 술에 취해 버렸다. 그리고 그것들의 배를 갈라 보자 그 안에는 당연히 포도 앙금이 가득하였다. 하지만 나중에 우리는 머리를 써서, 물에서 잡은 다른 물고기들을 섞어 넣어 지나치게 강한 술기운을 조절하였다.

---

[3] 1/6스타디온(약 30미터).

그런 다음 건널 수 있는 곳에서 강을 건너고 나서, 우리는 놀라운 포도나무를 발견했다. 왜냐하면 그것의 일부는 땅에서 솟아난 튼실하고 굵직한 밑둥 자체였지만, 그 위로는 여인의 모습이었기 때문이다. 그들의 허리부터는 모든 것이 완벽했다. 마치 우리들이, 아폴론이 막 잡으려는 순간에 나무로 변하는 다프네[4]를 그리는 것 같은 모습이었다. 그들의 손가락 끝에서는 새 가지가 돋아나 있었고, 포도송이도 주렁주렁 달려 있었다. 특히 그들의 머리는 덩굴손과 잎과 포도송이로 뒤덮여 있었다. 우리가 다가가자 그들은 우리를 환영하며 맞아 주었는데, 일부는 뤼디아 말을, 일부는 인디아 말을, 하지만 대부분은 희랍 말을 했다. 그들은 우리에게 입을 맞추기까지 했는데, 입맞춤을 받은 사람은 즉시 술에 취해 비틀거렸다. 하지만 그들은 열매를 따는 것은 허용하지 않았고, 열매를 뜯어내면 고통스러워하고 비명을 질렀다. 그녀들 중 일부는 우리와 몸을 섞고 싶어 했다. 그래서 동료들 중 둘이 그녀들에게 다가갔는데, 다시 풀려나지 못하고, 성기가 잡혀 묶이고 말았다. 그것이 달라붙어 뿌리를 내리고 말았기 때문이다. 그러자 이제 그들의 손가락에서도 가지가 자라났고, 덩굴손에 휘감겨 금방이라도 열매를 맺을 기세였다.

우리는 그들을 남겨 두고 배로 달아났고, 남아 있던 사람들에게 가서 다른 일들도, 그리고 동료들이 포도나무와 결합한 것도 모두 이야기해 주었다. 그러고는 암포라를 몇 개 가져다가 물도 담고, 강

---

[4] 아폴론의 사랑을 거부하고 월계수로 바뀌었다는 여인.

에서 포도주도 담았다. 그리고 그곳에서 바다 가까이서 야영하고, 새벽에 그다지 강하지 않은 바람을 타고 바다로 나갔다.

정오쯤에 더는 그 섬이 보이지 않게 되었는데, 갑자기 폭풍이 일어나 배를 빙빙 돌려서는 공중으로 3백 스타디온만큼이나 들어 올려 바다로 내려놓질 않았다. 한데, 공중에 떠 있는 그것을 바람이 돛들로 불어닥쳐 돛폭을 한껏 부풀리며 밀어 갔다.

일곱 낮과 같은 수의 밤 동안 허공을 달려서 여덟째 날에 우리는 어떤 거대한 땅덩이가 마치 섬처럼 공중에 떠 있는 것을 내려다보게 되었다. 그것은 빛나는 공 모양이었고 엄청난 빛을 발하고 있었다. 그것에 다가갔을 때 우리는 닻을 내리고 하선하였다. 주변을 탐험하던 우리는 거기 누군가 살고 있으며 땅이 경작되어 있다는 걸 알게 되었다. 거기서 우리는 낮 동안 아무것도 보지 못했으나, 밤이 다가오자 주변에 있는 많은 다른 섬들이 보이기 시작했다. 어떤 것은 더 크고, 어떤 것은 좀 더 작았으며, 색깔은 불과 같았다. 그리고 어떤 다른 땅이 아래쪽에 있었는데, 거기에는 도시들과 강들이 있고, 바다와 숲, 산들이 있었다. 우리는 그것이 우리가 사는 땅이라고 짐작했다. 10

우리는 계속 더 전진하기로 결정했다. 그러다가 자기들 세계에서 '독수리 탄 사람들(Hippogypoi)'라고 불리는 자들과 마주쳐 붙잡히게 되었다. 이 '독수리 탄 사람들'은 거대한 독수리를 타고 다니며, 그 새들을 마치 말처럼 이용하고 있었다. 그 독수리들은 거대하고 대개는 머리를 셋 갖고 있었다. 독자는 그것들의 크기를 다음과 같 11

은 사실에서 추정할 수 있을 것이다. 즉, 그것들은 거대한 화물선의 돛대보다 더 길고 굵은 깃털을 갖고 있다는 점이다. 그런데 이 '독수리 탄 사람들'에게는, 그 땅을 두루 날아다니다가 혹시 낯선 자가 발견되면 자기들 왕에게 끌고 가는 임무가 부여되어 있었다. 그래서 그들은 우리를 잡아서는 그에게 끌고 갔다. 그는 우리를 보고는 옷차림으로 미루어 짐작하고서 이렇게 말했다. "이방인들이여, 당신들은 희랍인이오?" 우리가 그렇다고 하자, 그가 말했다. "저 큰 허공을 어떻게 가로질러 여기에 왔소?" 그래서 우리는 모든 일을 그에게 자세히 설명했다. 그러자 그도 자신에 대해 우리에게 설명하기 시작했다. 그 역시 인간으로서 이름은 엔뒤미온인데, 잠들어 있는 사이에 우리가 사는 땅으로부터 납치되어 거기 도착했고, 그 지역을 다스리고 있다는 것이다. 또 그는 그 땅이, 우리에게 빛을 비춰 주는 달이라고 설명했다. 하지만 그는 우리에게 용기를 가지라고, 위험에 대한 어떤 의혹도 갖지 말라고 격려했다. 우리에게 필요한 모든 것을 자신이 제공하겠다는 것이다.

"그리고 만일 내가 지금 태양에 사는 사람들과 수행하고 있는 전쟁을 성공적으로 마치면, 당신들은 내 곁에서 모든 인간 중 가장 행복하게 살게 될 것이오." 그래서 우리는 적들이 어떤 자들인지, 분쟁의 원인은 무엇인지 물었다. 그가 답했다. "그 적은 태양 거주자들의 왕인 파에톤이오.—저 태양에도 달과 마찬가지로 사람이 살고 있으니 말이오.—그들은 벌써 아주 오랫동안 우리와 싸우고 있소. 그 전쟁은 이러한 이유로 시작되었소. 예전에 나는 내 나라 안에서 가장

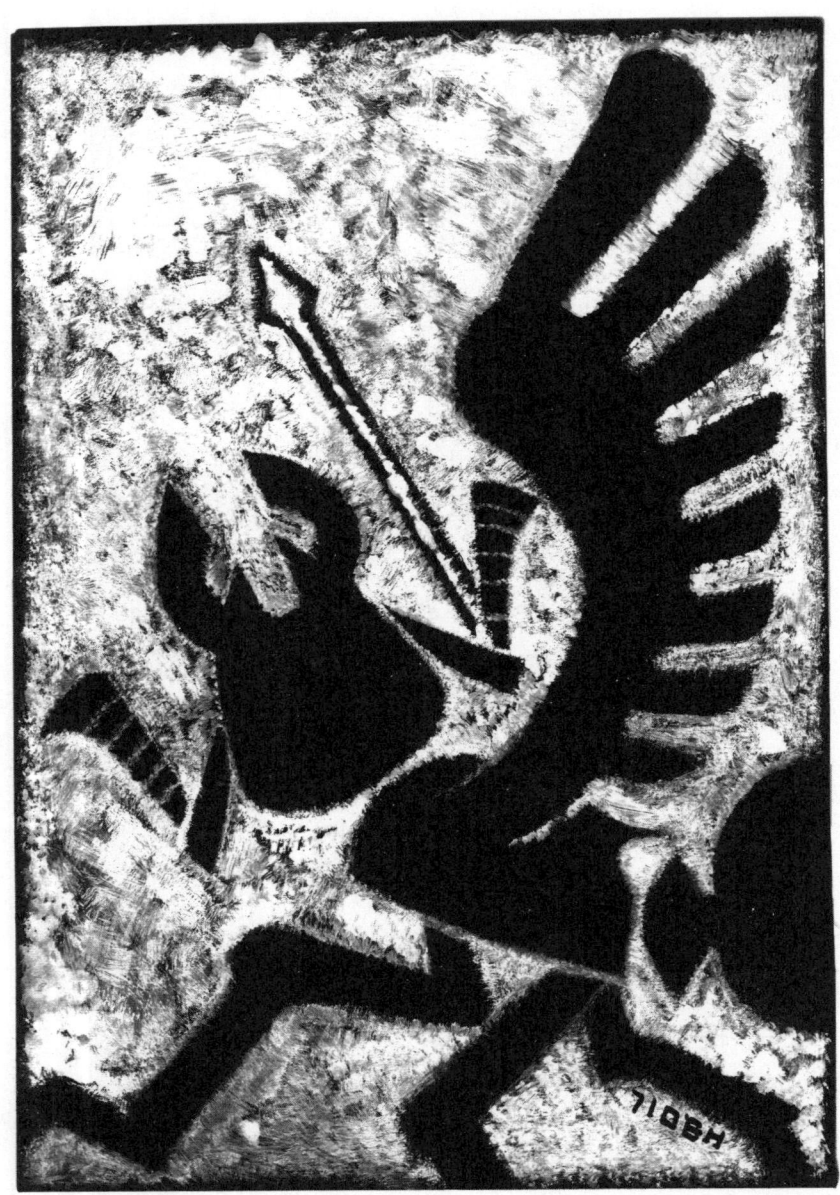

태양 종족의 왼쪽 날개를 맡은 '개미 탄 자들'

가난한 사람들을 모아서 샛별로 식민단을 보내려 했소. 거기는 비어 있었고, 아무도 살지 않았었다오. 한데 파에톤이 질투심에서 '개미 탄 사람들'의 선두에 서서 도중에 식민단을 만나 가로막았소. 그때 우리는 거기서 패배하여 퇴각했소. 그들의 적수가 될 만큼 준비되지 않았기 때문이오. 하지만 이제 다시 전쟁을 치르고 식민단을 보내려 하오. 그러니 혹시 그대들이 원한다면, 나와 함께 원정에 동참하시오. 내가 당신들 각 사람에게 왕의 독수리들 중 하나씩을 주고 다른 장비들도 주겠소. 우리는 내일 출정할 것이오." 나는 대답했다. "그대에게 그게 좋아 보인다니, 그렇게 하지요."

그렇게 해서 우리는 그의 곁에서 밤을 보내며 머물렀는데, 새벽에는 일어나 위치를 잡고 정렬하게 되었다. 정찰병들이, 적들이 가까이 있다고 알려 왔기 때문이다. 한데 우리 병력의 숫자는 장비 운반자들과 기술자들, 보병과 이방인 동맹자들을 제외하고 10만 명이었다. 그들 중 8만 명은 '독수리 탄 사람들'이었고, 2만 명은 '채소 날개'를 탄 자들이었다. 이 '채소 날개' 또한 거대한 새인데, 털 대신 온통 채소가 돋아나 있었고, 양상추 잎과 흡사한 깃털을 지니고 있었다. 이들 곁에는 '좁쌀 투척병들'과 '마늘 전사들'이 정렬되어 있었다. 또한 그에게 큰곰자리에서 동맹군들이 왔는데, '벼룩 궁수들' 3만 명과 '바람 타고 달리는 자들' 5만 명이었다. 이들 가운데 벼룩 궁수들은 거대한 벼룩을 타고 있어서 그러한 호칭을 얻었는데, 그 벼룩들의 크기는 코끼리 열두 마리 정도였다. 한편 '바람 타고 달리는 자들'은 보병들로서 날개 없이도 허공으로 날아다닌다. 그들의 이동 방

13

법은 이러하다. 즉, 다리까지 오는 긴 키톤[5]을 허리춤에서 묶어 바람으로 부풀려서는 돛처럼 이용하여 마치 배처럼 이동하는 것이다. 이러한 자들은 대개 전투에서 경방패병 역할을 한다. 또한 갑파도키아 너머의 별들로부터 7만 명의 '참새 도토리들'과 5천 명의 '두루미 탄 자들'이 올 것이라는 얘기가 있었다. 나는 이들은 보지 못했다. 그들이 도착하지 않았기 때문이다. 그래서 나는 그들의 특성에 대해 기록할 만큼 배짱을 부리진 못했다. 그들에 대해서 놀랍고 믿을 수 없는 얘기들이 퍼져 있었기 때문이다.

엔뒤미온의 군세는 위와 같았다. 한편 모든 사람의 장비는 똑같았다. 투구는 콩으로 만들었는데, 그들의 콩은 크고 단단하기 때문이다. 비늘 흉갑은 층층이부채꽃으로 되어 있었다. 그들은 층층이부채꽃의 껍질을 꿰매어 이어서 흉갑을 만들었기 때문이다. 그곳에서는 층층이부채꽃의 껍질이 마치 뿔처럼 깨지지 않는다. 14

하지만 방패와 칼은 희랍식이었다. 때가 되자, 다음과 같이 정렬하였다. 오른쪽 날개는 '독수리 탄 자들'이 맡았고, 왕도 자신의 가장 뛰어난 자들을 데리고서 거기 섰다. 우리는 이들 중에 속해 있었다. 한편 왼쪽 날개는 '채소 날개'들이 맡았다. 중앙은 동맹군들이 각기 원하는 대로 맡았다. 보병은 약 6천만이었는데, 다음과 같이 정렬했다. 그곳에는 거대한 거미가 많았는데, 하나하나가 퀴클라데스 섬들 15

---

[5] 희랍인들이 속옷처럼 입던 의복. 그 위에 외투나 망토 따위를 걸쳤다가 실내에서는 키톤만 입고 지냈다. 현대의 속옷과는 좀 다른 느낌이어서 그냥 '키톤'이라고 옮겼다.

보다 훨씬 더 컸다. 그들에게는 달과 샛별 사이의 허공을 거미줄로 덮으라는 임무가 주어져 있었다. 그들이 임무를 완수하여 벌판이 만들어지자마자, 그 위로 보병들을 정렬시켰다. 이들을 에우디아낙스(좋은 날씨)의 아들 뉙테리온(부엉이)과 다른 두 사람이 지휘했다.

적들의 왼쪽 날개는 '개미 탄 자들'이 맡았고, 그 가운데에 파에톤이 있었다. 그것들은 어마어마한 크기의 동물로 날개가 달려 있었는데, 크기만 제외하고는 우리 세계의 개미와 흡사했다. 그들 중 가장 큰 것은 2플레트론[6]이나 되었기 때문이다. 한데 그것들을 탄 자들뿐 아니라 이 동물들도 싸웠는데, 특히 더듬이를 이용해서 그랬다. 이들의 숫자는 약 5만으로 알려져 있었다. 그들의 오른쪽에는 '공중 모기'들이 정렬해 있었다. 이들도 약 5만이었는데, 모두가 거대한 모기를 탄 궁수들이었다. 이들 다음에는 '공중 춤꾼'들이 있었는데, 이들은 가벼운 무장을 갖춘 보병이었다. 하지만 그럼에도 이들 역시 대단한 전투병이었다. 이들은 멀리서 거대한 순무를 던졌는데, 이것에 맞은 사람은 잠깐도 견디지 못하고 죽어 버렸기 때문이다. 그리고 상처에서는 지독한 냄새가 났다. 사람들이 말하길 그들은 무기에 당아욱의 독을 바른다고 했다. 그들 곁에는 '줄기 버섯'들이 정렬해 있었다. 그들은 접근전을 벌이는 중무장병들인데, 숫자는 1만이었다. 그들이 '줄기 버섯'이라고 불리는 이유는, 버섯으로 된 방패

16

---

6) 플레트론은 길이 단위(약 30미터)로도 쓰이고, 그 길이의 제곱인 넓이 단위(약 9백 제곱미터)로도 쓰이는데, 여기서는 넓이 단위로 쓰인 것으로 보인다. 즉, 가로 세로 모두 약 60미터씩 되는, 전체 3천 6백 제곱미터 정도의 넓이이다.

와 아스파라거스 줄기로 된 창을 사용하기 때문이었다. 그들 가까이에는 '개 도토리'들이 서 있었는데, 이들은 세이리오스 별에 거주하는 자들이 파에톤에게 보낸 것이다. 그들은 5천 명으로, 개의 얼굴을 하고 날개 달린 도토리 위에서 싸우는 인간들이었다. 또 사람들은 파에톤의 동맹자들 가운데 좀 늦는 이들도 있다고 했다. 이들은 은하수에서 불러온 투척병들이고, 또 '구름 켄타우로스'들도 있다고 했다. 후자는 전투가 결판난 다음에 도착했다.―그러지 않았더라면 좋았을 것을!―반면에 투척병들은 전혀 모습을 보이지 않았다. 그래서 사람들이 말하길, 나중에 파에톤이 그들에게 분노하여 그들 나라를 불태워 버렸다고 한다.

이와 같은 준비를 갖추고서 파에톤이 닥쳐오고 있었다. 깃발들이 올라가고 양 진영의 나귀들이 울부짖자―그들은 나팔수 대신 나귀들을 이용했다―그들은 뒤섞여 싸웠다. '태양 종족'의 왼쪽 날개는 곧 도주하였고 '독수리 탄 사람들'의 공격을 받아 내질 못했다. 그래서 우리는 살육하며 추격하였다. 하지만 그들의 오른쪽 날개는 우리 쪽의 왼쪽 날개를 제압했고, '공중 모기'들이 보병들 있는 데까지 추격해 왔다. 거기서 보병들이 도우러 달려가자, 그들은 돌아서서 달아났다. 특히 자기 편의 왼쪽 날개가 패한 것을 알게 되자 더 급히 도주했다. 전세의 반전이 명확해졌을 때, 많은 적들이 산 채로 잡혔고, 또 많은 수가 죽임을 당했다. 구름 위로 엄청난 피가 흘러서, 그것이 젖어 붉게 보일 정도였다. 마치 우리 세계에서 해가 질 때 같았다. 또 한 다량의 피가 땅으로 흩뿌려져서, 내가 보기에, 호메로스가 제우스가 사르페돈의 죽음을 위해 피의 비를 내렸다고 여긴 것[7]은 이 같은 어떤 일이 이전에도 위에서 일어나서 그런 게 아닌가 싶을 정도였다.

우리는 추격을 그치고 돌아와서 두 개의 승전비를 세웠다. 하나는 거미줄 위에서 보병전에 이긴 것을 위해, 다른 하나는 구름 위에서 공중전에 이긴 것을 위해서였다. 이런 일이 일어나고 있던 바로 그때, 정탐꾼들이 '구름 켄타우로스'들이 닥쳐오고 있다고 알려 왔다. 그들은 전투가 있기 전에 파에톤을 지원하러 도착했어야 했던 자들이다. 그리고 그들이 다가와 모습을 드러냈는데, 전혀 예상치 못한 놀라운 모습이었다. 날개 달린 말과 인간이 함께 섞인 모습이었던 것이다. 허리에서부터 위쪽에 있는 인간의 크기는 로도스 섬의 콜롯소스[8]만 했고, 말의 크기는 거대한 화물선만 했다. 하지만 그들의 숫자는 기록하지 않겠다. 사람들에게 믿을 수 없는 것으로 보일지도 모르기 때문이다. 그 정도로 많았다. 한데 이들은 황도 12궁에서 온 궁수[9]가 지휘하고 있었다. 이들은 자기들의 친구들이 패배한 것을 보자 파에톤에게 다시 돌아오라는 전언을 보냈고, 자신들은 전열을 갖춰서 무질서한 상태의 '달 종족'에게로 달려들었다. 달 종족은 추격하고 약탈하느라 무질서하게 흩어져 있었던 것이다. 그들은 달 종

18

---

7) 『일리아스』 16권 459행.
8) 기원전 3세기 초 로도스에 세워졌던 태양신의 거대한 조각상. 높이가 30미터 이상 되어, 고대의 7대 불가사의 중 하나로 꼽혔다.
9) 즉, 궁수자리(Sagittarius)의 궁수. 이 역시 대개 켄타우로스로 그려진다.

족 전체를 돌아서 달아나게 만들었고, 왕 자신을 도시 앞에까지 추격하였으며 그의 새들의 대다수를 죽였다. 그들은 승전비들을 뽑아 버리고, 거미들이 짜 놓은 온 벌판을 두루 달렸으며, 나와 내 동료 중 두 사람을 포로로 잡았다. 그때는 이미 파에톤까지 와 있었고, 그들에 의해 다른 승전비가 세워지고 있었다. 우리는 그날로 태양으로 끌려갔다. 두 손은 거미줄 잘라 낸 것으로 뒤로 묶인 채였다.

그들은 도시를 포위하지는 않기로 결정했다. 하지만 돌아가는 길에 공중의 중간에 장벽을 쌓았다. 더 이상 빛이 해에서 달로 도달하지 못하게 하자는 것이었다. 그 성벽은 두 겹으로서 구름으로 이루어진 것이었다. 그렇게 해서 진짜 월식이 일어났고, 달 전체가 늘 계속되는 밤에 휩싸였다. 이러한 상황에 압박을 받은 엔뒤미온은 사람을 보내서 그 건축물을 없애 달라고, 자신들이 어둠 속에서 살아가게 내버려 두지 말라고 간청했다. 그러면서 공물을 보내겠다고 약속했다. 또 동맹자가 되고, 결코 그들과 전쟁을 하지 않겠다고. 그러면서 이 약속에 대한 볼모를 제공하기를 자원했다. 한데 파에톤 쪽 사람들은 두 번의 민회를 열었는데, 첫날은 분노를 버리지 않았지만, 둘째 날에는 마음을 바꿔, 다음과 같은 조건으로 화평이 이루어졌다.

아래와 같은 조건으로 태양 종족과 그 동맹자들은 달 종족과 그의 동맹자들과 더불어 협정을 맺었다.

태양 종족은 장벽을 허물고 결코 달로 쳐들어가지 않는다. 그리고 각자에게 정해진 몸값을 지불하면 포로들을 반환한다.

달 종족은 다른 별들에게 자치를 허용하고, 태양 종족을 향해 무기를 들지 않는다. 또 양자는 누군가 쳐들어오면 서로에게 동맹군이 되어 준다.

달 종족의 왕은 태양 종족의 왕에게 매년 이슬 1만 동이의 공물을 바친다. 또 자기 백성 중 1만 명을 볼모로 보낸다.

샛별로 가는 식민단은 공동으로 구성하고, 다른 사람들 중 자원자를 동참시킨다.

이 협정문을 호박금[10]으로 된 기둥에 새겨, 공통의 경계가 되는 공중에 세운다.

태양 종족에서는 퓌로니데스(불의 아들), 테레이테스(여름), 플로기오스(불꽃)가, 달 종족에서는 뉙토르(밤), 메니오스(달), 폴뤼람페스(많은 빛남)가 맹세했음.

이와 같이 평화가 이루어졌다. 장벽은 곧 철거되었고, 우리 포로들은 반환되었다. 우리가 달로 돌아갔을 때, 동료들이 마중 나와 눈물로 환영해 주었고, 엔뒤미온 자신도 나왔다. 그는 내가 거기 머물러서 식민에 동참하기를 원했다. 그러면서 자기 아들과 결혼시켜 주겠다고 약속했다. 그들 세계에는 여자가 없었기 때문이다. 나는 결코 설득되지 않았고, 아래쪽 바다로 보내 주기를 요구했다. 나를 설득할 수 없다는 것을 알자, 그는 우리를 7일 동안 접대한 후 보내 주었다.

---

10) 금과 은이 4 대 1로 섞인 합금.

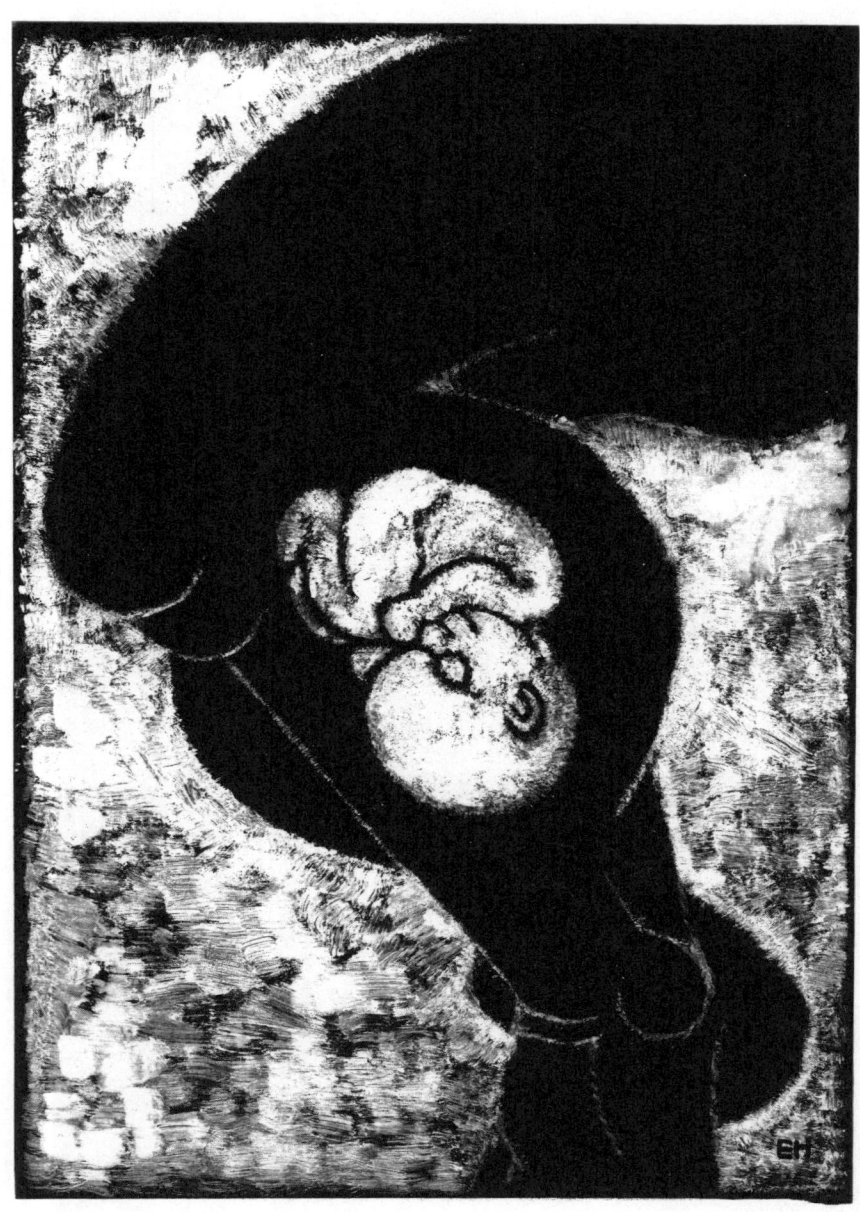

장딴지에 아기를 갖는 달 종족

22
　내가 달에서 시간을 보내면서 보았던 놀랍고 신기한 것들에 대해 얘기하고 싶다. 우선 그들은 여자에게서가 아니라 남자에게서 태어난다는 사실이다. 왜냐하면 그들은 남자와 결혼하고, 아예 여자라는 단어조차 알지 못하기 때문이다. 그래서 각 사람은 25세가 될 때까지는 결혼의 대상이 되고,[11] 그다음부터는 자신이 결혼을 한다.[12] 그들은 배 속이 아니라, 장딴지에 아기를 갖는다. 태아를 갖게 되면 장딴지가 뚱뚱해진다. 그리고 나중에 때가 되면 그것을 갈라서 죽은 아이를 끄집어낸다. 그리고 바람을 향해 입을 벌려 놓고서 아이를 살려 낸다. 내가 보기엔 장딴지[13]라는 명칭도 그들에게서 희랍인들에게로 온 것 같다. 그들에게서는 배 대신 이 부분이 아기를 담고 있기 때문이다. 한편 이보다 더 큰 다른 것도 이야기하겠다. 그곳에는 '나무 인간'이라 불리는 인간 종족이 있다. 이들은 다음과 같은 방식으로 태어난다. 그들은 사람의 오른쪽 고환을 잘라 내어 심는데, 거기서 마치 성기 모형(Phallos) 같은 거대한 살로 이루어진 나무가 자라난다. 그것은 가지도 잎도 지니고 있다. 그것의 열매는 크기가 한 완척[14]인 도토리이다. 그것이 익으면 사람들은 그것을 거두어 껍질을 벗기고 거기서 인간을 꺼낸다. 한편 그들은 인공적으로 덧붙여진 성기를 가지고 있다. 어떤 사람은 상아로 된 것을, 가난한

---

11) 즉, 아내 역할을 하고.
12) 즉, 남편의 역할을 한다.
13) 희랍어로는 '정강이의 위장(gastro-knemia)'.
14) 팔꿈치부터 새끼손가락 끝까지의 길이. 약 45센티미터.

사람들은 나무로 된 것을 갖고 있으며, 이것을 통해 자신들의 배우자와 결합하고 교접한다.

그곳 사람이 늙으면 죽지 않고 연기처럼 흩어져서 공기가 된다. 그리고 모두가 같은 음식을 먹는다. 즉, 불을 피워서는 숯 위에 개구리를 굽는 것이다. 그들의 세계에는 공중을 날아다니는 개구리가 아주 많기 때문이다. 개구리가 구워지면 마치 식탁에 둘러앉듯 자리 잡고 앉아서 솟아오르는 연기를 들이마시고 즐긴다. 음식은 이런 식으로 먹고, 음료는 공기를 컵에 짜서 마치 이슬처럼 만들어 마신다. 그들은 소변도 대변도 보지 않으며, 우리처럼 몸에 구멍이 있는 것도 아니다. 소년들도 엉덩이로 성적인 결합을 제공하는 게 아니라, 장딴지 위의 오금으로 한다. 거기에 구멍이 있기 때문이다.

거기서는 머리털이 없고 대머리이면 아름다운 것으로 여겨지고, 긴 머리를 한 사람(kometes)은 혐오를 받는다. 하지만 혜성(kometes aster)[15]에 사는 사람들은 긴 머리를 아름답다고 생각한다.— 그곳에 와서 머물면서 혜성들에 대해 이야기하는 사람들이 있기 때문에 하는 말이다.—한편 그들은 수염을 무릎 조금 위까지 기른다. 그들의 발에는 발톱이 없고, 발가락도 하나뿐이다. 그들 각자의 엉덩이 위에는 커다란 양배추가 마치 꼬리처럼 나 있는데, 뒤로 넘어져도 부러지지 않는다.

그들이 코를 풀면 아주 매운 꿀이 나온다. 또 그들이 힘든 일을

---

15) 원뜻은 '긴 머리카락을 지닌 별'. 여기에서 comet(혜성)이란 영어 단어가 나왔다.

하거나 운동을 하면 온몸에서 우유가 땀처럼 나온다. 거기에 꿀을 조금만 떨어뜨리면 치즈를 굳혀 낼 수 있을 정도이다. 그들은 양파로부터 아주 맑고 몰약처럼 향이 좋은 기름을 만들어 낸다. 그들은 물을 함유한 포도나무를 많이 갖고 있다. 한데 그 포도송이의 포도 알들은 마치 우박 알갱이 같았다. 그리고 내가 보기에, 바람이 닥쳐와 그 포도나무들을 흔들면, 그때 포도송이가 흩어져서 우리에게로 우박이 떨어지는 것 같다. 한편 그들은 자기들의 배를 지갑처럼 이용한다. 필요한 것이 있으면 거기에 집어넣는 것이다. 그들은 배를 열고 닫을 수 있기 때문이다. 거기에는 아무 내장도 없는 것 같다. 단지 내부에 온통 털이 빽빽하게 나 있을 뿐이다. 그래서 갓난아이들은 추울 때 거기로 들어가곤 한다.

  부자들의 옷은 수정으로 되어 있고, 가난한 자들의 옷은 청동으로 짠 것이다. 그곳에는 청동이 풍부하기 때문이다. 그리고 그들은 청동을 마치 양털처럼 물로 적셔서 가공한다. 그들이 어떤 눈을 갖고 있는지에 대해서는 말하기가 좀 꺼려진다. 너무나 믿을 수 없는 얘기여서 내가 거짓말하는 걸로 생각할까 봐 그렇다. 그렇지만 어쨌든 얘기는 해야겠다. 그들은 빼낼 수 있는 눈을 갖고 있다. 그래서 그러고 싶으면 자기 눈을 빼서, 보는 게 필요할 때까지 보관한다. 그러다가 그럴 때가 되면 끼워 넣고 그걸로 본다. 그리고 많은 사람이 자기 눈을 잃어버려서 다른 이에게 빌려서 본다. 반면에 부자들은 많은 눈을 비축하고 있다. 그들의 귀는 플라타너스 잎으로 되어 있으며, 도토리에서 나온 자들만 예외인데, 이들만은 나무로 된 귀를

25

갖고 있다.

  나는 다른 놀라운 것을 왕의 영지에서 보았다. 아주 깊지는 않은 우물 위에 거대한 확대경이 놓여 있었던 것이다. 누가 그 우물 속으로 내려가면 그는 우리 세계의 땅에서 발설되는 모든 것을 들을 수 있다. 그리고 그 확대경으로 내려다보면 모든 도시, 모든 종족을 마치 곁에 서 있는 것처럼 볼 수 있다. 나도 그때 우리 가족과 조국 전체를 보았는데, 그들도 나를 보았는지는 확실하게 말할 수 없다. 누구든 실제로 그러했다는 것을 믿지 않는 사람은, 그 자신이 거기 가면 내가 진실을 말한다는 걸 알게 될 것이다.   26

  어쨌든 그렇게 해서 우리는 왕과 그의 측근들과 포옹을 나누고 배에 올라 떠났다. 엔뒤미온은 내게 선물을 주었는데, 두 벌의 수정 키톤과, 다섯 벌의 청동 키톤, 층층이부채꽃 갑주 등이었다. 하지만 나는 이것들을 모두 고래 배 속에 두고 왔다. 그는 또한 우리를 호위하도록 1천 명의 독수리 탄 사람들을 보내 5백 스타디온[16)]이나 동행시켰다.   27

  우리는 순항하는 사이에 많은 다른 지역들을 지나갔는데, 막 식민지로 개척되고 있는 샛별에도 닿았었다. 우리는 거기 내려 물을 보충하였다. 그런 다음 배에 올라 황도 12궁을 향해, 태양을 왼쪽에 두고 지나갔다. 땅을 바로 지척에 두고 스쳐 갔는데, 동료들 다수가 그러기를 원했지만 상륙하진 못했다. 바람이 허락지 않아서였다. 그   28

---

16) 약 90킬로미터.

렇지만 우리는 그 땅이 매우 푸르고 비옥하며 물이 풍부하고, 많은 좋은 것으로 가득한 것을 보았다. 한데 파에톤에게 고용되어 있는 구름 켄타우로스들이 우리를 보고서 배 곁으로 날아왔다. 그러나 자기들과 화평을 맺은 자들인 것을 알고는 돌아갔다.

그때엔 이미 독수리 탄 사람들은 떠나간 상태였다.

29

그다음 밤과 낮 동안 전진하여 저녁 무렵에 '등잔 도시'라고 불리는 곳에 도착했다. 그때 우리는 벌써 아래쪽으로 향한 여행을 하는 중이었다. 그 도시는 플레이아데스[17]와 휘아데스[18] 사이의 공중에 있지만, 황도 12궁보다는 훨씬 아래쪽이었다. 우리는 배에서 내렸으나 사람은 전혀 없고, 많은 등잔들이 광장과 항구 주변에서 두루 달리고 얼쩡거리는 것을 발견하였다. 그들 중 일부는 작고 말하자면 가난하였고, 크고 힘 있는 소수는 매우 밝고 두루 빛났다. 그들 각자에게는 집, 또는 등잔 받침이 있었다. 그들도 인간처럼 이름을 갖고 있으며, 그들이 말하는 것을 우리는 들었다. 그들은 우리를 전혀 해치지 않았고, 오히려 접대하겠다고 초대했다. 하지만 우리는 겁에 질려서, 누구도 감히 식사하거나 잠을 자거나 하지 못했다. 그들의 관청은 도시 한가운데에 지어져 있었다. 거기에 그들의 지도자가 온 밤 내내 앉아서 각각의 이름을 부른다. 대답을 하지 않는 자는 자기 위치를 떠난 것으로 간주되어 사형 선고를 받는다. 불이 꺼지는 것

---

[17] 황소자리 서쪽에 있는 산개 성단. 예부터 6개 또는 7개의 별이 모인 것으로 알려져 있었다.
[18] 황소자리 으뜸별 알데바란 주변에 대체로 V자 모양으로 펼쳐진 산개 성단.

이 곧 죽음이다. 우리는 곁에 서서 일어나는 일들을 관찰하였다. 그리고 등잔들이 변명하는 것과 왜 늦었는지 이유를 설명하는 것을 들었다. 여기서 나는 우리 집 등잔도 알아보았고, 그에게 말을 건네 집안일이 어떻게 되고 있는지 물어보았다. 그는 내게 그 일들을 모두 자세히 말해 주었다.

그렇게 해서 그날 밤은 거기 머물렀고, 다음 날 출발하여 전진하였는데, 이미 구름에 가까이 있었다. 거기서 구름뻐꾹나라(Nephelokokkugia)[19]도 보고 감탄하였으나, 거기 내리지는 못했다. 바람이 허락하지 않았기 때문이다. 거기는 콧튀피온(티티새)의 아들 코로노스(까마귀)가 다스리고 있다고들 했다. 그래서 나는 시인 아리스토파네스를 상기해 냈다. 그는 현명하고 진실한 사람이지만 그가 써 놓은 것들에 대해 이유 없이 불신을 당하고 있었다. 그로부터 세 번째 날엔 이제 바다까지 확실하게 내려다보았지만, 땅이라고는 공중에 있는 것들 외에는 보이지 않았다. 그리고 공중의 땅들은 불타는 듯한 빛나는 모습으로 보이기 시작했다. 넷째 날 정오 무렵에 바람이 부드럽게 잦아들고 가라앉아서 우리는 바다로 내려앉았다.

우리가 물에 닿게 되었을 때, 우리는 놀라우리만치 행복하고 기뻐서 상황이 허락하는 대로 온갖 축하를 나눴다. 그리고 우리는 배에서 내려 헤엄쳤다. 마침 바다가 평온하고 잔잔했기 때문이다.

하지만 좀 더 나은 쪽으로 변화하는 것은 자주 더 나쁜 일의 시

---

19) 아리스토파네스의 희극 「새」에 나오는 구름 속 새들의 나라.

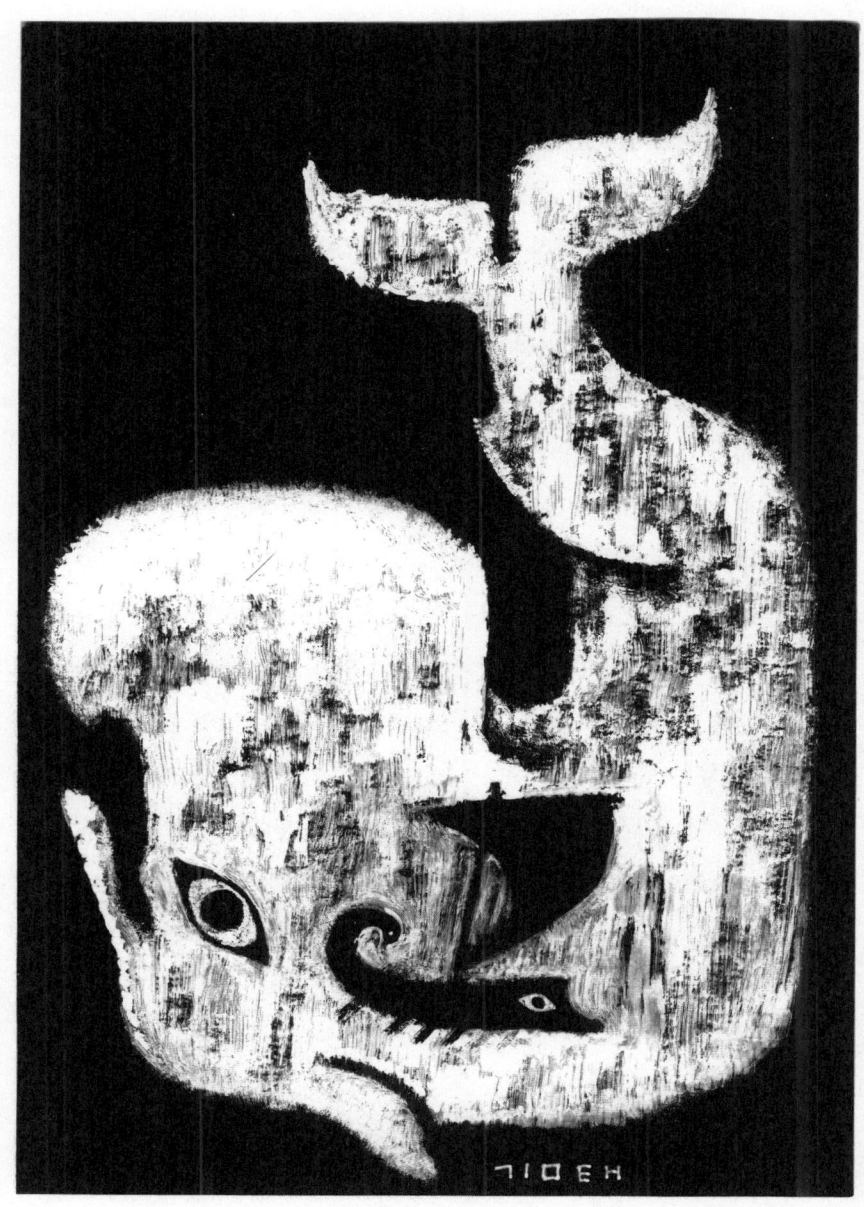

배를 삼켜 버린 괴물 고래

작이 되는 듯하다. 이런 말을 하는 이유는, 우리가 이틀 동안 좋은 날씨 속에 항해한 후, 셋째 날이 되어 해가 뜰 무렵 갑자기 괴물 고래들을 보게 되었기 때문이다. 그들은 아주 숫자가 많았는데, 그중 전체에서 가장 큰 놈은 길이가 1천 5백 스타디온[20]만큼이나 되었다. 그놈은 입을 벌리고 달려왔는데, 멀리 앞에까지 바다를 갈라 파도를 일으키며 거품을 뒤집어쓰고 있었다. 그놈의 이는 우리 세계의 성기 모형보다 훨씬 높다랗고 모두가 말뚝처럼 날카롭고 상아처럼 흰색이었다. 그래서 우리는 서로 마지막 인사를 나누고 얼싸안은 채 기다렸다. 그러자 그놈은 다가와서 우리를 배와 함께 들이켜 삼켜 버렸다. 하지만 이빨이 그것을 박살 내기 전에 배는 목구멍을 통과해 안으로 떨어져 버렸다.

우리가 안에 있게 되었을 때, 처음에는 온통 어둠뿐이었고 아무 것도 볼 수 없었지만, 나중에 고래가 입을 벌릴 때 우리는 공간이 거대하고 사방으로 평평하고 높다란 것을 알아보았다. 그것은 1만 명이 사는 도시를 담기에도 넉넉했다. 그 안에는 크고 작은 물고기들과 으깨진 다른 많은 동물들, 그리고 배의 돛대와 닻들, 인간의 뼈와 화물들이 널려 있었다. 가운데쯤에는 땅과 언덕까지 있었다. 아마도 이것은 그놈이 삼킨 진흙들이 엉겨서 이루어진 듯하다. 그 위에는 숲과 온갖 나무들이 자라나 있었고, 채소들도 돋아 있어서 마치 경작된 것 같이 보였다. 그리고 그 땅의 둘레는 240스타디온[21]이었다.

---

20) 약 270킬로미터.
21) 약 43킬로미터. 한 변이 10킬로미터 남짓인 정사각형이라고 생각하면 되겠다.

거기서는 바닷새들인 가마우지와 물총새들이 나무 위에 둥지를 짓고 있는 것도 볼 수 있었다.

그때 우리는 한참이나 울었지만, 결국 동료들을 일으켜 세워 배에 받침대를 끼워 두고 나무를 비벼 불을 피우고, 있는 것들로 식사를 준비했다. 거기에는 온갖 종류의 물고기가 풍족하게 있었고, 샛별에서 길어 온 물도 아직 남아 있었다. 다음 날 일어나서 우리는 고래가 입을 벌릴 때마다 어떤 때는 산을, 어떤 때는 오직 하늘만을, 그리고 자주 섬들을 보았다. 그래서 우리는 그 고래가 빠른 속도로 바다의 온 부분을 돌아다니고 있음을 알았다. 그런 생활에 익숙해졌을 때, 나는 동료들 중 일곱 명을 뽑아서, 모든 것을 살펴보기 위해 숲 속으로 들어갔다. 5스타디온을 채 가지 못했을 때, 나는 포세이돈의 신전을 발견했다. 기둥에 그렇게 쓰여 있었던 것이다. 그리고 멀지 않은 곳에 많은 무덤들과 그 위에 놓인 기둥들이 있었다. 그리고 가까이에 맑은 물이 솟는 샘이 있었다. 게다가 우리는 개 짖는 소리를 들었고, 멀리서 연기까지 보여, 거기 오두막 같은 게 있다고 생각했다.

그래서 열심히 전진하여, 한 노인과 젊은이가 아주 바쁘게 어떤 밭을 가꾸며, 샘에서 거기로 물을 대고 있는 것을 마주쳤다. 우리는 기쁘기도 하고 두렵기도 해서 멈춰 섰다. 한데 그들도 우리와 똑같은 기분이 들었는지 말없이 가만히 서 있었다. 그렇게 시간이 좀 흐르자 노인이 말했다. "낯선 이들이여, 댁들은 대체 뉘시오? 바다의 신들이오, 아니면 우리와 마찬가지로 불운한 인간들이오? 우리는 인간으로서 땅에서 자랐지만 지금은 바다의 존재가 되어 우리를 에

워싼 이 짐승과 함께 헤엄쳐 다니고 있으니 말이오. 우리는 우리가 무얼 겪고 있는지도 자세히 알지 못한다오. 우리는 우리가 죽은 것 같다고 여기면서도, 살아 있다고 믿으니 말이오." 이 말에 내가 대답했다. "우리도 인간입니다, 아버님. 얼마 전에 도착했지요. 어제 배와 함께 삼켜져서요. 우리는 지금 숲의 상황이 어떠한지 알아보려고 나온 참입니다. 숲이 아주 크고 우거져 보여서요. 아마도 어떤 신께서 우리를 인도해서 당신을 보게 하고, 우리만 이 짐승 속에 갇힌 게 아니란 점을 가르쳐 주려 하신 모양입니다. 그건 그렇고, 우리에게 당신 자신의 불운에 대해 얘기해 주십시오. 어떤 분이며 어떻게 여기로 들어오셨는지요." 그러자 그는, 먼저 자신이 할 수 있는 데까지 접대를 하기 전에는 아무것도 말하거나 묻지 않겠노라고 했다. 그는 우리를 데리고 집으로 인도해 갔다. 그것은 넉넉하게 지어졌으며, 안에는 침상이 마련되어 있었고 다른 것들도 잘 갖춰져 있었다. 그는 우리를 위해 채소와 과일, 생선들을 내어놓고, 포도주도 부어 주었다. 우리가 충분히 잘 먹었을 때, 그는 우리가 겪은 일에 대해 물었다. 그래서 나는 모든 일을 차례로 자세히 설명해 주었다. 풍랑과, 섬에서 있었던 일, 공중 여행, 전쟁, 그리고 고래 배 속으로 들어갈 때까지 있었던 다른 일들도.

그는 그 이야기에 경탄하였고, 이어서 자신도 자기들에게 일어났던 일을 자세히 전해 주었다. "나그네들이여, 나는 퀴프로스 종족이오. 무역을 위해서, 당신들이 보고 있는 이 아들과 함께 고향을 떠나 출항하였소. 다른 많은 하인들과 함께, 거대한 배에 여러 가지 화

34

물을 싣고 이탈리아로 항해했다오. 한데 그 배는 당신들이 아마 고래의 입에 박살 난 것을 보았을 것이오. 시켈리아까지는 운 좋게 항해했었는데 말이오. 거기서 갑작스러운 바람에 휩쓸려 사흘 만에 대양까지 실려 가 버렸소. 그리고 거기서 이 고래를 만났고 배와 사람이 함께 삼켜졌는데, 다른 사람은 모두 죽고 우리 둘만 살아남았소. 그래서 동료들을 묻고 포세이돈에게 신전을 지어 바치고는 이런 식으로 살고 있다오. 채소를 가꾸고 물고기와 과일을 먹으며 말이오. 하지만 당신들도 보다시피 숲이 크고, 포도나무도 아주 많아서 거기서 다디단 포도주가 난다오. 아마 당신들은 아주 아름답고 더할 수 없이 차가운 물이 솟는 샘도 보았을 것이오. 잠자리는 나뭇잎으로 만든다오. 불도 마음껏 피우고 말이오. 날아 들어온 새들도 잡고, 이 짐승의 아가미로 나가서 살아 있는 물고기도 잡는다오. 우리가 원하면 거기서 씻기도 하고 말입니다. 멀지 않은 곳에 호수도 있는데, 둘레가 20스타디온[22]이며, 거기에 온갖 종류의 물고기가 있다오. 우리는 거기서 헤엄도 치고, 내가 만든 작은 배를 타고 다니기도 한다오. 우리가 삼켜진 지 올해로 27년째요.

다른 것들은 견딜 만하오만, 우리 이웃과 주변에 사는 자들이 아주 사납고 못되었다오. 그들은 섞여 살 수 없는 야만적인 자들이오." 이 말을 듣고 내가 물었다. "예? 다른 사람들도 고래 배 속에 있단 말인가요?" 그가 대답했다. "물론 많이 있소. 그들은 손님을 접대할

---

[22] 약 4킬로미터 조금 못 미치니, 한 변이 1킬로미터쯤 되는 정사각형을 생각하면 되겠다.

줄 모르고, 형상이 인간과 다르다오. 숲의 서쪽, 그러니까 꼬리 쪽에는 '소금에 절여진 자들'이 살고 있소. 그들은 뱀장어 눈에, 새우 얼굴을 한 자들로 전쟁을 좋아하고 매우 거칠며 날고기를 먹는다오. 옆구리의 오른쪽 벽을 차지한 것은 '염소 트리톤 종족'[23)]이오. 그들의 상체는 인간과 유사하고, 하체는 메기 같지요. 하지만 이들은 다른 자들보다 덜 사악하다오. 왼쪽 벽은 '게 다리 종족'과 '다랑어 머리 종족'이 서로 우의의 동맹을 맺고 차지하고 있다오. 중앙에는 '굳은 꼬리 종족'과 '가자미 발 종족'이 살고 있는데, 이들은 전투적이고 발이 매우 빠르다오. 동쪽 부분, 즉 고래 입 쪽은 대부분 사람이 살지 않고 있소. 바닷물에 쓸리기 때문이오. 나는 이 부분에 살면서 '가자미 발 종족'에게 매년 굴 5백 개씩 공물로 바치고 있다오.

이상이 이 지역의 상황이오. 당신들은 이 많은 종족들과 어떻게 싸울 수 있을지, 그리고 어떻게 앞으로 살아갈 것인지를 생각해야만 하오." 그래서 내가 물었다. "그들은 모두 얼마나 되나요?" 그가 답했다. "천 명 이상이라오." "무기는 어떤 것을 갖추고 있나요?" 그가 답했다. "무기는 물고기 뼈 이외에는 없다오." 내가 말했다. "그러면 우리는 무장이 있고 그들에게는 없으니, 가서 그들과 맞붙어 싸우는 게 가장 좋은 방책일 것 같습니다. 우리가 그들을 제압한다면, 앞으로는 걱정 없이 살아갈 수 있을 테니까요."

---

23) 희랍어로는 Tritonomendetes. 'mendes'라는 말은 이집트어로 '염소'를 가리키는 것으로 헤로도토스 『역사』 2권 46장에 나와 있으나, 여기 묘사된 것을 보면 이 종족의 모습은 염소와 상관이 없다.

우리는 그러기로 결정하고, 배로 돌아가서 준비를 갖췄다. 전쟁의 명분은 공물을 바치지 않겠다는 게 될 터였다. 이미 공물을 바치기로 약속된 날이 다가왔기 때문이다. 노인은 공물 받으러 온 자들에게 모욕적인 답을 주어 돌려보냈다. 그러자 우선 '가자미 발 종족'과 '굳은 꼬리 종족'이 스킨타로스—이것이 그 노인의 이름이었다—에게 분노하여 엄청난 함성을 지르며 공격해 왔다.

우리는 공격을 예상하고서 무장을 다 갖춘 채 기다렸다. 그리고 25명을 앞쪽에 매복시켰다. 매복 나간 자들에게는 미리, 적들이 지나쳐 간 것을 보게 되면 뒤에서 기습하라고 지시해 두었다. 그들은 그대로 실행했다. 그들은 뒤에서 기습하여 적들을 쳤고, 25명에 이르는—스킨타로스와 그의 아들이 합세했기 때문에—우리들은 힘과 용기를 다해 적들과 격돌하여 위험을 무릅쓰고 싸웠다. 그래서 결국 그들을 패주시키고 소굴까지 쫓아갔다. 적들은 180명이 죽었고, 우리 편에서는 1명이 죽었다. 죽은 이는 키잡이로서 숭어 갈비뼈에 등을 찔려 죽은 것이다.

그렇게 그날 낮과 밤을 전투로 지새우고, 돌고래의 마른 등뼈를 승전비 삼아 박아 세웠다. 한데 다음 날, 다른 자들이 사실을 알고 닥쳐왔다. 오른쪽 날개는 '소금에 절여진 자들'이 차지하고—이들은 펠라모스[24)]가 이끌고 있었다—, 왼쪽은 '다랑어 머리 종족'이, 중앙은 '게 다리 종족'이 맡았다. '염소 트리톤 종족'은 어느 쪽에도 가

37

38

---

24) '어린 다랑어(pelamys)'를 변형한 이름이다.

담하지 않는 것을 선택하여 화평을 지키고 있었기 때문이다. 우리는 그들에게 맞서 나가, 포세이돈 신전 근처에서 엄청난 고함을 지르며 격돌했다. 그러자 고래 배 속 공간이 동굴처럼 울렸다. 우리는 적을 패주시켰는데, 그들이 경무장이었기 때문이다. 그래서 그들을 숲 속까지 추격하였고, 이후로 그 땅을 우리가 지배하게 되었다.

그 후 오래지 않아 그들은 사절을 보내, 시신 돌려주기를 청하고 39 평화 조약을 제안했다. 우리에게는 강화하지 않는 것이 나아 보였고, 그래서 다음 날 그들에게로 쳐들어가서 모조리 쳐서 쓰러뜨렸다. '염소 트리톤 종족'만 예외였는데, 그들은 일이 되어 가는 것을 보고는, 아가미로 달려가 바다로 몸을 던졌다. 우리는 이제 적들이 사라진 땅으로 돌아와서, 그 후 걱정 없이 살았다. 대부분의 시간을 운동하고, 사냥하고, 포도밭을 가꾸며, 나무에서 과일을 모으며 보냈다. 우리는 마치 거대하고 도망칠 수 없는 감옥 안에서 묶이지 않은 채 사치를 누리는 것 같았다.

우리는 이런 식으로 1년 8개월을 살았다.

한데 아홉째 달 닷새째 날, 고래 입이 두 번째 열릴 즈음에—그 40 고래는 입을 매 시간마다 한 번씩 열었기 때문에, 우리는 시간을 고래 입이 열리는 것으로 표시하곤 했다—, 방금 말한 것처럼 두 번째 입 열릴 무렵에 우리는 갑자기 엄청난 고함과 소음을 들었는데, 그것은 마치 노 젓기 구령과 노 젓는 소리 같았다. 우리는 놀라서 짐승의 입 쪽으로 다가가 이빨 안쪽에 서서 내다보았는데, 내가 본 놀라운 일 중에 가장 뜻밖의 것을 보게 되었다. 덩치가 반 스타디온[25]

이나 되는 거대한 인간들이 마치 삼단 노선에 타듯 거대한 섬 위에 타고 다가오고 있었던 것이다. 나로서도 내가 지금 믿을 수 없어 보이는 일을 이야기하려는 걸 알지만, 그래도 이야기하겠다. 그 섬들은 매우 길지만 그다지 높지는 않았으며, 둘레는 1백 스타디온[26] 정도였다. 각각의 섬에는 120명 정도의 사람이 타고 있었다. 그들 중 일부는 섬 양쪽 가장자리를 따라 정연하게 앉아서, 가지와 잎이 여전히 달려 있는 거대한 삼나무를 마치 노처럼 젓고 있었다. 한편 뒤쪽, 말하자면 선미에는 키잡이가 높은 언덕 위에 자리 잡고 청동으로 된 5스타디온[27] 길이의 키를 잡고 있었다. 머리 쪽에는 약 40명이 무장을 갖추고 서서 싸우고 있었는데, 머리카락만 빼고는 인간과 같았다. 그들의 머리카락은 타오르는 불이었다. 그래서 그들은 투구 장식이 필요치 않았다. 돛 대신 바람이 각각의 섬에 울창한 숲으로 몰아쳐서, 그것을 부풀리고 키잡이가 원하는 대로 섬을 움직여 갔다. 그들에게는 구령꾼이 있어서, 섬은 마치 전함처럼 노를 저어 날래게 이동했다.

처음에 우리는 두세 개만 보았지만, 뒤에는 약 6백 개의 섬이 나타나 정렬하고 싸우며 해전을 벌였다. 많은 섬들이 서로 머리를 마주하고 달려 들이박았으며, 많은 섬들이 들이받혀서 가라앉았다. 일부는 뒤엉켜서 맹렬하게 싸웠고, 쉽게 풀어지지 않았다. 머리 쪽에

---

25) 약 90미터.
26) 약 18킬로미터.
27) 약 9백 미터.

배치된 자들이 온갖 열의를 다 보이며 상대 섬에 뛰어올라 도륙했기 때문이다. 포로를 살려 두는 일 따위는 없었다. 그들은 쇠갈퀴 대신 거대한 문어들을 서로 묶어 집어 던졌고, 문어들은 숲을 움켜잡아 섬을 붙들어 두었다. 그들은 마차를 가득 채울 정도 크기의 굴과 1플레트론이나 되는 해면을 던져 상대를 부상시켰다.

한편은 아이올로켄타우로스가 지휘하고, 다른 쪽은 탈랏소포테스[28]가 지휘하고 있었다. 내가 보기에 그들의 전투는 해적질 때문에 일어난 것 같았다. 왜냐하면 탈랏소포테스가, 아이올로켄타우로스에게 속한 많은 돌고래 무리를 몰아갔다는 얘기가 있었기 때문이다. 이것은 그들이 서로 욕지거리하며 상대편 왕의 이름을 부르는 걸 듣고 알 수 있었다. 하지만 결국 아이올로켄타우로스의 군대가 승리를 거두었다. 적들의 섬을 약 150개 가라앉힌 것이다. 그리고 그들은 세 개의 섬을 사람이 탄 채로 나포했다. 나머지 섬들은 후진하여 도망쳤다. 그들은 어느 정도 쫓아가다가, 저녁이 되자 섬들이 부서진 곳으로 돌아와서는 엄청난 전리품을 챙겼고 자신들의 물건들도 거두어들였다. 왜냐하면 그들의 섬들 역시 80개 이상 가라앉았기 때문이다. 그런 다음 그들은 고래의 머리 위에 적들의 섬 가운데 하나를 박아서 섬들의 전투의 승전비로 삼았다. 그러고는 그날 밤 동안 그 짐승의 주변에서 밤을 보냈다. 고래에게 밧줄을 걸고 닻을 내려 가까이에 정박한 것이다. 그들은 거대하고 단단한 수정을 닻으

42

---

28) '바닷물 마신 자'.

한데 묶여 던져진 거대한 문어들

로 사용하기 때문이다. 다음 날 그들은 고래 위에서 제물을 바치고 동료들을 거기 묻은 후 말하자면 승전가를 부르면서 즐겁게 떠나갔다. 이상이 섬들의 전투와 관련하여 일어난 일들이다.

진실한 이야기 2
Ἀληθῆ Διηγήματα

이야기는 전편에서 이어진다. 주인공은 고래 배 속에 있는 숲에
불을 질러 고래를 죽이고서 그곳을 탈출한다. 고래가 죽기
직전에 입에 기둥을 세워 완전히 닫히지 않게 만들고 배를 끌어낸
것이다. 얼마 후 갑작스러운 추위가 닥쳐서 이들은 얼어붙은 바다
위에 얹히지만, 배의 돛을 펼쳐 얼음 위를 미끄러져 달린다. 이후,
뿔이 눈 밑에 나 있는 들소들의 섬을 지나고, 우유 바다와 치즈
섬을 만나고, 코르크 발을 지닌 사람들의 코르크 섬에 들렀다가,
'행복한 자들의 섬'으로 간다. 아름답고 안락한 이 섬에서 여러
영웅, 현자들을 만난다. 하지만 일행 중 한 젊은이가 헬레네와
사랑에 빠져 도피한 사건 때문에 이들은 그 섬에서 추방된다.
그곳을 떠나 악인들이 벌 받는 섬을 보고, 꿈들의 나라를
거쳐, 칼립소의 섬에 도착한다. 또 호박을 파내어 만든 배를 탄
해적들, 돌고래를 탄 해적들을 만나 싸우고, 거대한 물총새
둥지를 만난다. 거대한 나무숲을 만나 나무들 위로 배를 끌고
가기도 하고, 물이 갈라진 심연을 물로 된 다리로 건넌다. 쇠머리
종족과 마주쳐 전쟁을 하고, 당나귀 다리를 가진 여자들의
음모에 빠질 뻔하기도 한다. 그들은 마지막에 자기들이 살던 곳의
반대편 대륙에 도착하는데, 저자는 그 후의 이야기는 나중에
들려주겠노라고 하지만 거기에 이어지는 다른 작품은 쓰지 않은
듯하다.

그때부터 나는 더는 고래 배 속 생활을 견디지 못하겠고, 거기 붙 1
잡혀 있는 데 싫증이 나서, 거기서 빠져나갈 방법을 모색하기 시작
했다. 처음에 우리는 오른쪽 옆구리를 뚫고 나가기로 결정했다. 그래
서 일에 착수하여 파 들어갔다. 하지만 5스타디온 정도까지 전진했
어도 아무 성과가 없었다. 그래서 굴착을 중지하고 숲에 불을 지르
기로 했다. 그러면 고래가 죽을 것이기 때문이었다. 그렇게 되면 우
리가 탈출하는 게 쉬워질 터였다. 그래서 우리는 꼬리 쪽에서부터
불을 지르기 시작했다. 하지만 고래는 일곱 낮과 밤이 지나도록 아
무 느낌도 없는 듯했다. 그러다가 여드레, 아흐레째에 우리는 그놈
이 앓고 있다는 것을 감지했다. 그것은 전보다 덜 입을 벌렸고, 입을
연다 하더라도 곧 닫곤 했다. 열흘째, 열하루째에는 드디어 죽어 가

기 시작했고, 악취가 났다. 열이틀째에 우리는, 만일 이것이 입을 열었을 때 누가 그것의 턱을 다시 닫히지 않게 받쳐 놓지 않으면, 죽어 버린 그놈 안에 우리가 갇혀서 파멸할 위험이 있다는 데에 겨우 생각이 미쳤다. 그래서 거대한 버팀대로 입을 받쳐 놓고는, 배를 준비하고 최대한 물을 길어 넣었으며, 다른 식량도 준비했다. 배를 조종하는 일은 스킨타로스가 맡기로 했다.

   그다음 날 고래는 마침내 죽고 말았다. 우리는 배를 끌어 올려 목구멍을 통과해 끌고 갔고, 이빨 바깥으로 넘겨서 바다로 살살 내려 놓았다. 그런 다음 그놈의 등으로 올라가 포세이돈에게 제물을 바치고, 거기 승전비 곁에서 사흘 동안 야영한 다음—바람이 없었기 때문이다—나흘째에 출항하였다. 거기서 우리는 해전 때문에 생긴 많은 시신들과 마주쳤고, 다가가 몸 크기를 재 보고 놀랐다. 그 후 순풍을 타고 며칠을 항해하였을 때, 갑작스러운 북풍이 불면서 엄청난 추위가 닥쳤다. 그 추위 때문에 온 바다가 얼어붙었는데, 표면만이 그런 것이 아니라 여섯 길 깊이까지 그랬다. 그래서 우리가 내려서 얼음 위로 달리기를 할 수 있을 정도였다. 한데 바람이 계속 불어 견딜 수가 없었던 우리는 이런 계책을 생각해 냈다.—그것을 제안한 사람은 스킨타로스였다.—즉 물속에 거대한 동굴을 파고 그 안에 들어가서 30일 동안 지낸 것이다. 거기 불을 피우고 물고기를 먹으면서 그랬다. 이 물고기들은 얼음을 파내다가 발견한 것들이다. 마침내 식량이 다 떨어졌을 때, 우리는 나가서 들러붙은 배를 파내고 돛을 펼쳐서는 미끄러져 갔다. 마치 항해하듯 쉽고 수월하게 얼음 위

2

우유가 나오는 포도송이

로 활주한 것이다. 닷새째에 온기가 닥쳐왔고, 얼음은 녹아 다시 모두 물로 돌아갔다.

그래서 3백 스타디온 정도 항해하여 사람이 살지 않는 작은 섬을 만났다. 거기서 물을 길어 담고—이미 물이 떨어졌었기 때문이다—들소 두 마리를 화살로 잡은 후 출항하였다. 한데 이 소들은 뿔이 머리 위에 있는 게 아니라, '비난의 신(Momos)'이 그러기를 바랐던 것처럼, 눈 아래 나 있었다.[1] 그러고 나서 얼마 지나지 않아 우리는 물이 아니라, 우유의 바다로 들어갔다. 거기 포도나무가 우거진 하얀 섬이 보였다. 그 섬은 단단하고 거대한 치즈 섬이었다. 그 사실을 우리는 나중에 먹어 보고서 알았다. 그것의 둘레는 25스타디온 정도였다. 포도나무에는 포도송이가 잔뜩 달려 있었는데, 그것을 압착하면 포도주가 아니라 우유가 나와서 우리는 그것을 마셨다. 섬 가운데에는 네레이스인 갈라테이아[2]의 신전이 지어져 있었다. 그 사실은 새김글을 보고 알 수 있었다. 우리가 거기 머무는 동안 주식과 부식은 땅이 공급해 주었고, 마실 것은 포도송이에서 나온 우유였다. 이 땅은 살모네우스의 딸 튀로[3]가 다스린다고들 한다. 그녀는

3

---

1) 모모스는 '비난'이 형상화된 신으로 헤시오도스의 『신들의 계보』 211~214행에 따르면 밤의 자식이다. 모모스가 소의 뿔의 위치에 대해 비판한 것은 루키아노스의 「니그리노스」 32장에 나온다. 그는 소의 뿔이 머리 위에 있어서, 소가 어떤 것을 들이받을 때 일이 되어 가는 것을 잘 볼 수 없으니, 차라리 눈 밑에 뿔이 있으면 더 편하지 않았겠는가 하고 제안한다.
2) 희랍어로 우유가 '갈라(gala)'이기 때문에, 같은 어근의 이름을 가진 갈라테이아(Galateia)가 숭배를 받는 것으로 해 놓았다.

여기로 옮겨진 후, 포세이돈에게서 이 영예를 받았다고 한다.[4]

우리는 그 섬에 닷새 동안 머문 후 엿새째에 출항하였는데, 바람은 꽤 순조롭게 불었고 바다는 파도 없이 잔잔했다. 여드레째에는 더 이상 우유 위가 아니라, 짜고 검은 물 위를 달리게 되었다. 거기서 우리는 바다 위를 달리는 많은 사람들을 보았는데, 몸의 생김새나 체격이 우리와 거의 같은 사람들이었지만 발만은 예외였다. 그들은 코르크로 된 발을 지니고 있었기 때문이다. 내 생각에, 아마도 이것 때문에 '코르크 발을 가진 사람들(Phellopodes)'이라고 불리는 것 같다. 우리는 그들이 물에 빠지지 않고, 파도 위로 지나며 겁 없이 돌아다니는 것을 보고 놀랐다. 한데 그들은 우리에게 다가와서 희랍어로 인사를 건넸다. 그리고 말하기를, 자기들의 나라인 펠로(Phello)[5]로 달려가는 중이라고 했다. 그들은 우리와 나란히 달리며 어느 정도 동행하다가, 우리에게 좋은 항해를 빌어 주고는 방향을 돌려 제 갈 길을 갔다.

조금 지나자 많은 섬들이 나타났다. 왼쪽으로는 펠로가 가까이 있었는데, 그들은 그리로 달려갔다. 그것은 거대한 원형의 코르크 위에

4

---

3) 희랍어로 치즈가 '튀로스(tyros)'이므로, 비슷한 이름의 여성 '튀로'를 이 치즈 섬의 지배자로 설정한 것이다.
4) 살모네우스의 딸 튀로는 포세이돈의 사랑을 받아 펠리아스(이아손에게 황금 양털 가죽을 가져오라그 시킨 왕)와 넬레우스(트로이아 전쟁의 노전사 네스토르의 아버지)를 낳았다고 한다. 아폴로도로스의 『도서관』 1권 8장.
5) '코르크 나라'라는 뜻.

지어진 도시였다. 한편 멀리 오른쪽으로는 다섯 개의 아주 크고 아주 높다란 섬들이 보였는데, 거기서는 엄청난 불이 타오르고 있었다.

앞쪽에는 편편하고 나지막한 섬이 하나 있었는데, 거리는 5백 스타디온[6] 이상 떨어져 있었다. 마침내 우리가 거기로 다가갔을 때, 어떤 놀라운 공기가 우리를 감싸고 맴돌았다. 역사가 헤로도토스가 행복한 아라비아에서 난다고 했던 것과 같은 달콤하고 향기로운 냄새였다. 장미와 수선화, 히아신스, 백합과 오랑캐꽃, 거기에 몰약(沒藥)과 월계수, 포도꽃 냄새가 더해진 것 같은 달콤함이 우리에게로 몰려왔던 것이다. 그 향기에 즐거워진 우리는 오랜 노역에서 벗어나 좋은 것을 맛보리라는 희망을 품고서, 곧 그 섬 가까이에 이르렀다. 거기서 우리는 온 섬을 둘러싼 많은 포구들을 보았는데, 그것들은 거대하고 잔잔하였다. 또 맑디맑은 강들이 고요히 바다로 흘러들고 있었고, 풀밭과 숲과 아름답게 지저귀는 새들이 있었다. 이 새들은 더러는 해안에서, 그리고 대다수는 나뭇가지 위에서 노래하고 있었다. 가볍고 향긋한 공기가 그 땅을 감싸고 있었다. 달콤한 미풍이 숲을 살랑이며 불고 있었다. 흔들리는 나뭇가지에서는 기분 좋게 이어지는 멜로디의 속삭임이 새어 나왔다. 마치 인적 없는 곳에서 비스듬히 옆으로 부는 피리 소리 같았다. 또한 한꺼번에 뒤섞여 들려오는 외침도 있었는데, 소동에서 나는 것이 아니고, 술잔치에서 더러는 피리를 불고, 더러는 노래하고, 몇몇은 피리나 키타라에 박자를

---

[6] 약 90킬로미터.

맞출 때 나는 소리 같았다.

이 모든 것에 매혹된 채 우리는 육지로 다가가, 배를 정박하고 상륙하였다. 배에는 스킨타로스와 두 명의 동료만 남겨 두었다. 한데 아름답게 꽃 핀 풀밭을 지나 전진하다가 우리는 경비병과 순찰자들을 마주쳤다. 그들은 우리를 장미 꽃다발로 묶어서는—이것이 거기서는 가장 강력한 결박이었기 때문이다—통치자에게로 데려갔다. 우리는 도중에 호송자들에게서 들어서 이 섬이 '행복한 자들의 섬'이라고 불린다는 것, 그리고 크레테 사람 라다만튀스[7]가 다스린다는 것을 알게 되었다. 우리는 그에게로 인도되어 가서 재판받는 사람들 가운데 네 번째로 줄 세워졌다.

첫 재판은 텔라몬의 아들 아이아스에 대한 것으로, 그가 영웅들과 함께 지낼 것인지 아닌지 하는 문제였다. 그는 광기에 빠져서 자결했다는 이유로 기소되었다. 결국 많은 논의 끝에 라다만튀스는 일단 그를 코스 출신 의사인 힙포크라테스에게 맡겨서 광기 치료제[8]를 마시게 하고, 나중에 제정신이 들면 잔치에 동참하도록 판결하였다.

두 번째는 사랑에 대한 판결이었는데, 헬레네를 놓고 테세우스와 메넬라오스가 다투는 것이었다. 그녀가 둘 중 누구와 함께 살아야 하는지 말이다. 라다만튀스는 그녀가 메넬라오스와 함께 살 것을 판결했다. 그는 그녀와의 결혼 때문에 그토록 고생을 많이 하고, 그토록

---

7) 제우스가 소로 변하여 에우로페를 크레테로 데려다가 낳은 자식 중 하나. 자주 저승의 재판관으로 등장한다.
8) 희랍어로는 elleboros.

큰 위험을 무릅썼기 때문이다. 또한 테세우스에게는 다른 부인들이 있어서이기도 한데, 아마존 여인9)과 미노스의 딸들10)이 그들이다.

세 번째 재판은 필립포스의 아들 알렉산드로스와 카르케돈11) 인 한니발 사이에 누가 더 앞자리를 차지할 것인지 하는 것이다.12) 이 문제는 알렉산드로스가 우위인 것으로 결정되었다. 그래서 페르시아의 연장자 퀴로스13) 곁에 그를 위한 좌석이 놓였다.

네 번째로 우리가 앞으로 이끌려 나갔다. 그는 대체 무슨 일을 겪었기에 우리가 산 채로 신성한 영역에 와 있는지 물었다. 우리는 그에게 모든 것을 차례대로 다 설명하였다. 그러자 그는 우리를 물러서 있게 하고는, 한참을 숙고하고 우리들에 대해 동석자들과도 의논하였다. 그에게는 많은 동석자들이 있었는데, 아테나이 사람 '정의로운' 아리스테이데스도 그중 하나였다. 그래서 그의 조언에 따라, 다음과 같이 선고되었다. 우리가 너무 일 벌이기 좋아하고 모험을 떠난 것에 대한 징벌은 죽은 다음에 받기로 하고, 일단 정해진 기간 동안 그 섬에서 영웅들과 함께 생활하다 떠나라는 것이다. 그리고

---

9) 테세우스에게 힙폴뤼토스를 낳아 준 힙폴뤼테(또는 멜라닙페).
10) 아리아드네와 파이드라.
11) 카르타고.
12) 이 둘이 미노스 앞에서 판정을 받는 장면이 루키아노스의 「죽은 자들의 대화」 25장에도 등장한다.
13) 페르시아를 대제국으로 만든 대(大) 퀴로스. 크세노폰의 『페르시아 원정기』에 나오는 다른 퀴로스(페르시아 왕 아르탁세륵세스의 형제, 소(小) 퀴로스)가 있기 때문에 '연장자'라는 표현이 덧붙은 것이다.

체류 기간은 일곱 달을 넘기지 않는 것으로 결정되었다.

그러자 우리를 묶고 있던 꽃다발이 저절로 풀렸고, 우리는 도시 안으로, 행복한 자들의 잔치로 안내되었다. 한데 도시 자체는 모두 금으로 되어 있었고, 에메랄드 성벽이 둘려 있었다. 문은 모두 일곱 인데, 모두가 계수나무 하나로 이루어져 있었다. 도시의 기초와 시내의 바닥은 상아로 되어 있었다. 모든 신들의 신전은 녹주석으로 지어져 있었고, 그 안에는 거대한 돌 하나로 된 자수정 제단들이 있어서, 그들은 그 위에서 헤카톰베[14]를 바치곤 했다. 도시 주위로는 아주 좋은 몰약의 강이 흐르는데, 그 너비는 왕의 완척[15]으로 1백 완척이고, 깊이는 5완척이어서, 거기서 헤엄치기 좋았다. 그들에게는 수정으로 된 거대한 목욕장이 있는데, 계피로 불을 지핀다. 그리고 욕조에는 물 대신 따뜻한 이슬이 담겨 있다.

그들은 섬세한 자줏빛 거미줄을 옷으로 이용한다. 그들에게는 몸이 없어서 만질 수도 없고 살도 없으며, 형태와 모습만 보여 준다. 하지만 몸이 없음에도 그들은 살아서 움직이고 생각도 하고 말도 한다. 전체적으로 그들의 영혼이 육체 없이 육체와의 유사성을 두르고서 돌아다니는 것 같았다. 그래서 누가 그들을 만져 보지 않는다면,

11

12

---

14) 원래 짐승 1백 마리를 바치는 제사라는 뜻이지만, 그냥 일반적으로 성대한 제사를 가리키기도 한다.
15) 일반적인 완척은 24닥튈로스(손가락의 폭)인데, '왕의 완척'은 거기에 3닥튈로스를 더한 것으로, 약 52센티미터이다. 이 강의 너비는 50미터 남짓, 깊이는 2.5미터 남짓인 셈이다.

자기가 보는 것이 육체가 아니라고 논박하지 못할 것이다. 왜냐하면 그들은 말하자면 똑바로 서 있는 그림자이기 때문이다. 물론 어두운 색도 아니다. 그들은 결코 늙지 않으며, 거기 왔을 때의 나이 그대로를 유지한다. 그들에게는 밤이 없고 늘 밝은 낮뿐이다. 하지만 그 땅을 비추는 빛은, 마치 새벽 무렵 아직 해가 떠오르기 전의 여명과 같다. 그리고 그들은 일 년 중 한 계절만 알고 지낸다. 그들에게 계절은 늘 봄이며, 늘 한 가지 바람, 즉 서풍만 불기 때문이다.

그 땅에는 온갖 꽃들이 피어 있고, 온갖 나무들이 잘 가꿔져 그늘을 드리우고 번성하고 있다. 포도나무들은 일 년에 열두 번 열매를 맺으며, 달마다 결실을 가져온다. 오디와 사과와 다른 과실들은 일 년에 열세 번 열매를 맺는다고 사람들은 말한다. 왜냐하면 일 년 중 한 달, 그들 사이에 미노스의 달이라고 하는 달에는 열매가 두 번 맺기 때문이다. 밀의 줄기 끝에는 이삭이 달리는 게 아니라, 다 구워진 빵이 마치 버섯처럼 달린다. 온 도시에 걸쳐서 물의 샘이 365개 있고, 같은 수만큼 꿀의 샘이 있으며, 5백 개의 몰약 샘이 있는데, 이것은 앞의 것들보다 규모가 작다. 또 우유 강이 일곱 개, 포도주 강이 여덟 개 있다. 13

잔치는 도시 바깥 엘뤼시온 벌판이라고 불리는 데서 베풀어진다. 거기에는 아주 아름다운 풀밭이 있고, 그 주위에는 온갖 나무가 빽빽한 숲이 있어서 그 밑에 누운 사람들에게 그늘을 드리운다. 바닥에는 꽃으로 만들어진 자리가 깔려 있다. 바람들이 모든 시중을 들고 모든 것을 가져다주는데, 술 따르는 일만은 예외이다. 왜냐하면 14

호메로스

전혀 그럴 필요가 없기 때문이다. 잔치 자리 주위에 맑디맑은 수정으로 된 거대한 나무가 있는데, 그 나무의 열매는 온갖 종류의 모양과 크기를 가진 술잔들이다. 그래서 누가 잔치에 가면, 술잔 중 한두 개를 따서 곁에 놓는다. 그러면 곧 그것들에 술이 채워진다. 술은 이런 식으로 마신다. 한편 화관 대신, 밤꾀꼬리와 다른 노래하는 새들이 근처의 초원에서 입으로 꽃을 따다가 머리 위로 날아다니면서 노래와 함께 그 꽃들을 흩뿌린다. 그들이 향수를 뿌리는 방법은 다음과 같다. 짙은 구름이 샘들과 강에서 몰약을 빨아올려서는 잔치 자리 위에 멈춰 서서, 바람이 살며시 누르는 데 따라 이슬처럼 미세한 향을 뿌리는 것이다.

식사할 때 그들은 음악과 노래로써 한가함을 즐긴다. 그들은 대개 호메로스의 서사시들을 노래한다. 그리고 호메로스 자신이 거기서 그들과 함께 즐긴다. 그는 오뒷세우스 위쪽에 기대어 누워 있다. 가무단은 소년들과 소녀들로 이루어져 있다. 그들을 지휘하며 함께 노래하는 것은 로크리스 출신 에우노모스[16]와 레스보스 출신 아리온,[17] 그리고 아나크레온[18]과 스테시코로스[19]이다. 그들이 노래를

---

16) 이름 뜻이 '좋은 선율'인 이 음악가는 알렉산드리아의 클레멘스가 쓴 『희랍인들에게 보내는 권고』 1권 2장 4절에 언급되어 있다.
17) 디튀람보스의 창시자. 해적에게 죽을 뻔했지만, 그의 노래를 들은 돌고래들이 물에 던져진 그를 구했다고 한다. 헤로도토스 『역사』 1권 23장.
18) 기원전 6세기 시인. 사랑과 즐거움에 대한 시들을 썼다.
19) 기원전 7~6세기 시인. 헬레네를 비난하는 시를 썼다가 눈이 멀어서, 그것을 취소하는 시를 쓴 후 다시 보게 되었다고 한다. 플라톤 「파이드로스」 243a.

그치면 다음으로 백조와 제비, 밤꾀꼬리로 구성된 가무단이 등장한다. 이들이 노래할 때면, 온 숲이 바람의 지휘에 따라 반주를 한다.

하지만 다음 것이 그들이 즐거움을 누리는 가장 강력한 방법이다. 잔치 자리 곁에는 두 개의 샘이 있는데, 하나는 웃음의 샘이고 다른 것은 쾌락의 샘이다. 처음 여흥을 시작할 때 모두가 이 두 샘물을 마시고, 이후의 시간을 흥겹게 웃으며 보낸다.

이제 나는 거기서 유명한 사람 중 어떤 이를 보았는지 말하고자 한다. 거기에는 반신(半神)들과 일리온[20]에서 싸웠던 이들이 로크리스 출신 아이아스[21]만 빼고는 모두 있었다. 사람들이 말하길 그자만 유일하게 불경스러운 자들의 처소에서 벌을 받고 있다고 한다. 이방인들 가운데서는 두 퀴로스[22]와 스퀴티아 사람 아나카르시스,[23] 트라케 사람 자몰크시스,[24] 그리고 이탈리아 사람 노마[25]를 보았다. 또 라케다이몬 사람 뤼쿠르고스[26]와, 아테나이 사람 포키온[27]

16

17

---

20) 트로이아의 다른 이름.
21) 보통 텔라몬의 아들인 '큰 아이아스'와 구별하기 위해 '작은 아이아스'라고 부르는 인물이다. 그는 트로이아 함락 때 여사제 캇산드라를 신전에서 끌어내어 겁탈함으로써 희랍군에게 재앙을 가져왔고, 자신도 귀국 도중 죽었다.
22) 대(大) 퀴로스와 소(小) 퀴로스.
23) 아테나이를 방문하여 솔론을 만났다는 현자. 헤로도토스 『역사』 4권 76장. 루키아노스의 글 중에도 그의 이름을 제목으로 삼은 「아나카르시스」가 있다.
24) 게타이 족의 영웅. 헤로도토스 『역사』 4권 94장 이하에는 '살목시스'라는 이름으로 소개되어 있다.
25) 로마의 두 번째 왕. 보통 누마 폼필리우스라고 불리며, 로마에 많은 종교 의례를 도입하였다.

과 텔로스,[28] 그리고 현자들을 보았는데 페리안드로스[29]는 예외다. 또 나는 소프로니스코스[30]의 아들 소크라테스가 네스토르[31]와 팔라메데스[32]와 함께 헛소리를 나누고 있는 것을 보았다. 그 주위에는 라케다이몬 출신 휘아킨토스[33]와 테스피아이 출신 나르킷소스,[34] 그리고 휠라스[35]와 다른 미남들이 있었다. 내가 보기에 그

---

26) 스파르타의 입법자. 플루타르코스는 『비교 인물전』에서 뤼쿠르고스를 로마 왕 누마와 비교했다.
27) 기원전 4세기 후반 아테나이 사람. 카이로네이아에서 테바이와 아테나이가 마케도니아에 패배(338년)한 후, 마케도니아와 화평을 맺기 위해 노력했고, 알렉산드로스 사망 후 라미아 전투에 아테나이가 참여하지 않게 하려고 노력했다. 322년에는 마케도니아의 안티파트로스와 평화 조약을 맺는 데 중요한 역할을 했다.
28) 솔론이 뤼디아 왕 크로이소스에게 '가장 행복한 사람'으로 소개했던 인물. 자식들을 훌륭하게 키우고 손자까지 본 다음 전쟁터에서 나라를 지키다 죽었고, 국비로 장례를 받았다고 한다. 헤로도토스 『역사』 1권 30장.
29) 보통 희랍의 '일곱 명의 현자' 중 하나로 꼽히는데, 코린토스의 참주로 못된 짓을 많이 한 것으로도 알려져 있다. 헤로도토스 『역사』 5권 92장 참고. 루키아노스가 그를 제외한 것도 악한 참주여서 그랬던 것 같다.
30) 소크라테스의 아버지. 보통 석공이었다고 알려져 있다.
31) 트로이아 전쟁에 참여했던 노(老) 전사. 연설을 아주 잘하는 것으로 알려져 있다.
32) 오뒷세우스가 트로이아에 가지 않으려고 미친 척하고 있는 것을 잡아낸 사람. 트로이아에 갔다가 오뒷세우스의 계략 때문에 배신자로 몰려 처형되었다. 글자의 발명자로 알려져 있기도 하다.
33) 아폴론의 애인이었으나 서풍 신이 질투해서 바람에 날린 원반을 맞고 죽었다. 죽은 후에 히아신스 꽃으로 변했다고 한다.
34) 물에 비친 자기 모습을 사랑하다가 말라 죽었다는 미남. 오비디우스 『변신 이야기』 3권 339행 이하.

는 휘아킨토스를 사랑하는 듯했다. 그를 아주 많이 논박했기 때문이다.[36] 한데 사람들은 라다만튀스가 소크라테스에게 화가 나서, 여러 차례 위협했다고 한다. 만일 그가 쓸데없는 소리를 계속 지껄이고 무식한 척하면서[37] 즐기는 걸 그치지 않겠다면, 섬에서 쫓아내 버리겠노라고. 플라톤만은 거기 없었는데, 사람들은 말하길, 그는 자신이 상상해 낸 도시에서 자기가 직접 세운 법과 정치 체제에 따라 살고 있다고 한다.

아리스팁포스[38]와 에피쿠로스[39]의 추종자들은 거기서 최고로 여겨진다. 상냥하고 우아하고 함께 술 마시기에 아주 좋기 때문이다. 거기에는 또 프뤼기아 출신 아이소포스[40]도 있었는데, 그는 익살꾼 역할을 하고 있었다. 시노페 출신의 디오게네스[41]는 생활방식

18

---

35) 헤라클레스의 애인이었으나 물의 요정들이 데려갔다는 미남. 아폴로니오스 로디오스 『아르고 호 이야기』 1권 1226행 이하.
36) 소크라테스가 미남들을 좋아했고, 플라톤의 많은 대화편에서 미남 청년들과 대화를 나눈 것을 우스개로 삼은 구절이다.
37) eironeia. '아이러니'라는 말의 어원이다. 플라톤의 대화편들에 따르면, 소크라테스는 늘 자신이 무지한 사람이라면서 현자로 알려진 자들을 찾아가 그들의 주장을 논박했다.
38) 기원전 435년경~366년 이후. 소크라테스의 제자. 행복의 기준을 육체적 쾌락에 놓았던 퀴레네 학파의 창시자.
39) 기원전 341~270년. 사모스 출신. 보통 '쾌락주의'로 알려진 에피쿠로스학파의 창시자.
40) 기원전 620년경~560년경. 보통 '이솝'으로 알려진 우화 작가.
41) 기원전 412년경~323년. 보통 '견유학파'로 알려진 철학자. 부패한 사회와 체제

을 크게 바꿔서 헤타이라[42)]인 라이스와 결혼하였고, 자주 술에 취해서는 일어나 춤을 추고 주정을 했다. 한편 스토아학파 중에는 아무도 거기 없었다. 그들은 여전히 덕의 가파른 언덕을 올라가고 있다고 전해지기 때문이다. 우리는 크뤼십포스[43)]에 대해서도 들었는데, 그는 네 번째로[44)] 광기 치료를 받기 전에는 섬에 발을 들여놓지 못하게 되었다고 한다. 또 사람들이 말하길, 아카데메이아학파[45)] 사람들은 오고 싶어는 하지만, 여전히 판단을 중지하고[46)] 회의에 빠져 있다고 한다. 그들은 그런 섬이 존재하는지조차도 확신[47)]할 수 없기 때문이다. 또한 나는 그들이 라다만튀스의 판정을 두려워하는 게 아닌가 생각한다. 그들은 판단의 기준까지도 없애 버렸기 때문이다. 사람들은 말하길, 그들 중 다수가 이미 여기 도착한 사람들을 따라오

를 비판하고 가난을 미덕으로 삼았다.
42) 희랍의 고급 접대부.
43) 기원전 280년경~205년경. 킬리키아의 솔로이(또는 타소스) 출신. 스토아학파의 제2 창시자.
44) 루키아노스의 「철학자를 팝니다」 23장에도 크뤼십포스가 세 번이나 광기 치료를 받은 것이 언급된다.
45) 플라톤의 학교였던 아카데메이아에 속한 철학자들. 나중에는 회의주의적 경향이 강해졌다.
46) 희랍어로 epoche. '중기 아카데메이아학파'와 '신 아카데메이아학파'에서 중요했던 개념이다.
47) 희랍어로 katalambanein. 헬레니즘 시대 철학에서는 어떤 인상이 참인지 거짓인지 결정하기 위해서는 그 인상이 '확신을 주는 힘(kataleptikon)'을 가졌는지가 중요한데, 여기 사용된 동사가 이 개념과 같은 어근을 갖고 있다.

려고 출발하긴 했지만 워낙 느려서 따라잡지 못하고 뒤처졌으며, 중도에 돌아섰다고 한다.

이상이 거기 있던 자들 가운데 가장 언급할 가치가 있는 이들이다. 한데 그들은 아킬레우스를 가장 존중하고, 그다음은 테세우스다. 성적인 결합과 관련해서는 다음과 같이 행동한다. 그들은 여자와든 남자와든 모든 이가 보는 데서 공개적으로 결합하며, 그들에게는 이게 전혀 부끄러운 일이 아니다. 단 한 사람 소크라테스만 자기가 젊은이들을 가까이하는 데서 순결하다고 맹세했다. 하지만 모든 사람이, 거짓 맹세한다고 그를 비난했다. 휘아킨토스나 나르킷소스도 그런 비난에 여러 차례 동의했지만, 그럼에도 소크라테스는 계속 부인했다. 여자들은 모든 남자에게 공동으로 속해 있었고, 누구도 이웃을 질시하지 않았다. 이 점에 있어서 그들은 극도로 플라톤적이었다.[48] 또 소년들도 자기들을 원하는 사람에게 거부하지 않고 사랑을 수락한다.

19

이삼 일이 지나지 않았을 때, 나는 시인 호메로스를 찾아갔다. 우리 둘 다 한가했기 때문이다. 다른 것들도 물어보고, 그가 어디 출신인지를 물었다. 왜냐하면 이것이 우리 세계에서는 여전히 열심히 연구되고 있었기 때문이다. 그는 자신이, 어떤 사람은 키오스 출신이라고, 어떤 사람들은 스뮈르나 출신이라고, 또 다수는 콜로폰 출신

20

---

48) 플라톤이 『국가』 5권에서 통치자 계급의 여성 공유를 주장했던 것을 암시하는 구절이다.

이라고 생각한다는 걸 모르지 않는다고 말했다. 하지만 그는 자신이 바빌로니아 출신이라고 했다. 자기 도시에서는 호메로스가 아니라 티그라네스라고 불렸으며, 나중에 볼모가 되어(homereusas) 희랍인들 사이에서 이름을 바꾸었다는 것이다.[49] 나는 계속해서 학자들이 지우는 구절들에 대해, 그게 그 자신이 쓴 것들인지 질문했다.[50] 그는 모두 자신이 쓴 거라고 말했다. 그는 제노도토스[51]와 아리스타르코스[52]를 따르는 학자들의 온갖 현학적인 논변들을 비난

---

[49] 호메로스는 작품 속에서 자신에 대한 아무 정보도 전해 주지 않았기 때문에, 그에 대한 모든 이야기들은 추정에 불과하다.(사실은 그가 실존 인물인지도 의심의 대상이 되고 있다. 학자들은 대체로 『일리아스』와 『오뒷세이아』를 마지막에 정리한 큰 시인을 그냥 호메로스라고 보자는 정도로 지나가고 있다.) 고대부터 전해지는 호메로스 전기가 일곱 가지가 있고, 호메로스와 헤시오도스의 노래 대결에 대한 글도 전해지지만, 이것들은 사실 모두 로마 제정기에 나온 것이다. 그러니까 호메로스 당시로부터 8백 년 이상 후대의 것이란 말이다.(물론 이것들이 고대 전승을 전해 주는 것이라는 옹호는 가능하다.)

호메로스가 자기 고장 출신이라고 주장하는 여러 도시가 있지만, 가장 유력한 곳은 오늘날 터키 서해안에 있는 스뮈르나(이즈미르)이다. 키오스도 상당한 권리를 주장하는데, 그곳에 이른바 '호메로스의 후예들(Homeridai)'이라는 가객 단체가 있었기 때문이다. 지금 여기 등장한 호메로스가 자기는 바빌로니아 출신이라고 하는 것은 그냥 루키아노스가 재미있으라고 넣은 농담이고, 실제 호메로스는 소아시아 해안 이오니아 출신이라는 게 거의 확실하다.(그의 두 서사시를 이루는 주된 언어는 이오니아 방언이다.) 또 여기서는 그의 이름이 '볼모로 잡힌 자'라는 뜻이라고 주장하고 있지만, 학자들은 그의 이름이 '보증인'이란 뜻으로, 직업에서 비롯된 고유 명사라고 보고 있다.

[50] 호메로스 작품의 여러 구절들은 후일 가필된 것이 아닌지 의심받고 있다.
[51] 에페소스 출신의 기원전 3세기 고전학자.

했다. 이것들에 대해서는 충분히 답변이 되었으므로, 나는 다시 그에게 왜 분노로 시작했는지를[53] 물었다. 그는, 아무 목적도 없이 단지 그렇게 떠올랐기 때문이라고 대답했다. 또 나는 다음 것도 알고 싶었다. 즉 그가, 많은 사람들이 말하듯『오뒷세이아』를『일리아스』보다 먼저 썼는지 하는 것이다. 그는 그것을 부인했다. 또 그가 눈이 멀지 않았다는 것도—이것 역시 사람들이 떠들어 대는 것이지만—나는 즉각 알 수 있었다. 물어볼 필요도 없이 그냥 보고 알았던 것이다. 그리고 나는 다른 때에도, 혹시 그가 한가한 것을 보면 자주 이런 기회를 가졌다. 그에게 다가가서 직접 물어봤던 것이다. 그러면 그는 모든 것을 열성적으로 대답해 주었다. 특히 그가 승소한 그 재판 뒤에 그랬는데, 테르시테스가, 호메로스가 시 속에서 자기를 비웃은 것에 대해[54] 모욕죄로 고소했기 때문이다. 거기서 호메로스는 오뒷세우스의 변론에 힘입어 승리하였다.

이 무렵에 사모스 출신 퓌타고라스가 도착했는데, 그는 일곱 번이나 모습을 바꾸어 일곱 번의 삶을 살고 영혼의 윤회를 마친 참이었다. 그의 오른쪽 절반은 온통 금으로 되어 있었다. 그는 그들과 함께 살도록 판결을 받았다. 그를 퓌타고라스로 부를지, 아니면 에우포르보스[55]로 부를지는 아직 결정되지 않았다. 엠페도클레스[56]도 왔는

---

52) 제노도토스 다음으로 알렉산드리아의 도서관 책임을 맡았던 학자. 그가 편집한 호메로스 서사시가 고대에는 매우 권위 있었다.
53) 호메로스『일리아스』의 첫 단어는 '분노를'이다.
54)『일리아스』2권에서 테르시테스는 아주 못생기고 성격도 좋지 않은 것으로 나온다.

데, 그는 완전히 익혀지고 몸이 구워진 상태였다. 그는 열심히 탄원했지만 결국 받아들여지지 않았다.

시간이 지나자 그들 세계의 경기 대회인 타나투시아[57]가 열렸다. 22 아킬레우스가 다섯 번째로, 테세우스가 일곱 번째로 경기 운영을 맡는 참이었다. 다른 것들까지 얘기하자면 말이 길어질 터이므로, 일어난 일 중 가장 중요한 것만 설명하겠다. 레슬링에서는 헤라클레스의 자손인 카프로스[58]가 오뒷세우스를 상대로, 관(冠)을 얻고자 경쟁하여 우승하였다. 권투에서는 코린토스에 묻힌 아이귑토스 인 아레이오스[59]와 에페이오스[60]가 맞붙어 비겼다. 한편 그들 세계에서는 판크라티온 경기에는 상이 걸려 있지 않다. 달리기에서는 누가 우승했는지 기억이 나지 않는다. 시인들 중에서는 사실 호메로스가 월등하게 뛰어나지만, 그럼에도 우승은 헤시오도스가 했다. 모든 경

---

55) 퓌타고라스는 전생에 트로이아 영웅인 에우포르보스였다고 한다. 이런 윤회설이 여기 소개된 것은 루키아노스 시대에 퓌타고라스학파가 다시 인기를 얻었던 상황을 반영한다. 퓌타고라스의 윤회에 대해서는 다른 작품 「꿈, 또는 수탉」 4장과 15장 이하, 「철학자를 팝니다」 6장에도 나온다.
56) 기원전 483년경~423년. 시칠리아의 아크라가스 출신 철학자. 만물이 물, 불, 흙, 공기라는 네 가지 '뿌리'로 구성되어 있다고 주장했다. 말년에 아이트나 화산에 몸을 던졌다고 전해진다.
57) '죽은 자들의 운동 경기'라는 뜻.
58) 헤라클레스 이후 처음으로 같은 경기 대회(기원전 212년)에서 레슬링과 판크라티온(격투기)에서 동시에 우승한 사람이라 한다.
59) 루키아노스 시대의 권투 선수를 암시하는 것일 수도 있고, 아우구스투스 시대의 스토아 철학자를 암시하는 것일 수도 있다.
60) 『일리아스』의 파트로클로스 장례식 기념 경기 권투 우승자이다. 23권 665행 이하.

소크라테스

기에서 상은 공작 깃털을 엮은 관(冠)이다.

경기가 끝나자마자, 불경스러운 자들의 영역에서 벌을 받던 자들 23
이 사슬을 끊고 경비를 제압하고 그 섬으로 닥쳐오고 있다는 소식
이 전해졌다. 그들의 지휘자는 아크라가스의 팔라리스[61]와 아이컵
토스의 부시리스,[62] 트라케의 디오메데스,[63] 그리고 스키론[64]과 피
튀오캄프테스[65] 일당이었다. 라다만튀스는 이 소식을 듣자, 영웅들
을 해안에 정렬시켰다. 테세우스와 아킬레우스, 그리고 이제는 정신이
돌아온 텔라몬의 아들 아이아스가 전열을 이끌었다. 그들은 격돌하
여 싸웠고, 영웅들이 승리를 거두었고, 아킬레우스가 으뜸으로 잘
싸웠다. 하지만 오른쪽 전열에 배치된 소크라테스도 수훈을 세웠다.
그는 살아서 델리온에서 싸울 때[66]보다 훨씬 더 잘 싸웠다. 적들이
네 명이나 다가오는데도 도망치지 않았고, 얼굴도 돌리지 않았던 것

---

61) 기원전 6세기 시칠리아 아크라가스(아그리겐툼)의 참주. 청동 소를 만들어 그 안
   에 사람을 넣고 밖에서 불을 지펴서, 안에 있는 사람이 울부짖으면 그것을 소 우
   는 소리로 여겼다는 악한. 루키아노스는 팔라리스가 델포이에 사람을 보내서 자
   기 입장을 밝히는 내용의 글을 두 편 남기고 있다.
62) 헤라클레스를 붙잡아서 신에게 제물로 바치려다 자신이 죽었다는 이집트 왕.
63) 자기 말에게 나그네를 잡아 먹였다는 트라케의 왕. 헤라클레스가 그를 죽이고 말
   을 끌고 갔다고 한다.
64) 메가라의 절벽에 살면서 지나가는 사람을 붙잡아 자기 발을 씻게 만들고는, 그
   를 벼랑 아래로 걷어차서 죽였다는 도적. 테세우스에게 죽는다.
65) 보통 '시니스'라는 이름으로 알려진 악한. 지나가는 사람을 붙잡아, 굽혀(kamp-
   tein) 놓은 소나무(pitys)로 날려 죽이다가, 테세우스에게 같은 방식으로 죽었다.
66) 424년에 있었던 전투. 델리온은 아테나이 북쪽 보이오티아 지역에 있다. 이 전투
   에서의 소크라테스의 태도에 대해서는 플라톤의 「소크라테스의 변명」 28e 참고.

이다. 이 일로 해서 그에게 나중에 수훈상이 주어졌는데, 교외에 있는 크고 아름다운 정원이었다. 거기로 그는 친구들을 불러 모아 대화를 나누곤 했으며, 그 장소를 네크라카데미아⁶⁷⁾라고 불렀다.

그들은 패배한 자들을 잡아서는 묶어서 더 심한 벌을 받도록 보내 버렸다. 호메로스는 이 전투에 대해서도 시를 썼고, 내가 떠날 때 우리 세계에 있는 사람들에게 전해 주라며 내게 주었다. 하지만 나중에 나는 이것도 다른 것들과 함께 잃고 말았다. 그 시의 시작은 이랬다.

"이제 내게 말해 주소서, 무사 여신이여, 죽은 영웅들의 전투를."

그리고 그때 그들은, 그들 세계에서 전쟁에 승리할 때면 늘 하는 대로, 콩을 삶고 승전 잔치를 열었으며,⁶⁸⁾ 성대한 축제를 개최하였다. 거기에 퓌타고라스 한 사람만은 참여하지 않고, 콩 먹는 것을 혐오하여⁶⁹⁾ 식사도 하지 않고 멀리 떨어져 앉아 있었다.

이제 여섯 달이 지나고 일곱째 달 중간쯤 되었을 때, 예기치 못한 사건이 일어났다. 스킨타로스의 아들로 체격이 크고 잘생긴 키뉘라스는 이미 오래전부터 헬레네를 좋아하고 있었으며, 그녀 역시 숨길

---

67) '죽은 자들의 아카데미아'라는 뜻. '아카데미아'는 소크라테스의 제자인 플라톤이 세운 학교이다.
68) 아테나이에서 10월에 열렸던 퓌아넵시아 축제를 암시한 것이다. 이 축제는 테세우스가 크레테에서 생환한 것을 감사해 아폴론에게 콩죽을 바친 데서 유래한다.
69) 퓌타고라스학파 사람들 사이에서는 콩을 먹는 것이 금기로 되어 있었다. 이에 대해서는 「꿈, 또는 수탉」 4~5장, 18장과 「철학자를 팝니다」 6장 참고.

것도 없이 미친 듯이 이 청년을 사랑하게 되었다. 그래서 그들은 자주 잔치 자리에서 서로 고갯짓을 하고 서로를 위해 건배하고, 둘만 일어나 나가서 숲 주위를 배회하곤 했다. 마침내 키뉘라스는 사랑과 절망에 못 이겨, 헬레네를 납치해서—그녀에게도 이러는 게 좋아 보였다—주변의 섬 중 하나로, 펠로(코르크 섬)나 치즈 섬으로 데리고 도망치려 계획했다. 그들은 공범으로 내 동료들 중 가장 무모한 세 사람을 미리 뽑아 두었다. 하지만 자기 아버지에게는 사실을 알리지 않았다. 그가 가로막으리라는 것을 알고 있었기 때문이다. 결정이 이루어지자, 그들은 계획을 실행하기 시작했다. 밤이 되었을 때—나는 그때 거기 있지 않았다. 마침 잔치 중에 잠이 들었기 때문이다—그들은 다른 사람들 몰래 헬레네를 데리고서 황급히 배를 띄웠다.

자정 무렵에 메넬라오스가 깨어, 침상에 아내가 없는 것을 발견하고는, 고함을 지르면서 자기 형제를 동반하여 라다만튀스 왕에게로 갔다. 한데 날이 밝자 파수꾼들이 멀리 떠나가는 배를 보았노라고 보고했다. 그러자 라다만튀스는 영웅들 중 50명을 수선화 한 그루로 만든 배에 태워 추격하도록 명령했다. 그들은 온 힘을 다해 달려가서 정오 무렵, 저들이 막 치즈 섬 부근 우유 바다 지역으로 들어가는 순간에 따라잡았다. 그들은 그만큼이나 달아났던 것이다. 영웅들은 그 배를 장미 덩굴로 묶어서는 끌고 돌아왔다. 헬레네는 울면서 부끄러워 얼굴을 가렸다. 라다만튀스는 먼저 키뉘라스 일당에게 다른 누군가가 공모했는지를 물었다. 그들이 공범이 없다고 대답하자, 26

우선 그들을 당아욱으로 매질한 다음 성기를 묶어서 불경스러운 자들의 영역으로 보내 버렸다.

그리고 그들은 우리도 기한 전에 섬에서 퇴출시키기로 표결하였다. 다음 날까지만 머물라는 것이다. 나는 통곡하고 눈물을 쏟았다. 그토록 좋은 곳을 떠나 다시 방황해야 했기 때문이다. 하지만 그들은 얼마 지나지 않아 그들에게로 다시 올 수 있을 거라고 말하며 위로하였다. 그리고 내게 벌써, 가장 뛰어난 인물들 가까이에 있는 미래의 나의 보좌와 침상을 가리켜 보여 주었다. 나는 라다만튀스에게 가서 거듭 탄원하여 앞으로 일어날 일과 여정을 가르쳐 달라고 청했다. 그는 내가 먼저 한참 방황하고 위험을 겪은 뒤에야 고향에 닿을 수 있으리라고 했다. 하지만 귀향에 걸리는 시간은 미리 가르쳐 주지 않으려 했다 그래도 가까이 있는 섬들을 가르쳐 주었는데, 다섯 개는 눈에 보였고, 멀리 여섯 번째 것이 또 있었다. 그는 가까이 있는 이 섬들이 불경스러운 자들에게 속한 것이라고 말했다. 그는 말했다. "이 섬들에서 엄청난 불이 타오르는 것을 당신도 지금 보고 있소. 하지만 저 여섯째 것은 꿈들의 도시요. 그 섬 다음에는 칼립소의 섬이 있소. 하지만 그대 눈에는 결코 보이지 않을 것이오. 이 섬들을 지나치면 당신은 거대한 대륙에 닿을 것이오. 그것은 당신들 세계에 있는 대륙의 정반대쪽에 놓인 것이오. 거기서 많은 일을 겪고 다양한 종족 사이로 통과하여 상종할 수 없는 인간들의 땅에 한참 머문 다음, 마침내 다른 대륙에 도달하게 될 것이오."

이렇게 말하고는 땅에서 당아욱의 뿌리를 뜯어내어 내게 내밀었다. 그러고는 더할 수 없는 위험에 처하면 그것에게 기원하라고 지시했다. 그리고 충고하기를, 우리가 그 땅에 가게 되면 칼로 불을 휘젓지 말 것이며, 층층이부채꽃 씨를 먹지 말고, 열여덟 살 넘는 소년은 가까이 사귀지 말라고 했다. 이것을 기억하고 있어야 그 섬으로 돌아올 희망을 가질 수 있다는 것이다.

그렇게 해서 항해 준비를 마쳤을 때, 그리고 적절한 시간이 되었을 때, 우리는 그들과 함께 잔치에 참여했다. 다음 날 나는 시인 호메로스를 찾아가 2행으로 된 시구를 지어 달라고 청했다. 그가 시를 지어 주자, 나는 그것을 녹주석 기둥에 새겨 항구 가까이에 세웠다. 그 시구는 이러했다.

> 행복한 신들에게 사랑받는 루키아노스는 이 모든 것을
> 보았고, 자기 고향 땅으로 다시 돌아갔노라.

그날은 거기서 머물렀고, 다음 날 우리는 배를 띄웠다. 영웅들이 동행해 주었다. 그때 오뒷세우스는 페넬로페 몰래 내게 다가와서는 오귀기아 섬의 칼륍소[70]에게 전해 달라고 편지를 주었다. 라다만튀스는 나를 위해 나우플리오스[71]를 안내자로 동행시켰다. 우리가 혹

---

70) 『오뒷세이아』에서 오뒷세우스를 사랑하여 자기 남편이 되어 주기를 요구하며 7년 동안 붙잡아 두었던 바다의 여신.
71) 아르고 호 모험에 참여했던 영웅으로, 도중에 키잡이 티퓌스가 죽자 배를 몰겠다고 자원했었다. 아폴로니오스 로디오스의 『아르고 호 이야기』 2권 896~897행.

시 그 섬들에 닿더라도, 누가, 우리가 다른 용무로 항해하는 걸로 여겨서 붙잡는 일이 없게끔 하려는 것이었다.

우리가 앞으로 달려서 향기로운 대기를 벗어났을 때, 갑자기 끔찍한 냄새가 우리를 덮쳤는데, 역청과 유황과 송진이 함께 타는 것 같았다. 그리고 사람을 태우는 것처럼 역하고 견딜 수 없는 증기와, 어둡고 침침한 안개가 닥쳤으며, 거기서 새까만 이슬방울이 맺혀 떨어졌다. 또 우리는 처찍질 소음과 많은 사람의 비명 소리를 들었다.

우리는 다른 섬들에는 다가가지 않았는데, 우리가 상륙한 섬은 30 다음과 같이 생겼다. 섬 전체가 빙 둘러서 잘라 낸 듯 가팔랐고, 바위와 돌밭으로 앙상하여 나무도 물도 없었다. 그래도 우리는 벼랑을 기어올라서, 가시투성이의 바늘 줄기로 가득한 길을 뚫고 전진하였다. 그 지역은 보기에 아주 흉측했다. 감옥이자 징벌 장소인 곳으로 다가가서 우리는 우선 그 장소의 특성에 놀랐다. 바닥 자체에서 온통 칼과 말뚝이 솟아나 있었던 것이다. 그리고 강들이 그곳을 둘러 흐르고 있었다. 하나는 진흙 강이고, 두 번째 것은 피의 강, 그리고 제일 안쪽의 것은 불의 강이었는데, 이 세 번째 것은 매우 크고 건널 수 없는 것이었다. 그것은 물처럼 흐르고 바다처럼 파도쳤으며, 많은 물고기까지 있었다. 그것들 중 어떤 것은 횃불과 흡사했고, 어떤 작은 것들은 불붙은 숯 같았다. 사람들은 그것들을 '등잔고기'라고 불렀다.

이 강들 모두를 통과하여 들어가는 길은 좁은 통로 하나뿐이었 31 는데, 거기에는 아테나이 사람 티몬[72)]이 문지기로 서 있었다. 하지만 우리는 나우플리오스를 길잡이로 삼아 그곳을 통과하여, 벌 받는 사람들을 보게 되었는데, 그들 중 다수가 왕들이었고, 또 일반인도 다수 있었다. 그들 중 몇몇은 우리도 알아보았다. 우리는 키뉘라스가 성기가 붙잡혀 매달린 채 연기에 그을리는 것을 보았다. 안내자들은 각 사람의 생애와, 징벌을 불러온 죄악을 설명해 주었다. 모든 이들 가운데 가장 큰 벌을 받게 된 것은 살아서 거짓말을 한 자들과, 진실이 아닌 이야기를 지어낸 자들이었다. 그들 가운데는 크니도스의 크테시아스[73]와 헤로도토스, 그리고 많은 다른 자들이 있었다. 나는 이들을 보면서 미래에 대한 큰 희망을 갖게 되었다. 내가 아는 한, 나는 거짓을 이야기한 적이 없기 때문이다.

나는 얼른 배로 돌아왔다. 그 광경을 도저히 견딜 수 없었기 때문이다. 그리고 나우플리오스와 작별하고 배를 띄웠다. 얼마 뒤에 꿈들의 섬이 가까이에 나타났다. 그것은 보기에 희미하고 불분명했다. 그 섬 자체가 꿈과 유사한 어떤 면을 갖고 있었다. 왜냐하면 우리가 다가가면 물러서고 달아나고 더 멀리 가 버렸기 때문이다. 하지만 결국 그것을 따라잡아서 늦은 오후에 휘프노스[74]라는 이름의 항구로 들어가 상륙했다. 가까이에 상아로 된 문이 있었는데, 거기에는 알렉트뤼온[75]의 성역이 있었다. 그런 다음 도시로 들어가서 수많은

---

72) 인간 혐오자로 유명한 사람. 루키아노스는 그의 이름을 딴 작품을 하나 남겼다.
73) 「진실한 이야기 1」 3장에도 나온, 아르탁세륵세스의 시의.
74) '잠'이라는 뜻.
75) '수탉'이라는 뜻.

다양한 꿈들을 보았다. 하지만 나는 우선 도시 자체에 대해 이야기하고 싶다. 누구도 그 도시에 대해서 기록한 적이 없기 때문이다. 유일하게 그것에 대해 언급한 적이 있는 호메로스[76]마저도 아주 정확하게 묘사하지는 않았었다.

도시 전체를 에워싸고 숲이 있었다. 나무들은 키가 큰 양귀비들과 만드라고라스[77]들이었고, 그 위에는 많은 수의 박쥐들이 있었다. 이 섬에 날짐승이라고는 그것들뿐이었기 때문이다. 그리고 그곳 사람들이 '밤의 길'이라고 부르는 강이 가까이에 흐르고 있었다. 문 곁에는 두 개의 샘이 있었는데, 그 이름이 하나는 네그레토스이고, 다른 것은 판뉘키아였다.[78] 도시의 성벽은 높다랗고 알록달록하여 무지개 색깔과 아주 흡사하다. 문은 호메로스가 말한 것처럼 두 개[79]가 아니라 네 개이다. 두 개는 게으름의 들판을 향해 나 있는데, 하나는 철로 되어 있고, 다른 것은 도기로 되어 있다. 이것들을 통해 무섭고 유혈 낭자하고 사나운 꿈이 나간다고들 말한다. 한편 다른 둘은 항구와 바다로 향해 있는데, 하나는 뿔로 되어 있고, 우리가 통과한 다른 문은 상아로 되어 있었다. 도시로 들어가는 사람의 오른쪽에는 밤의 신전이 있다.—그들은 신들 가운데 이 신과 수탉을 가

---

76) 『오뒷세이아』 19권 560행 이하.
77) 마취 성분을 함유한 식물.
78) 각각 '깨지 않음', '밤새도록'이란 뜻.
79) 『오뒷세이아』 19권 562행 이하. 뿔로 된 문으로는 참된 꿈이, 상아로 된 문으로는 거짓된 꿈이 통과한다.

장 높이 섬기기 때문이다. 수탉을 위한 신전은 항구 가까이에 지어져 있다.―왼쪽에는 잠의 왕궁이 있었다. 여기서는 잠이 통치하기 때문이다. 그는 두 명의 태수 겸 부관을 두고 있는데, 마타이오게네스[80])의 아들 타락시온[81])과 판타시온[82])의 아들 플루토클레스[83])가 그들이다. 광장 가운데는 샘 하나가 있는데, 그들은 그것을 카레오티스[84])라고 부른다. 근처에는 신전이 둘 있는데, 각기 거짓과 진실의 신전이다. 거기에 또 그들의 지성소(至聖所)와 신탁소가 있다. 그것을 꿈의 해석자인 안티폰[85])이 예언자 자격으로 관장하고 있는데, 그는 이 영예를 잠의 신으로부터 부여받았다.

한데 꿈들 자체의 속성과 모습은 다 같지 않아서, 어떤 것들은 크고 아름답고 보기 좋지만, 다른 것들은 작고 볼품없었으며, 어떤 것들은 황금으로 되어 있는 반면, 어떤 것들은 가난하고 가치 없는 듯했다. 그들 가운데 어떤 것들은 날개가 달리고 놀라운 모습이었고, 다른 것들은 마치 가장행렬을 위해 준비를 갖춘 것 같아서, 일부는 왕들의 모습으로, 일부는 신들의 모습으로, 일부는 그와 유사한 다른 것들로 분장을 하고 있었다. 우리는 그들 중 다수를 알아볼 수

---

80) '허영의 아들'.
81) '뒤흔드는 자', '악몽'.
82) '환상'.
83) '부유함으로 유명한'.
84) '마비시키는 것'.
85) 기원전 5세기 아테나이 사람. 꿈의 해석에 대한 책을 썼다.

있었다. 우리 세계에서 예전에 보았기 때문이다. 그들은 우리에게 다가와서 마치 친숙한 사이인 것처럼 인사하고, 우리를 데려다가 재우고, 아주 화려하고 융숭하게 접대하였다. 또한 그 밖에 다른 대단한 영접을 베풀고, 우리를 왕과 태수로 만들어 주겠노라고 약속도 했다. 그들 중 일부는 우리를 고향으로 데려가서 친족들을 보여 주고, 그날로 다시 데려오기도 했다.

그렇게 해서 서른 날과 같은 수의 밤 동안 그들 사이에 머물렀다, 35
잠든 채로 환대받으며. 그러다가 갑자기 엄청난 천둥이 울려서 우리는 잠에서 깨어 벌떡 일어났고, 식량을 채우고 배를 띄웠다.

거기서부터 사흘째에 우리는 오귀기아 섬에 접근하여 하선하였다. 하지만 그 전에 나는 편지를 풀어서 거기 적힌 것을 읽어 보았다. 내용은 이러했다. "오뒷세우스가 칼륍소에게 인사를 전하오. 나는 뗏목을 만들어 그대에게서 떠난 후 배가 파선되었지만, 간신히 레우코테아의 도움으로 살아남아 파이아케스 인들의 땅으로 갔소. 그들이 나를 고향으로 보내 주었을 때 나는, 나의 아내에게 구혼하는 수많은 구혼자들이 내 집에서 잔치를 벌이고 있는 것을 발견하였소. 나는 그들을 모두 처치하였지만, 나중에 키르케가 내게 낳아 준 텔레고노스에 의해 죽음을 당했소. 지금 나는 행복한 자들의 섬에서 지내며, 그대 곁에서 보내는 삶과 그대가 제시했던 불멸을 저버리고 떠난 것을 크게 후회하고 있소. 그래서 기회를 잡으면 달아나 당신에게로 가려 하오." 편지는 이와 같은 내용이었고, 또 우리들에 대한 내용도 있었는데, 우리를 잘 접대하라는 것이었다.

나는 바다에서 조금 전진하여, 호메로스가 말했던 것[86] 같은 동 36
굴을, 그리고 양털 실을 잣고 있는 칼륍소 자신을 발견하였다. 그녀
는 편지를 받아 읽고 우선 눈물을 엄청나게 흘렸다. 그런 다음 우리
를 호화로운 접대 잔치로 초대하였고, 오뒷세우스에 대해 물었다. 또
페넬로페에 대해서도 용모가 어떠한지, 오뒷세우스가 전에 그녀에
대해 자랑했던[87] 것처럼 그렇게 현명한지 등을 물었다. 우리는 그녀
가 듣고 기뻐할 법한 내용으로 대답했다. 그 후 우리는 배로 돌아가
그 근처 해변에서 잤다.

새벽에 바람이 일어서 우리는 서둘러 배를 띄웠다. 그 후 이틀 동 37
안 폭풍에 휩쓸려 갔는데, 사흘째에 '호박 해적'들과 마주쳤다. 이들
은 가까운 섬에서 나와서, 항해해 지나가는 사람들을 약탈하는 야
만적인 자들이었다. 그들은 호박으로 된 배를 타고 있었는데, 크기
는 60완척[88]이나 되었다. 그들은 호박을 말려서 위를 도려내 속을
파낸 후 타고 다닌다. 갈대를 돛대로 이용하고, 돛 대신 호박잎을 사
용한다. 그들은 두 무리로 우리를 공격하여 다수를 부상시켰는데,
돌이 아니라 호박씨를 던져 댔다. 거의 대등하게 한참을 싸운 후에,
정오 무렵이 되었을 때 우리는 '호박 해적'들 뒤로 '호두 껍데기 탄
자들'이 다가오는 것을 보았다. 이들은 서로 원수지간이었고, 그것을
행동으로 보여 주었다. 왜냐하면 '호박 해적'들은 그들이 다가오는

---

86) 『오뒷세이아』 5권 55행 이하.
87) 『오뒷세이아』 5권 201행 이하.
88) 약 27미터.

해적을 실어 나르는 돌고래

것을 알자, 우리를 제쳐 두고 저들에게로 방향을 돌려 싸움을 벌였기 때문이다.

그사이에 우리는, 저들은 서로 싸우도록 남겨 두고, 돛을 올려 달아났다. 한데 '호두 껍데기 탄 자들'이 승리할 것은 분명했다. 그들이 숫자가 더 많고—스물다섯 척이었다—더 튼튼한 배를 타고 싸웠기 때문이다. 그들의 배는 절반으로 자른, 속이 빈 호두 껍데기였는데, 각각의 크기는 열다섯 길[89]이나 되었던 것이다.

우리는 그들의 시야를 벗어났을 때 상처를 치료하였고, 그 후로 언제나 무장을 하고서 항상 어떤 공격이 있을지 대비하고 나아갔다. 그리고 그것은 공연한 짓이 아니었다.

해가 지기도 전에 어떤 인적 없는 섬으로부터 20여 명의 남자들이 거대한 돌고래를 타고 우리에게로 달려왔기 때문이다. 이들 역시 해적들이었다. 돌고래들은 이들을 흔들림 없이 실어 날랐으며, 마치 말처럼 뛰어올라 히힝댔다. 거리가 가까워지자 그들 중 일부는 이쪽으로, 일부는 저쪽으로 나뉘어 말린 오징어와 게 눈알로 우리를 공격했다. 하지만 우리가 활을 쏘아 대고 창으로 공격하자 더는 견디지 못하고, 다수가 부상을 당한 채로 그 섬 쪽으로 달아났다.

자정 무렵, 바다가 잔잔한 가운데 우리는 우리 자신도 모르게 엄청나게 큰 물총새 둥지에 닿았다. 그 둥지는 둘레가 60스타디온[90]

38

39

40

---

89) 26미터 정도
90) 약 11킬로미터.

이나 되었다. 물총새 암컷이 알을 품으면서 그 위에 앉아 있었는데, 그 크기는 둥지보다 많이 작지 않았다. 사실 그것이 날아오르면서 날개가 일으키는 바람에 우리 배는 거의 가라앉을 뻔했다. 하지만 그것은 괴로워하는 소리를 내지르며 도망쳐 떠나가 버렸다. 이제 날이 밝아 오는 참인데 우리는 상륙하여, 그 둥지가 거대한 나무들로 짜인 큰 뗏목과 유사하다는 것을 알았다. 거기에는 알이 5백 개 있었는데, 그것들 각각이 키오스 항아리보다 더 컸다. 한데 그 안에는 이미 새끼들이 모습을 갖추고 삐약거리고 있었다. 우리는 그 알들 중 하나를 도끼로 깨서 아직 털이 나지 않은 새끼를 끌어냈는데, 그것은 독수리 스무 마리보다 더 통통했다.

우리가 그 둥지를 떠나 약 2백 스타디온 항해했을 때, 우리에게 엄청나게 놀라운 전조가 나타났다. 고물의 거위목에 갑자기 깃털이 돋으며 꽥꽥댔기 때문이다. 그리고 키잡이인 스킨타로스는 이미 대머리였는데, 다시 머리가 나기 시작했다. 또 모든 일 중 가장 기이한 것은 배의 돛대에 싹이 나고 가지가 자라서 꼭대기에 열매가 맺혔다는 점이다. 그 열매는 무화과와 아직 익지 않은 검은 포도송이였다. 이것을 보고서 우리는 당연히 마음이 흔들렸고, 이 기이한 현상을 두고 신들께 기원했다.

41

5백 스타디온91)을 채 가지 못해서, 우리는 소나무와 삼나무가 빽빽하게 우거진 거대한 숲을 보게 되었다. 우리는 그것이 굳은 땅일

42

---

91) 약 90킬로미터.

거라고 추측했다. 그러나 그것은 뿌리 없는 나무들이 자라난 바닥 모를 깊은 바다였다. 하지만 나무들은 그럼에도 움직이지 않고, 마치 떠 있듯이 똑바로 서 있었다. 가까이 다가가서 모든 것을 알게 되자 우리는 어떻게 해야 할지 난감해졌다. 나무들을 뚫고 항해하는 것도 불가능했고—나무가 빽빽하고 서로 가까이 붙어 있었기 때문이다—돌아가는 것도 쉽지 않아 보였다. 그래서 나는 가장 큰 나무 위로 올라가서 저 너머는 어떠한지 살펴보았고, 50스타디온이나 그보다 약간 더 멀리까지는 숲이지만, 그다음엔 다시 다른 바다가 펼쳐져 있음을 알았다. 그래서 우리는 배를 나무들 꼭대기로 들어 올려서—나뭇잎은 빽빽했다—, 할 수 있으면 다른 쪽 바다로 넘어가기로 결정했다. 그리고 그것을 실행했다. 우리는 배를 긴 밧줄로 묶어서는 당겨서 나무 위로 겨우겨우 끌어 올려서는, 바다에서 하듯 돛을 펼치고 가지들 위로 달리며, 바람이 밀어 주는 대로 미끄러져 항진했다. 거기서 안티마코스의 시구가 내게 떠올랐다. 그 사람도 어디선가 이렇게 말했던 것이다. "그들이 우거진 나무 속을 항해하여 나아갈 때"라고.

  하지만 우리는 숲을 애를 쓰며 지나 물에 도착하였고, 지난번과 마찬가지 방법으로 배를 다시 내려서 맑고 투명한 물 위로 항해하였다. 그러다가 물이 잘리어서 생겨난 거대한 균열에 당도하였다. 그것은 마치 우리가 흔히 지진으로 땅이 갈라졌을 때 볼 수 있는 것 같은 그런 틈이었다. 우리는 돛을 내렸지만 배는 얼른 멈추지 않고 거의 밑으로 곤두박질칠 정도로 나아갔다. 그 너머로 우리는 바다까지 1천 스타디온 정도 되는 정말 무시무시하고 놀라운 심연을 보았다. 마치 물이 베어 나눈 것처럼 서 있었기 때문이다. 우리는 주변을 둘러보고, 오른쪽으로 멀지 않은 곳에 물로 된 다리가 연결되어 있는 것을 보았다. 그것은 두 바다의 표면을 연결하여, 한쪽 바다에서 다른 쪽으로 흐르고 있었다. 그래서 우리는 노를 저어 그 길을 달렸고, 무진 애를 써서 그것을 건넜다. 우리로서도 예상치 못한 결과였다.

거기서 우리는 평온한 바다와 크지 않은 섬을 만났다. 그 섬은 접근하기 쉬웠고 사람이 살고 있었다. 거기에는 야만인들이 거주하고 있었는데, 이들은 '쇠머리 종족'으로 우리 세계에서 미노타우로스를 그렇게 그리듯, 머리에 뿔을 지니고 있었다. 우리는 배에서 내려, 혹시 가능하다면 물을 보급하고 식량을 얻으려고 나아갔다. 이미 물과 식량이 떨어졌기 때문이다. 우리는 가까운 데서 물을 찾아냈다. 그 밖의 다른 것은 아무것도 보이지 않고, 다만 그리 멀지 않은 곳에서 울부짖는 소리가 들릴 뿐이었다. 그래서 우리는 소 떼가 있는가 보다 생각하고 조금 더 나아갔다가 그들과 마주쳤다. 그들은 우리를 보자 쫓아오기 시작했다. 결국 동료 중 세 명이 붙잡혔고, 나머지는 바다를 향해 도망쳤다. 하지만 곧 우리는 모두가 무장을 갖추고─동료들에 대해 복수해 주지 않고 모른 체하는 것은 옳지 않아 보였기 때문이다─, 붙잡힌 자들의 살코기를 나누고 있던 쇠머리 종족에게로 공격해 갔다. 우리는 그들 모두를 패주하게 만들었고 추격하였다. 그래서 그들 중 50명 정도를 죽였고 둘을 사로잡았다. 우

44

리는 포로들을 끌고서 다시 돌아갔다. 하지만 식량은 여전히 찾지 못했다. 그래서 다른 사람들은 잡힌 자들을 목 베어 죽이자고 주장했지만, 나는 동의하지 않았다. 그보다 나는 그들을 묶어 놓고 지키게 했다. 결국 쇠머리 종족에게서 사절이 와서, 몸값을 받고 붙잡힌 자들을 풀어 달라고 간청했다. 우리는 그들이 고개를 끄덕이며 탄원하듯이 뭔가 슬픈 소리로 우는 것을 이해했던 것이다. 몸값은 많은 치즈와 말린 생선, 양파, 그리고 네 마리 사슴이었다. 한데 그 사슴들은 다리가 셋뿐이었다. 뒷다리는 둘이지만, 앞다리는 붙어서 나 있었던 것이다. 우리는 이것들을 받고 붙잡힌 자들을 놓아주었으며, 하루 동안 거기 머물고 배를 띄웠다.

이제 물고기들이 우리에게 보이고 새들이 날아 지나가고, 육지가 45
가까이 있다는 다른 조짐들이 나타나기 시작했다. 잠시 후에 사람들도 보게 되었는데, 이들은 새로운 방식의 항해법을 사용하고 있었다. 이들은 선원이면서 동시에 배이기도 했던 것이다. 이제 그 항해법에 대해 이야기하겠다. 그들은 물 위에 뒤로 누워서 성기를 곤추세우고―그들의 성기는 거대했다―거기에 돛을 펼친 후 손으로 돛 귀퉁이를 잡고, 바람이 불어오면 항해한다. 이들 뒤에서는 다른 사람들이 코르크 위에 앉아서, 두 마리 돌고래를 멍에 지워서 몰아가면서 고삐로 제어하고 있었다. 돌고래들은 앞서 가면서 코르크를 끌었다. 이들은 우리에게 해를 끼치지도 않았고, 피하지도 않았다. 그저 두려움 없이 평화롭게 달려가면서, 우리 배의 모습에 놀라고 샅샅이 훑어볼 뿐이었다.

저녁에 우리는 그다지 크지 않은 섬에 닿았다. 거기에는 여자들이 46
살고 있었는데—우리는 그렇게 생각했다—, 그들은 희랍어를 사용
했다. 이들은 우리에게로 와서 환영하고 포옹하였다. 헤타이라들처
럼 치장을 했고, 모두가 아름답고 젊었으며 발목까지 오는 키톤을
끌고 있었다. 그 섬은 코발루사라고 불렸고, 도시 자체는 휘다마르
기아였다.[92] 여자들은 우리를 붙잡아 각자가 자기 처소로 데려다가
손님으로 접대했다. 나는 조금 떨어져 서서—왜냐하면 예감이 좋지
않았기 때문이다—, 좀 더 자세히 살피다가 많은 사람의 뼈와 해골
이 널려 있는 것을 발견하였다. 하지만 고함을 질러 동료들을 불러
모으고 무기 있는 데로 가는 것은 좋아 보이지 않았다. 나는 당아욱
을 꺼내서 거기에 대고, 현재의 재난을 피할 수 있게 해 달라고 열심
히 빌었다. 잠시 후에 나는 나를 접대하는 여인의 다리가 여자의 것
이 아니라 당나귀 발굽이라는 것을 알았다. 그래서 칼을 뽑아 들고
그녀를 붙잡아 묶고는 모든 것을 심문하였다. 그녀는 내켜 하지 않
았지만 어쨌든 대답을 했다. 자신들은 바다의 여인들로 '당나귀 다
리 여인들'이라고 불리며, 자신들을 찾아오는 나그네들을 먹이로 삼
는다는 것이다. 그녀는 말했다. "우리는 그들을 취하게 만든 다음에,
함께 잠자리에 들어 그들이 잠든 사이에 공격하지요." 그 말을 듣고
서 나는 그녀를 거기 묶인 채 버려 두고, 지붕으로 올라가서 소리를
지르고 동료들을 불러 모았다. 그들이 모였을 때, 모든 사실을 그들

---

[92] 사본마다 이름이 다르고 이름 뜻에 대한 좋은 설명이 없다. 로엡 판 번역자는 섬 이름은 '마녀들의 섬', 도시 이름은 '물 좋은 도시'로 옮기고 있다.

에게 알리고 뼈들을 보여 준 다음, 그들을 묶인 여자가 있는 실내로 안내했다. 그러자 그녀는 즉시 물로 변해 보이지 않게 되었다. 하지만 나는 시험 삼아 칼을 그 물에 꽂았다. 그러자 그것은 피로 변했다.

그리하여 우리는 얼른 배로 돌아가 출항하였다. 날이 밝아 오기 시작할 때, 우리는 육지를 발견하였고, 그것이 우리 사는 세계의 반대편에 놓인 대륙이라고 짐작하였다. 우리는 그것에 경의를 표하고 기원을 드린 다음, 앞으로의 일에 대해 궁리하기 시작했다. 일부는 그저 상륙했다가 다시 돌아오자고 했고, 일부는 거기에 배를 남겨두고 내륙으로 올라가서 거기 살고 있는 사람들에 대해 알아보자고 했다. 우리가 이런 것을 논의하는 와중에 갑자기 폭풍이 닥쳤고 배를 해변에 들이박아 부숴 버렸다. 우리들은 겨우 헤엄쳐 나왔다, 각기 무장과 할 수 있는 데까지 다른 물건들을 부여잡고서.

이상이, 다른 대륙에 닿을 때까지 내게 일어났던 일이다. 처음엔 바다에서, 그리고 항해를 하는 동안 섬들에서, 그리고 공중에서, 그 다음엔 고래 배 속에서, 또 내가 거기서 나온 후 영웅들과 꿈들 곁에서, 그리고 마지막으로 '쇠머리 종족'과 '당나귀 다리 여인들'에서의 일이다. 새로운 땅에서 일어난 일에 대해서는 이어지는 책들에서 자세히 이야기하겠다.[93]

---

93) 이 작품에 이어지는 다른 작품은 없다. 학자들은 대개 이 마지막 말을 루키아노스의 최대의 거짓말로, 일종의 문학적 농담으로 여기지만, 이것을 진지하게 받아들여 저자가 다음 편을 쓰려고 했지만 어떤 사정이 생겨서(예를 들면, 갑작스러운 죽음으로) 그러지 못했다고 보기도 한다.

저승 가는 길, 또는 참주
Κατάπλους ἢ Τύραννος

어느 날 저승 강을 건너는 배에 헤르메스가 매우 늦게 도착한다. 메가펜테스라는 참주가 도중에 탈주한 것을 잡느라고 늦어진 것이다. 거기서 죽은 자들의 수를 세어 배에 태우는데, 그 참주는 다시 여러 핑계를 대며 클로토 여신을 매수하려 애쓴다. 여신은 그에게, 그의 아내가 노예와 정을 통해 왔으며, 그가 죽은 것은 친구가 술에 독을 탔기 때문이라는 걸 알려 준다. 그는 남기고 온 재산을 아쉬워하고, 죽은 뒤에 당한 모욕에 원한을 품은 채 억지로 배에 태워진다. 도주한 그를 잡는 데 도움을 주었던 철학자 퀴니스코스가 그를 잡아 묶는다. 이 철학자는 뱃삯이 없어서 대신 노 젓는 일을 돕기로 한다. 한편 가난한 구두장이 미퀼로스는 죽게 된 것을 너무나도 즐거워한다. 하지만 배의 정원이 다 찼으므로, 그는 하루 더 물가에서 기다리라는 명을 받는다. 그는 승복하지 않고 헤엄쳐서 배를 따라오다가, 건져져서 참주의 어깨 위에 앉게 된다.

저승에 도착한 이들은 라다만튀스에게 심판을 받는다. 그는 죽은 자들의 옷을 벗겨 보는데, 각 사람의 몸에는 죄악이 문신으로 새겨져 있다. 철학자 퀴니스코스는 원래 무지 속에 죄를 지었지만, 그 후 철학을 통해 그것을 지워서 문신이 모두 희미하게 되었고 심판대를 무사히 통과한다. 가난뱅이 미퀼로스는 아예 깨끗해서 그냥 쉽게 통과한다. 참주 메가펜테스가 끌려 나오자 그의 죄악상을 퀴니스코스가 고발한다. 참주는 음란죄만큼은 부인하지만, 등잔과 침상이 나와서 그것을 증언한다. 결국 그는 늘 이승의 행복을 그리며 고통을 느끼게끔, 레테 강물을 마시지 못하는 벌을 받게 된다.

카론 보세요, 클로토 여신[1]님, 이 배는 우리를 위해 오래전부터 잘 1
준비되었고, 항해를 위해 장비가 아주 잘 갖춰져 있어요. 스며든 물
은 모두 퍼냈고, 돛대가 세워져 있으며, 돛도 끌어 올려지고, 노들도
각기 끈으로 묶여 있으니 말입니다. 저로 말하자면, 닻을 끌어 올리
고 출항하는 데 방해될 게 전혀 없지요. 한데 헤르메스[2]가 늦는군
요. 벌써 와 있어야만 하는데요. 그래서 그대도 보다시피 승객이 하
나도 없군요. 오늘 벌써 세 차례는 왕복할 수 있었을 텐데요. 벌써
소를 풀어 줄 시간인데 우리는 아직 한 오볼로스[3]도 벌질 못했습니

---

1) 운명의 세 여신 중 하나. 클로토가 인간의 수명을 상징하는 실을 잣고, 라케시스는
 그것을 재고, 아트로포스가 그것을 끊는다고 한다.
2) 헤르메스에게는 영혼 인도자의 기능이 있다.

저승의 뱃사공 카론

다. 그리고 저는 잘 알고 있죠, 플루톤[4]께서는 제가 게으름을 피웠다고 의심하리라는 걸 말입니다. 사실 이 일은 다른 이의 탓인데 말이어요. 우리의 저 멋지고 훌륭하신 '죽은 이 안내자'께서는—위에 사는 누군가가 혹시 그랬다면 말인데요—자신이 레테 강물을 들이켜고서 우리에게 돌아오는 걸 잊은 모양이군요. 젊은이들과 레슬링 중이거나, 키타라 연주 중이거나, 아니면 자신의 헛소리 능력을 과시하며 논쟁 중이거나, 아니면 그 고귀한 분께서는 어딘가에 가서 슬쩍 도둑질이라도 하고 있겠죠. 이것도 그의 재주 중 하나니까요. 그는 우리를 아주 편한 마음으로 대하고 있지만, 사실 그는 절반만 우리 쪽이지요.

클로토 카론이여, 그대가 어찌 아는가, 혹시 어떤 급한 일이 그에게 닥쳤는지? 제우스께서 위에서 벌어지는 일 때문에 평소보다 더 그를 필요로 할 수도 있지. 그분도 그의 주인이니까.

카론 하지만 클로토 님, 공동 재산에 대해 그런 식으로 정도를 넘어 주인 노릇 하는 건 말이 안 됩니다. 우리는 그가 가야 하는데 붙잡아 둔 적이 없으니까요. 아니, 사실 저는 이유를 알고 있죠. 우리에게는 수선화와 땅에 부어 바친 술과 장례식 케이크, 그리고 죽은 이에게 바친 제물뿐이니까요. 그 밖에는 온통 어둠과 안개와 암흑만 있죠. 반면에 하늘에서는 모든 것이 밝고, 많은 암브로시아와 풍성한 넥타르[5]가 있지요. 그러니 저들 가운데서 지체하는 게 그에게는

2

---

3) 희랍의 돈 단위. 하루 품삯이 1드라크메이고, 그것의 1/6이 1오볼로스이다.
4) 저승 신 하데스의 다른 이름.

더 즐겁게 여겨지겠지요. 그래서 그는 우리에게서 떠나 날아갈 때는 마치 감옥이라도 빠져나가듯 하지요. 그리고 내려와야 할 때면, 천천히 느릿느릿 겨우 시간에 맞춰 내려오지요.

클로토 카론이여, 이제 그만 화내시오. 당신도 보다시피, 헤르메스 자신이 저기 다가오고 있으니 말이오. 우리에게로 많은 사람을 이끌고 오는군. 아니, 마치 염소 떼라도 되듯이 그들을 한꺼번에 지팡이로 몰고 있군요. 한데 저건 뭐지? 내가 보니, 그들 가운데 한 사람은 묶여 있고, 다른 사람은 웃고 있으니 말이오. 또 한 사람은 가죽 부대를 메고 손에 지팡이를 들고 있군요. 날카롭게 살피며 다른 이들을 몰아대면서 말이오. 그대는 보지 못하오, 헤르메스가 땀을 흘리며 두 발에 먼지가 덮인 채 헐떡거리는 것을? 그는 입으로 숨을 헐떡이며 쉬고 있네요. 헤르메스여, 대체 무슨 일이오? 왜 이렇게 흥분해 있소? 당신은 좀 정신없어 보이는구려.

헤르메스 아, 클로토 님, 뭐 다른 일이겠습니까? 이 죄인이 도망치는 걸 쫓느라 오늘 당신들 배를 놓칠 뻔했다는 것 아니겠습니까?

클로토 그는 누구요? 대체 뭘 바라고 도망치려 했나요?

헤르메스 그야 명백하지요. 죽기보다 살기를 더 좋아해서죠. 그자는 왕, 혹은 참주인데요, 그가 탄식하고 애통해하는 걸 들어 보니까, 뭔가 엄청난 행복을 잃게 되었다고 하는군요.

클로토 그래서 쓸데없이 달아나려 했던 거요? 이미 그를 위해 자은

3

---

5) 암브로시아는 신들의 음식, 넥타르는 신들의 음료이다.

실이 다 풀려 버렸는데, 더 살 수 있다고 생각해서요?

헤르메스 달아나려 했다고 말씀하셨나요? 만일 여기 이 훌륭한 사람 4
이, 지팡이 가진 사람이 나를 도와서 함께 잡아 묶지 않았더라면, 저
자는 우리에게서 완전히 탈주해 버렸을 것입니다. 아트로포스 여신
이 그를 제게 넘겨준 후로부터 온 도정 내내 버티고 반대 방향으로
잡아끌고, 두 다리를 땅에 버텨서 데려오기가 여간 어렵지 않았답니
다. 또 때때로 제게 탄원하고 애원하면서, 잠깐만 되돌려 보내 달라
고 간청하고, 많은 것을 바치겠다고 약속도 하고 그랬답니다. 하지만
저는 마땅히 그래야 하는 대로, 그를 보내 주지 않았죠. 그가 원하는
건 실현 불가능한 것임을 알고 말입니다. 한데 우리가 바로 입구에
닿았을 때, 늘 하던 대로 저는 아이아코스[6)]를 위해 죽은 자들의 숫
자를 헤아리고, 그분도 당신의 자매가 그에게 보낸 목록과 죽은 자
들을 맞춰 보고 있는 사이에, 어떻게인지는 모르지만 이 여러 번 저
주받을 자가 몰래 빠져 달아나 버렸죠. 그래서 계산상 죽은 자 하나
가 부족하게 되었습니다. 그러자 아이아코스께서 눈썹을 추켜세우고
말했죠. "헤르메스여, 절도 기술은 결코 사용하지 마시게. 자네 장난
질은 하늘에서 하는 걸로 충분하네. 죽은 자들의 숫자는 정확하고
결코 슬쩍 지나갈 수가 없네. 그대도 보다시피, 목록에는 천 명 더하
기 네 명이라고 새겨져 있는데, 그대는 한 명 모자라게 데리고 왔네.

---

6) 제우스가 아이기나에게서 낳은 아들. 아킬레우스의 할아버지로, 죽은 후에 저승에
서 재판관 직을 맡고 있다. 아리스토파네스의 「개구리」 464행 이하에는 저승의 문
지기로 등장한다. 루키아노스의 「카론」 2장에서는 저승의 관세 징수자로 되어 있다.

혹시 그대가 이걸 두고, 아트로포스가 그대에게 잘못 계산해 주었다고 주장하는 게 아니라면 말일세." 그 말에 나는 얼굴이 붉어졌지만, 얼른 도중에 있었던 일을 기억해 냈지요. 그래서 주위를 둘러보았지만 어디서도 그자를 볼 수가 없었습니다. 저는 그가 도주했다는 걸 알아채고, 빛으로 향한 길을 따라 할 수 있는 한 최대 속도로 추격하였지요. 그러자 이 훌륭한 사람이 자진해서 저를 따라왔고, 마치 달리기 출발선에서 튀어 나가듯 달려, 벌써 타이나로스에 가 있는 그를 붙잡았습니다. 그는 그 정도까지 도망쳐 갔던 거지요.

클로토 카론이여, 그런데도 우리는 벌써 헤르메스를 게으르다고 비난 5
했구려.

카론 한데 우리는 왜, 마치 우리가 충분히 지체하지 못한 것처럼 계속 시간을 보내고 있는 거죠?

클로토 좋은 말이오. 그들을 배에 태우시오. 나는 명부를 손에 들고, 늘 하듯이 탑승구 곁에 앉아서 배에 오르는 자들 각각을 살펴보아야겠소, 그가 누구인지, 어디서 왔으며, 어떻게 죽었는지. 그대는 그들을 받아들여 촘촘히 세우고 쟁여 넣으시오. 헤르메스여, 그대는 이 갓난아이들을 제일 먼저 태우시오. 걔들이 내게 대답할 게 뭐 있겠소?

헤르메스 받으시오, 뱃사공. 숫자는 내다 버린 애들 포함해서 3백 명이오.

카론 어이구, 잘했수. 익지도 않은 포도알들을 죽었다고 우리에게 데려왔구려.

헤르메스 클로토 님, 다음으로 애곡받지 못한 자들을 태울까요?

클로토 노인들 말이오? 그렇게 하시오. 내가 지금 에우클레이데스[7] 이전에 있었던 일들을 캐어물을 필요가 뭐 있겠소? 나이 육십 이상 되는 자들은 그냥 지나가시오. 아니 이게 뭐야? 나이 때문에 귀가 먹어서 내 말은 듣지도 않는군. 아마 당신이 이들도 골라내서 데려가야 할 듯하오.

헤르메스 자, 또 여기 둘 모자라는 4백 명이오. 이들은 모두 부드럽고 잘 익었고, 때맞춰 수확된 자들이오.

카론 제우스 맙소사! 벌써 모두 건포도가 되어 버렸군!

클로토 헤르메스여, 다음으로 부상 입은 자들을 들여보내시오. (죽은 자들에게) 그대들은 먼저 내게, 어떻게 죽어서 여기 왔는지 말하라. 아니, 그보다 내가 직접 기록된 것을 보고 그대들을 살펴보겠다. 어제 메디아에서 전투 중에 여든네 명이 죽었어야 하고, 거기에 옥쉬아르테스의 아들 고바레스가 포함돼 있어야 하는군.

헤르메스 그들이 여기 있습니다.

클로토 사랑 때문에 자살한 사람이 일곱이고, 거기에 메가라 출신의 헤타이라 때문에 죽은 철학자 테아게네스[8]가 있어야 하네.

---

7) 기원전 403~402의 아테나이 연호(年號) 집정관(eponymos archon). 403년에 민주정이 회복되면서, 그 이전 30인 참주정 때 있었던 잘못들에 대해 사면(赦免)이 선포되었다.

8) 파트라스 출신의 견유학파 철학자를 가리키는 것으로 보인다. 그는 루키아노스의 「페레그리노스의 죽음」 5장에 언급되어 있다. 이 사람은 마르쿠스 아우렐리우스 치세에 죽었으므로, 루키아노스 당시에는 아직 살아 있었을 가능성이 있다.

헤르메스 바로 곁에 있습니다.

클로토 왕권 때문에 서로 죽인 자들은 어디 있는가?

헤르메스 여기 서 있습니다.

클로토 자기 아내와 그녀의 애인에게 살해된 자는?

헤르메스 당신 가까이에 있습니다.

클로토 이제 법정 때문에 죽은 자들을 데려가시오. 매 맞아 죽은 자들과 말뚝에 묶여 죽은 자들 말이오. 한데 헤르메스여, 해적들에게 죽은 열한 명은 어디 있소?

헤르메스 여기 있습니다. 당신이 보시는 그 부상자들입니다. 한데 제가 여자들을 한꺼번에 데려오길 원하시는지요?

클로토 물론이오. 그리고 배가 파선해서 죽은 자들도 함께 데려오시오. 그들은 함께 같은 방식으로 죽었으니 말이오. 열병 때문에 죽은 자들도 한꺼번에 데려오시오. 그들 중에는 의사 아가토클레스도 있을 거요.

한데 철학자 퀴니스코스는 어디 있소? 그는 헤카테의 만찬[9]과 정화 의식용 달걀[10]과 날오징어[11]를 먹고 죽었어야 하는데.

7

---

9) 헤카테는 갈림길의 여신이다. 새 달이 시작될 때 갈림길 부근에 이 여신에게 바쳐진 음식은 자주 걸인들이 먹었다고 한다. 루키아노스 「죽은 자들의 대화」 1장, 아리스토파네스 「플루토스」 594행 참고.

10) 달걀을 정화 의식에 사용하는 관습에 대해서는 오비디우스 『사랑의 기술』 2권 329행 참고.

11) 견유학파 철학자 디오게네스가 날오징어를 먹고 죽었다고 전해진다. 디오게네스 라에르티오스 『저명한 철학자들의 생애와 사상』 6권 76장 참고.

퀴니스코스 오, 자비롭기 그지없는 클로토 여신이시여, 저는 벌써 오래전부터 당신 곁에 서 있었습니다. 제가 무엇을 잘못했기에 그토록 오랫동안 저를 위에 머물도록 하셨나요? 그렇지만 저는 자주 운명의 실을 끊고 여기 오고자 시도했습니다. 한데 저로서는 왜 그게 끊어지지 않았는지 모르겠습니다.

클로토 나는 그대를 인간들의 죄악의 감시자 겸 치료자로 남겨 두었던 것이다. 하지만 이제 배에 올라 행운을 누리라.

퀴니스코스 제우스에 맹세코, 안 됩니다. 먼저 여기 이 묶인 자를 배에 태우기 전엔 말이죠. 저는 혹시 저자가 그대에게 간청해서 설득할까 봐 두렵습니다.

클로토 그러면 자, 그가 누구인지 봅시다.

퀴니스코스 라퀴도스의 아들이며 참주인 메가펜테스입니다.

클로토 (메가펜테스에게) 그대는 배에 오르라!

메가펜테스 절대로 안 됩니다, 여주인이신 클로토 님! 그러지 마시고, 저를 잠깐만 위로 올라가게 허락해 주십시오. 나중에 정말 누가 부르지 않아도 제가 자진해서 돌아오겠습니다.

클로토 무슨 일 때문에 가기를 원하는가?

메가펜테스 제게 우선 집 짓기를 끝마치도록 해 주십시오. 집을 절반만 지은 채 두고 왔습니다.

클로토 헛소리하고 있군. 배에 타라!

메가펜테스 운명의 여신이시여, 저는 많은 시간을 청하는 것이 아닙니다. 오늘 하루만 머물도록 허락해 주십시오. 제 아내에게 재산에 대해서, 어디에 큰 보물을 파묻었는지 일러 줄 때까지만요.

클로토 결정됐다. 안 된다.

메가펜테스 그러면 그 많은 금은 유실되는 건가요?

클로토 유실되지 않을 것이다. 그에 대해서는 마음 놓아라. 네 사촌인 메가클레스가 그것을 차지할 것이다.

메가펜테스 아, 이 무슨 치욕인가? 내가 게을러서 미리 죽이지 못한 그 원수가 그걸 차지한다고?

클로토 그래, 바로 그 사람이다. 게다가 그는 너보다 40년 하고도 조금 더 살 것이다, 너의 후궁들과 의상들과 황금 전부를 차지하고서.

메가펜테스 클로토 님, 저의 재산을 가장 적대적인 자들에게 나누어 주신다면 공정치 않습니다.

클로토 오, 지극히 고귀한 자여, 그대는 원래 퀴디마코스에게 속한 그 재산을 차지하지 않았던가? 그것도 그 사람은 죽이고, 아직 숨도 끊어지지 않은 그 앞에서 자식들을 목 베고서 말이지.

메가펜테스 하지만 이제는 제 재산이었습니다.

클로토 네가 그것을 소유할 시간은 이미 지나갔다.

메가펜테스 클로토 님, 들어 주십시오. 아무도 듣지 않는 데서 당신께만 개인적으로 말씀드리고 싶은 게 있습니다. (다른 이들에게) 당신들은 잠깐 물러서 주시오. (클로토에게) 제가 도망칠 수 있게 해 주신다면, 주화로 만들어 놓은 금 1천 탈란톤을 오늘 당장 드리겠다고 약속합니다.

클로토 우스운 자여, 아직도 금과 탈란톤을 기억 속에 지니고 있느뇨?

메가펜테스 그리고 혹시 원하신다면, 크라테르[12] 두 개를 더 드리겠습니다. 그것은 제가 클레오크리토스를 죽이고서 차지한 것이지요. 둘 다 정제된 금으로 되어 있고, 무게가 1백 탈란톤이나 됩니다.

클로토 이자를 끌고 가라! 아무래도 제 발로 배에 오르진 않을 모양이다.

메가펜테스 나는 그대들을 증인으로 부릅니다. 채 완성되지 않은 성벽과 선박 건조장이 뒤에 남아 있습니다. 제가 단 닷새만 더 살았더라면 그걸 완성했을 텐데요.

클로토 걱정하지 마라. 다른 사람이 성벽을 쌓을 것이다.

메가펜테스 하지만 이것만큼은 제가 합리적으로 요청합니다.

클로토 어떤 것이냐?

메가펜테스 제가 피시데스 인들을 제압하고, 뤼디아 인들에게 공물을 부과하고, 저 자신을 위해 엄청난 기념비를 세우고, 거기에 제가 일생 동안 세운 크나큰 군사적 업적을 새길 때까지만 더 살게 해 달라는 것이지요.

클로토 이놈, 이젠 오늘 하루만 요구하는 게 아니라, 거의 20년 동안 더 사는 걸 요구하는구나.

메가펜테스 게다가 저는 금방 되돌아오겠다는 보증을 제공할 태세가 되어 있습니다. 그대들이 원하신다면, 저 대신 제가 사랑하는 자를

10

---

[12] 술 섞는 동이.

대체자로 넘겨주겠습니다.

클로토 이 더러운 자여, 너는 그가 지상에서 너보다 오래 살기를 자주 기도하지 않았더냐?

메가펜테스 전에는 그렇게 기도했었죠. 하지만 지금은 무엇이 더 좋은지 알게 되었습니다.

클로토 머지않아 그자도 네게로 오게 될 것이다. 새로 왕이 된 자에게 살해돼서 말이지.

메가펜테스 하지만 그래도 이것만큼은 거절하지 말아 주십시오, 운명의 여신이시여.

클로토 어떤 것이냐?

메가펜테스 제가 죽은 다음에 일이 어떻게 될 것인지 알고 싶습니다.

클로토 들어 보아라, 네가 그걸 알면 더 괴로울 터이니. 너의 아내는 노예인 미다스가 차지할 것이다. 사실 그는 오래전부터 그녀와 간통하고 있었느니라.

메가펜테스 그 저주받을 놈이요? 제가 그녀의 설득에 따라 그놈을 자유인으로 만들어 주었는데요?

클로토 너의 딸은 이번 독재자의 후궁으로 등재될 것이다. 그리고 도시가 전에 너를 위해 조성했던 초상과 조각들은 모두 쓰러져 보는 사람에게 웃음거리가 될 것이다.

메가펜테스 말해 주십시오, 제 친구들 중 누구도 이런 행위에 분노하지 않나요?

클로토 네게 무슨 친구가 있었다는 말이냐? 친구가 생길 어떤 이유가

11

있었단 말이냐? 너는 몰랐단 말이냐, 네게 부복하는 자들, 너의 모든 말과 행실을 칭찬하는 자들이 모두 두려움이나 희망 때문에 그런다는 것을? 그들은 그저 권력의 친구이고, 시류만 살핀다는 것을?

메가펜테스 하지만 그들은 잔치 자리에서 술을 부어 바치며 큰 소리로 나를 위해 많은 좋은 것들을 기원했었는데요. 그리고 만일 그럴 일이 생기면 자기들은 모두 나를 위해 죽을 준비가 되어 있다고 했습니다. 종합하자면, 그들이 맹세할 때면 제 이름을 댔죠.

클로토 그래서 너는 어제 그들 중 하나와 식사를 한 후에 죽은 것이야. 너 마시라고 가져다준 그 마지막 잔이 너를 여기로 내려보낸 거야.

메가펜테스 그러면 뭔가 쓴맛이 느껴진 이유가 그거였군요. 그는 뭘 원해서 그런 짓을 저질렀죠?

클로토 배에 타야 하는데, 많이도 물어보는구나.

메가펜테스 클로토 님, 정말 한 가지 일이 제 목을 졸라 대서, 그것 때문에 잠깐이라도 빛으로 다시 고개를 내밀고 싶습니다.

클로토 대체 무엇이냐? 뭔가 아주 중요한 일 같구나.

메가펜테스 제 하인 카리온은 제가 죽은 것을 알자마자, 늦은 오후 무렵 제가 누워 있는 방에 올라와서는, 아무것도 할 일이 없으니까—왜냐하면 누구도 저를 지키고 있지 않았기 때문입니다—, 저의 후궁인 그뤼케리온을—제 생각엔 이미 오랫동안 사귄 것 같습니다—데려다가 문을 닫고, 마치 안에 아무도 없는 것처럼 사랑을 나눴습니다. 그러다가 욕구를 충분히 채우자, 제 쪽을 바라보고는 말했죠. "이 더러운 인간 새끼야, 너는 내가 잘못한 게 없는데도 자주 때렸지." 그렇게 말하면서 동시에 내 머리카락을 잡아 뜯고 뺨을 때렸습니다. 그리고 마지막엔 한껏 가래를 돋우어 제게 뱉었죠. 그러면서 "불경스러운 자들의 영역으로 꺼져 버려라"라고 욕하고는 가 버렸습니다. 저는 분노로 불타올랐지만 이미 시들고 차가워진 상태라, 그에게 어떻게 할 방도가 없었습니다. 한편 그 더러운 애첩은 누가 다가오는 소리가 들리자, 마치 저를 위해 눈물을 흘린 것처럼 눈에 침을 바르고서 애곡하고 제 이름을 부르며 나갔습니다. 그것들을 내가 잡을 수만 있다면…….

클로토 위협은 그만두고 배에 타라. 이제 재판소로 가야 할 때다.

13

메가펜테스 하지만 대체 누가 참주였던 인간에게 판결을 내릴 자격이 있단 말인가요?

클로토 참주를 판정할 자격은 아무에게도 없을지 모르지만, 죽은 자에 대해선 라다만튀스가 그럴 수 있지. 너는 곧 그분이 아주 정의로운 것과, 각 사람에게 적절한 징벌을 내리는 걸 보게 될 거야. 이제 시간은 그만 끌지.

메가펜테스 그러면 저를 평민으로 만들어 주십시오, 운명의 여신이여, 가난한 사람 중 하나로, 아니면 예전같이 왕이 아니라 노예로[13] 만들어 주세요. 그저 다시 살게만 해 주세요.

클로토 지팡이 가진 자[14]는 어디 있느냐? 헤르메스, 당신도 이자의

---

13) 『오뒷세이아』 9권 489행 이하에서 아킬레우스가, 죽은 자들 사이에서 왕 노릇하는 것보다 살아서 땅도 없는 사람의 종살이하는 게 더 낫다고 한 것을 패러디한 것이다.

다리를 잡아 안으로 끌어 들이시오. 이자가 자진해서는 배에 오르지 않을 듯하니.

헤르메스 자, 따라와라, 이 도망자야. (카론에게) 그대는 이자를 받으시오, 사공이여, 이 영악한 자를 확실하게……

카론 걱정 마시오, 그를 돛대에 묶을 터이니.

메가펜테스 하지만 나는 앞 좌석에 앉아야 하오.

카론 왜?

메가펜테스 제우스께 맹세코, 나는 참주였고, 1만 명이나 되는 창잡이를 거느렸었기 때문이오.

퀴니스코스 그러니 카리온이 당신 머리카락을 잡아 뜯은 것도 정당한 일 아니었소? 당신이 그렇게 얼간이니. 하지만 이 지팡이 맛을 보고 나면 당신도 참주정의 맛이 쓰다는 걸 알게 될 거요.

메가펜테스 퀴니스코스 따위가 감히 내게 지팡이를 휘두를 담력이 있다고? 네놈이 너무 방자하고 입이 험하고 비판적이어서, 내가 너를 전에 거의 십자가에 잡아 묶을 뻔하지 않았더냐?

퀴니스코스 바로 그래서 당신도 지금 그 돛대에 잡아 묶여 있는 것이오.

미퀼로스 클로토 님, 말씀해 주십시오. 당신들은 제게 아무 관심도 없는 것인가요? 아니면 제가 가난하다고 해서 그것 때문에 제일 마지막에 배에 올라야 하는 건가요? 14

클로토 너는 또 누구냐?

---

14) 견유학파 철학자인 퀴니스코스를 가리킨다. 견유학파 사람들은 지팡이를 갖고 다녔다.

미퀼로스 구두장이 미퀼로스입니다.[15]

클로토 너는 늦게 타게 되었다고 화를 내는 게냐? 너는 저 참주가 잠깐 위에 올라가려고 얼마나 많은 것을 주겠노라 약속하는지 보지 못했느냐? 지체되는 게 네게는 즐겁지 않다니 정말 놀라운 일이구나.

미퀼로스 들어 보십시오, 운명의 여신 중 가장 고귀하신 이여. 퀴클롭스의 저 약속은 제게 전혀 기쁘지 않습니다. "우티스는 내가 맨 마지막에 잡아먹지"[16] 하는 것 말입니다. 맨 처음이든 맨 마지막이든 같은 이빨들이 기다리고 있으니까요. 더구나 저의 상황은 부자들과는 같지 않습니다. 우리의 삶은, 사람들이 흔히 말하듯, 극과 극입니다. 참주는 평생 행복하다 여겨지고, 두려움과 우러러봄의 대상인 데다가, 그토록 많은 금과 은, 의복, 마필, 만찬, 한창인 미소년들, 아름다운 여인들을 남기고 떠나니 당연히 화가 나고, 이것들로부터 떨어져 끌려가는 게 싫겠지요. 어떻게 그런지는 잘 모르겠습니다만, 영혼은 이런 것들에 일종의 끈끈이 같은 걸로 들러붙으니까요. 그리고 거기에 오랫동안 눌어붙었던 터라, 쉽게 떠나려 하질 않죠. 사실 이들이 묶이게 된 그 결박은 말하자면 끊을 수 없는 것입니다. 혹시 누가 그들을 강제로 떼어 끌어가면, 그들은 통곡하고 애걸합니다.

---

15) 이 인물은 「꿈, 또는 수탉」에도 등장한다.

16) 『오뒷세이아』 9권 369행. 퀴클롭스의 동굴에 갇힌 오뒷세우스는 자신을 우티스('아무것도 아닌 자')라고 속이고, 좋은 포도주를 주어 그의 환심을 산다. 이미 오뒷세우스의 동료들을 여럿 잡아먹은 퀴클롭스는, 오뒷세우스를 마지막에 잡아먹겠다고 약속한다.

그리고 다른 일에서는 대담하던 자들도 하데스로 향하는 이 여정과 관련해서는 겁쟁이라는 게 드러나지요. 그래서 뒤로 몸을 돌리고, 마치 사랑을 얻지 못한 사람처럼 멀리서나마 빛의 세계에 있는 것들에 눈길을 던지려 하지요. 저 어리석은 자가 그랬던 것처럼 말입니다. 그는 오는 동안 내내 도망치려 했고, 여기 와서까지 당신께 애원했지요.

반면에 저는 살았을 때 아무 확실한 게 없었습니다. 땅도 없고, 집도 없고, 금도, 세간살이도, 명예도, 조각상도 없었으니, 당연히 떠날 준비가 잘 되어 있었죠. 그래서 아트로포스 여신께서 제게 그저 고개만 끄덕였는데도 기쁘게 가죽 칼과 밑창 조각을 집어 던지고—저는 손에 반장화를 들고 있었거든요—, 곧장 일어나서 신발도 신지 않고 검댕도 씻지 않고 따라왔죠. 오히려 제가 앞장섰죠, 눈길은 앞으로 향하고요. 뒤에 남겨진 것들 중 그 무엇도 저를 돌려세우거나 뒤에서 부르지 않았으니까요. 그리고 제우스께 맹세코, 저는 여기 있는 모든 것을 아름답게 봅니다. 제게는, 모두가 동등한 명예를 누리고, 누구도 이웃보다 높지 않다는 게 가장 즐거우니까요. 여기서는 빚쟁이에게 빚을 갚거나 세금을 내는 일이 없으리라고 생각합니다. 그리고 무엇보다도 겨울 추위와 병드는 것과 높은 분들께 매질당하는 일이 없겠죠. 모든 게 평화롭고 사태가 정반대로 뒤집어졌습니다. 우리 가난뱅이들은 웃는데, 부자들은 괴로워하고 통곡하니까 말입니다.

클로토 미퀼로스여, 나는 진작 그대가 웃고 있는 것을 보았노라. 한데

저승으로 끌려온 탐욕스러운 참주

너를 특별히 웃게 만든 것은 무엇이더냐?

미킬로스 들어 보십시오, 신들 중에 제가 가장 존중하는 분이여. 위의 세상에서 저는 저 참주 옆에서 살면서 그에게 일어나는 일들을 자세히 보았습니다. 그때 그는 제가 보기에 마치 신과 같았죠. 저는 그의 찬란한 자줏빛 옷을 보고 그를 행복하다 여겼으니까요. 또 시종들의 숫자와 황금과, 보석으로 장식된 술잔들, 다리가 은으로 된 침상 등도 있었습니다. 게다가 만찬을 위해 준비된 음식 냄새는 저를 거의 죽을 지경으로 만들었죠. 그래서 그는 일종의 초인이고 한없이 행복한 자로 보였습니다. 거의 모든 사람보다 더 잘생기고, 왕의 완척17)으로 꽉 채워서 한 완척만큼이나 더 커 보였죠. 자신의 행운으로 높이 떠올라, 위엄 있게 걷고, 몸을 한껏 젖히고, 마주치는 사람들을 얼빠지게 만들었죠. 한데 그가 죽어서 화려함을 벗어 버리자, 그 자신은 한없이 가소로워 보였습니다. 하지만 저는 그보다 저 자신을 더 많이 비웃었습니다. 그런 쓰레기에 경탄했었으니까요. 음식 냄새를 근거로 그의 행운을 추정하고, 라코니아 바다에서 자라는 고둥의 피18)를 근거로 그를 행복하다고 여겼던 거죠.

이자만이 아니라, 고리대금업자 그니폰19)을 보았을 때도 그랬습니다. 그는 신음하고, 후회했죠, 자기가 재산을 즐기지 못하고, 맛도

---

17) 약 52센티미터.
18) 고대의 자줏빛 염료는 고둥에서 추출했다.
19) 탐욕을 대표하는 인물로 「꿈, 또는 수탉」 30장, 「철학자를 팝니다」 23장에도 등장한다.

보지 못하고 죽어서 난봉꾼 로도카레스에게 그 재산을 남기게 되었다고요.―로도카레스는 혈연상 그에게 가장 가까운 자이고, 법에 따라 유산을 받으러 제일 먼저 불려 왔습니다.―저는 웃음을 그칠 수가 없었습니다. 그가 늘 얼마나 창백하고 추레했는지를 기억하면서요. 그는 이마에 수심이 가득하고 그저 손가락으로만 부를 즐겼습니다, 수만 탈란톤에 이르는 그것을 조금씩 조금씩 모으고 헤아리면서. 잠시 후면 행운아 로도카레스에게 쏟아부어질 그 돈을요. 한데 왜 우리는 여태 출발하지 않는 거죠? 나머지는 배 타고 가면서 도중에 웃을 수 있습니다, 저들이 애통해하는 것을 보면서요.

클로토 배에 올라라, 사공이 닻줄을 끌어 올릴 수 있도록.

카론 어이 이 사람아, 어딜 가나? 벌써 배가 가득 찼다네. 여기서 내 일까지 기다리게. 새벽에 자네를 건네줌세.

미퀼로스 카론 님, 당신은 저를 부당하게 대하시는 겁니다. 죽은 지 하루가 지난 사람을 남겨 놓다니요. 정말로 당신이 법을 어겼다고 라다만튀스께 편지를 보낼 겁니다. 아아, 이 무슨 재난인가! 벌써 떠나가는구나! 나 혼자 여기 남겨지게 되었구나. 하지만 내가 그들을 따라 헤엄쳐 가지 못할 이유가 무엇이랴? 나는 이미 죽었으니 탈진해서 숨 못 쉬는 건 두렵지 않아. 게다가 나는 뱃삯으로 지불할 오볼로스도 없어.

클로토 이게 무슨 짓인가? 미퀼로스, 기다리게. 이런 식으로 건너는 건 법도가 아닐세.

미퀼로스 어쩌면 제가 당신들보다 먼저 도착할걸요.

18

클로토 안 되네! 우리가 그에게 다가가서 태우세. 헤르메스여, 그대도 함께 끌어 올리시오.

카론 한데 그를 어디 앉히죠? 보시다시피 배가 꽉 찼는데요.

헤르메스 괜찮다면 참주의 어깨 위에 앉히지요.

클로토 헤르메스가 좋은 생각을 해 냈군!

카론 그러면 올라오게. 그리고 저 죄인의 목을 밟게나. 이제 순항해 보세.

퀴니스코스 카론 님, 이제 제가 당신께 진실을 밝히는 게 좋겠네요. 저는 건너가서 당신께 드릴 오볼로스가 없을 것입니다. 당신이 보시는 이 자루와 지팡이밖에는 아무것도 없거든요. 하지만 당신이 원하신다면 물을 퍼내거나 노를 저을 준비가 되어 있습니다. 제게 잘 깎은 튼튼한 노 한 자루만 주신다면, 제게서 전혀 흠을 잡지 못하실 것입니다.

카론 그러면 노를 젓게. 자네에게서는 그만큼만 받으면 충분하네.

퀴니스코스 제가 박자도 맞추기를 원하시나요?

카론 제우스께 맹세코, 뱃사람의 박자를 안다면 그렇게 하게.

퀴니스코스 카론 님, 저는 아주 많이 알고 있습니다. 하지만 보십시오, 이자들이 울면서 맞서 소리를 지르는데요. 우리 노래가 틀려 버릴 지경입니다.

죽은 자들 아이고, 내 재산들! 아이고, 내 땅! 아아, 나는 얼마나 훌륭한 집을 두고 왔던가! 내 상속자는 얼마나 많은 돈을 채어다 날려 버릴까! 아아, 내 갓난아이들! 내가 작년에 심은 포도나무는 대체 누가 수확할 것인가?

헤르메스 미퀼로스, 자네는 전혀 애곡할 게 없나? 울지 않고 그냥 건너는 건 불법일세.

미퀼로스 비켜요. 배도 잘 나가니 제가 애곡할 건 없겠네요.

헤르메스 하지만 관습에 맞춰 조금이라도 탄식해 보게.

미퀼로스 그러면, 헤르메스 님, 당신이 원하시니 애곡해 보죠. 아이고, 밑창 조각이여! 아이고, 낡은 반장화들이여! 아아, 썩은 샌들이여! 불운한 내가 더는 아침부터 저녁까지 밥도 못 먹고 지내진 않겠구나. 겨울에 신발도 없이, 반쯤 벗은 채 추위에 이를 마주쳐 떨며 떠돌아다닐 일도 없구나. 내 가죽 칼과 송곳은 대체 누가 차지하려나?

헤르메스 곡은 충분히 했네. 이제 거의 다 건너왔네.

카론 자, 우선 내게 뱃삯을 내시오. (미퀼로스에게) 자네도 내게. 이제 모든 사람에게서 다 받았군. 미퀼로스, 자네도 오볼로스를 내라니까!

미퀼로스 농담하시는 거죠, 카론 님? 그게 아니라 미퀼로스에게서 오볼로스를 기대하시는 거라면, 흔히 말하듯이 물 위에 그림을 그리는 겁니다. 저는 애당초 오볼로스가 네모난지 둥근지도 모른답니다.

카론 아, 오늘의 멋지고 이득 많은 항해여! 어쨌거나 그대들은 내리라! 나는 이제 말과 소와 개와 다른 짐승들을 데리러 가노라. 이번엔 그것들을 건네주어야 하니까.

클로토 헤르메스여, 그들을 맡아서 데리고 가시게. 나는 '비단 나라' 사람 인도파테스와 헤라미트레스를 데리러 건너편으로 다시 돌아가야 하네. 그자들은 땅의 경계를 두고 싸우다가 서로에게 죽었다네.

헤르메스 이 사람들아, 앞으로 나아가세. 아니 그보다, 모두가 질서 있게 나를 따라오게.

미킬로스 헤라클레스 맙소사, 이 얼마나 컴컴한가! 잘생긴 메길로스는 이제 어디 있나? 여기서 시미케가 프뤼네보다[20] 더 예쁜지 어떤지 누가 알아보겠나? 모든 게 똑같고, 다 같은 색깔이고, 아름다운 것도 더 아름다운 것도 없으니 말이야. 이제껏 흉하게 여겨지던 이 낡은 외투도 왕의 자줏빛 의복과 대등하게 되었군. 둘 다 안 보이고 동일한 어둠에 잠겨 버렸으니 말이야. 한데 퀴니스코스여, 당신은 대체 어디에 있는 참이오?

퀴니스코스 미퀼로스, 나 여기 있소. 혹시 좋다면, 함께 걸어갑시다.

미퀼로스 좋은 말이오. 내게 오른손을 뻗어 보시오. 한데 말해 보시오, 퀴니스코스—당신은 엘레우시스의 비의[21]를 전수받은 게 분명하니 말이오—, 거기서 전수된 것과 여기 사정이 같은 듯하오?

퀴니스코스 당신 말이 맞소. 한데 보시오, 어떤 여인이 횃불을 들고 다가오고 있소. 무시무시하고 위협적인 눈길이네요. 혹시 에리뉘스[22]

22

---

20) 둘 다 접대부 이름이다. 시미케는 루키아노스의 「접대부들의 대화」 4장 1절에 등장한다.
21) 아테나이 근교 엘레우시스에서 행해지던 비밀 종교 의식. 그 의식에는 누구든 동등하게 참여할 수 있었다. 지금 이 구절은, 어둠 때문에 모두가 동등해진 것을 암시하는 듯하다.
22) 복수의 여신인 에리뉘스들은 알렉토, 메가이라, 티시포네 셋으로 구성되어 있다. 여기 티시포네가 들고 오는 횃불 역시 엘레우시스의 비의를 연상시킨다. 그 의식 역시 횃불을 밝히고서 진행되었다.

일까요?

미퀼로스 모습을 보니 그런 것 같군요.

헤르메스 티시포네여, 이들을 인수하시오. 천 명 하고도 네 명이오.

티시포네 진작부터 여기 이 라다만튀스께서 당신들을 기다리고 계시오.

라다만튀스 에리뉘스여, 그들을 이끌어 가시오. 그리고 그대 헤르메스는 내 말을 전달하고 그들을 호명하시오.

퀴니스코스 라다만튀스 님, 당신 아버님[23]의 이름에 걸고 부탁드리니, 부디 저를 제일 먼저 불러내 심판해 주십시오.

라다만튀스 이유가 무엇이냐?

퀴니스코스 저는 정말로 어떤 참주를 고발하고 싶습니다. 그자가 살아 있을 때 저지른 사악한 짓들을 제가 잘 알고 있어서 말입니다. 하지만 먼저 제가 어떤 사람이고, 어떤 삶을 살았는지 밝히지 않으면, 제가 얘기를 해도 믿음직하게 여겨지지 않을 것입니다.

라다만튀스 너는 대체 누구냐?

퀴니스코스 퀴니스코스입니다, 지극히 훌륭하신 분이시여. 직업은 철학자고요.

라다만튀스 이리 와서 제일 먼저 재판에 임하라. (헤르메스에게) 그대는 고발자들을 부르시오.

헤르메스 누구든지 여기 이 퀴니스코스를 고발할 사람이 있으면, 이리 나오시오.

---

23) 제우스.

퀴니스코스 아무도 안 나오는군요.

라다만튀스 하지만 그걸로는 충분치 않네, 퀴니스코스. 옷을 벗어 보게,[24] 내가 자네 문신을 살펴볼 수 있게끔.

퀴니스코스 대체 제가 어디서 문신을 얻었겠습니까?

라다만튀스 너희들 중 누구든 살아 있는 동안 사악한 짓을 저지른 만큼 각자가 영혼에 보이지 않는 문신을 지니게 되느니라.

퀴니스코스 자, 옷을 벗었습니다. 그러니 당신이 말씀하신 대로 문신들을 살펴보시지요.

라다만튀스 이 친구는 아주 깨끗하군, 희미하고 분명치 않은 서너 개의 문신만 빼고는. 한데 이건 뭐지? 낙인의 흔적과 자국이 아주 많은데, 어떻게인지 지워졌네. 아니, 아예 깎여 나갔구만. 퀴니스코스, 어떻게 한 건가? 어떻게 해서 다시 깨끗해 보이게 되었나?

퀴니스코스 제가 설명해 드리죠. 전에 저는 무지로 인해 사악했었죠. 그리고 이 때문에 많은 문신을 얻었었습니다. 하지만 철학을 시작하면서부터 곧 조금씩 모든 때를 영혼에서 씻어 냈습니다.

라다만튀스 어쨌든 이 친구는 아주 훌륭하고 효과적인 처방을 사용했네. 그럼, 행복한 자들의 섬으로 가서 으뜸인 자들과 함께 지내게. 그 전에 우선 자네가 말하던 그 참주를 고발하고. (헤르메스에게) 다른 사람들을 불러내시오.

미퀼로스 라다만튀스 님, 저에 대한 심판도 별것 아니고 그저 잠깐 보 25

---

24) 플라톤 「고르기아스」 523e 이하에도 비슷한 내용이 나온다.

시기만 하면 됩니다. 사실 저는 오랫동안 옷을 벗고 있었습니다. 그러니 살펴보시지요.

라다만튀스 너는 누구냐?

미퀼로스 구두장이 미퀼로스입니다.

라다만튀스 미퀼로스, 자네는 아주 깨끗하고 문신이 없네. 자네도 저기 퀴니스코스 곁으로 가게. (헤르메스에게) 이제 참주를 불러내시오.

헤르메스 라퀴데스의 아들 메가펜테스를 들여보내시오! (메가펜테스에게) 당신 어디로 가는 거야? 이리 오라고! 참주, 당신을 부르는 거요. 피시포네여, 그의 목덜미를 밀어서 가운데로 몰아내시오.

라다만튀스 퀴니스코스, 그대는 이제 고발하고 신문하라. 이자가 나왔으니.

퀴니스코스 전체적으로 보자면 아예 말이 필요 없습니다. 문신만 보더라도 그가 어떤 인간인지 금방 아실 것입니다. 하지만 제가 직접 이자에 대해 폭로하고 논변으로 더욱 분명하게 드러내 보이겠습니다. 이 여러 번 저주받을 자가 평범한 시민일 때 저지른 짓에 대해서는 그냥 지나가기로 하지요. 하지만 그가 대담무쌍한 자들과 친구가 되어 창잡이들을 거느리고서 도시 위에 참주가 되어 올라섰을 때, 그는 우선 1만 명 넘는 사람을 재판도 없이 죽이고, 각 사람의 재산을 차지하였습니다. 그리고 부의 절정에 다다르자 방자한 짓 중 어느 것 하나 남기지 않고 행했습니다. 불쌍한 시민들에게 온갖 야만과 오만을 부리고, 처녀들의 몸을 망치고 젊은이들에게 수치를 안기고, 아랫사람들에게 온갖 추잡한 짓을 했습니다. 그의 교만과 허영과, 마주친 모든 사람을 향한 경멸에 대해서는 당신이 결코 그에게서 합당한 징벌을 받아 낼 수 없을 지경입니다. 이자와 눈을 마주치기보다는, 깜빡이지 않고 해를 계속 쳐다보는 게 더 쉬울 지경이었죠. 그리고 또 그가 가한 형벌의 야만성과 기발함에 대해서는 대체 누가 묘사할 수 있겠습니까? 그는 친족에 대해서도 자제하지 않았으니 말입니다. 그리고 이것이 그를 향한 근거 없이 공연한 비방이 아니라는 것은, 그에게 살해된 사람들을 불러 보시면 금방 아실 것입니다. 보시다시피 그들은 불러 오지 않았지만, 그래도 그의 곁에 있습니다. 그를 에워싸고 압박하고 있습니다. 이들은 모두, 라다만튀스 님, 저 범죄자에게 죽었습니다. 더러는 아름다운 아내 때문에 계략에 걸려 죽었고, 더러는 그가 멋대로 납치한 아들 때문에 분노했다가, 더러는 부유했기 때문에, 더러는 바르고 현명하고 그의 행동에 찬동하지 않았기 때문에 죽은 것입니다.

라다만튀스 (메가펜테스에게) 이 더러운 자여, 이에 대해 뭐라고 대답할 텐가?

메가펜테스 그가 언급한 그 살인들은 제가 저질렀습니다. 하지만 다른 것들은 모두, 그러니까 간통, 젊은이들을 능욕했다는 것, 처녀들을 망쳤다는 것 등 이 모든 것은 퀴니스코스가 저를 무고한 것입니다.

퀴니스코스 라다만튀스 님, 저는 이 일들에 대해서도 증인을 부를 것입니다.

라다만튀스 누구를 말하는 것이냐?

퀴니스코스 헤르메스 님, 그의 등잔과 침상을 소환해 주십시오. 그들이 직접 와서, 저자가 죄를 저지를 때 곁에서 알게 된 것을 증언할 것입니다.

헤르메스 메가펜테스의 등잔과 침상을 들어오게 하시오! 그들은 아주 복종을 잘해 왔지요.

라다만튀스 (등잔과 침상에게) 그러면 너희는 이 메가펜테스와 함께 있으면서 알게 된 것을 고하라.

침상 퀴니스코스가 고발한 내용은 모두 진실입니다. 하지만, 주인이신 라다만튀스 님, 이것만큼은 말씀드리기가 부끄럽네요. 메가펜테스는 제 위에서 그 정도의 짓들을 했답니다.

라다만튀스 네가 도저히 얘기를 못하는 걸 보니, 네 증언 내용이 명백하구나. 이제 너, 등잔도 증언하라.

등잔 낮 동안 있었던 일들은 전 모릅니다. 저는 거기 있지 않았으니까요. 반면 밤사이에 그가 행하고 남에게 겪은 일들은 제가 말하기 꺼려지네요. 하지만 많은 일들을, 말도 할 수 없을 만큼 모든 무도함을 넘어서는 일들을 목격했지요. 사실 저는 차라리 꺼져 버리고 싶어서 여러 번 스스로 기름을 빨아올리지 않았었습니다. 한데 그는 저를 그 행위들 가까이 끌어다가, 저의 빛을 온갖 방법으로 더럽히곤 했답니다.

라다만튀스 이제 증인에 대해서는 충분하다. (메가펜테스에게) 자, 너의 자줏빛 옷을 벗어라, 우리가 문신의 숫자를 볼 수 있게끔. 오오, 맙소사, 이자는 온통 푸르뎅뎅하게 그려졌군! 문신들 때문에 아예 검은색일세. 대체 이자를 어떻게 벌할까? 퓌리플레게톤[25)]에 던져야

28

하나, 아니면 케르베로스[26]에게 넘겨주어야 하나?

퀴니스코스 안 됩니다! 혹시 원하신다면, 제가 새롭고 저자에게 꼭 알맞은 징벌을 제안하겠습니다.

라다만튀스 말해 보게, 그러면 나는 이것에 대해 자네에게 아주 감사할 터이니.

퀴니스코스 제가 알기에, 죽은 자들은 모두 레테의 강물을 마시는 게 관행이지요.

라다만튀스 그야 물론 그렇지.

퀴니스코스 그럼, 이자만 그걸 못 마시게 하지요.

라다만튀스 그건 대체 왜?

퀴니스코스 그렇게 되면, 이자는 자기가 위에서 어떤 사람이었는지, 얼마나 대단한 권력을 가졌었는지 기억하고, 자신의 사치를 되새김으로써 괴로운 징벌을 당할 것입니다.

라다만튀스 좋은 말이네. 그렇게 결정된 것으로 하지. 그럼, 이자를 탄탈로스[27] 곁으로 데려다가, 그가 살아 있을 때 했던 짓들을 기억하면서 거기 묶여 있도록 하라.

---

25) 불의 강.
26) 저승의 개.
27) 저승에서 음식을 앞에 두고도 못 먹고, 물을 앞에 두고도 마실 수 없는 벌을 받고 있는 인물. 메가펜테스도 그 곁에서 같은 괴로움을 당할 것이다.

카론, 또는 구경꾼들
Χάρων ἢ Ἐπισκόπουντες

저승 뱃사공 카론이 하루 휴가를 얻어 이승에 구경 온다.
그는 왜 사람들이 죽음을 억울해하는지 알고 싶어 한다. 그는
헤르메스를 구슬려서 안내를 맡긴다. 둘은 시간을 절약하기 위해
산 위에 산을 쌓고 거기서 인간사를 내려다본다. 그들은 유명한
운동선수 밀론, 페르시아 왕 퀴로스와 뤼디아 왕 크로이소스를
본다. 크로이소스는 현자 솔론과 대화 중이다. 두 신은 솔론의
현명함을 칭찬하고 두 왕의 불행을 예언한다. 이어서 퀴로스의
아들로 이집트를 정복한 캄뷔세스와, 사모스 참주인 행운아
폴뤼크라테스의 불행도 예언된다. 두 신은 또 인간들 사이에
희망, 무지, 탐욕 따위가 날아다니는 것과, 운명의 여신들이
각 사람에게 수명을 나타내는 실을 붙이는 걸 본다. 이들은
인간들의 수고와 일시적 기쁨, 다툼이 얼마나 무용한 것인지
서로 이야기한다.
그들은 인간들이 장례에 쏟는 노력을 비웃고, 한때 번영을
누렸지만 지금은 스러진 도시들과 앞으로 그렇게 될 도시들을
본다. 끝으로 인간들이 땅을 차지하려 전쟁하는 것을 보고,
그들이 죽음은 전혀 생각지도 않는 것을 개탄하며 그곳을
떠난다.

헤르메스 왜 웃으시오, 카론이여? 그리고 왜 나룻배를 버려 두고 빛의 세계로 올라오셨소? 예전에는 위 세상의 일에는 관여하는 버릇이 없었으면서?

카론 오, 헤르메스! 알고 싶은 생각이 들어서요. 대체 인생에서 일어나는 일들이 어떤 것인지, 인간들은 살아가는 동안 무슨 일을 하는지, 우리에게로 내려오면서 그들이 무엇을 잃어버리기에 모두들 통곡하는지 말이오. 왜냐하면 그들 중 누구도 눈물 없이는 저승 강을 건너지 않으니까요. 그래서 나 자신이 저 텟살리아의 젊은이[1]처

1

---

1) 트로이아 전쟁 최초 전사인 프로테실라오스를 가리킨다. 아내가 그의 죽음을 너무나 슬퍼하자, 저승 신들이 그에게 하루 동안 집으로 돌아가는 것을 허락해 주었다.

럼 하데스에게 하루만 배를 떠나겠노라고 청하여 빛으로 올라왔소. 한데 나는 아주 적절하게 당신을 마주친 것 같소. 당신은 모든 것을 잘 알고 있어서, 틀림없이 나를 안내하고 데리고 다니며 하나하나 소개해 줄 테니 말이오.

헤르메스 어허, 사공 양반, 난 시간이 없어요. 나는 이승의 제우스[2]에게 인간들의 어떤 일을 전하러 가야 한다오. 그분은 성질이 격해서, 내가 늦기라도 하면 나를 어둠으로 넘겨 완전히 당신들 몫으로 만드실까 봐 두렵다오. 아니면 예전에 헤파이스토스에게 그랬던 것처럼, 내 발목을 잡아 신들의 궁전 문턱에서 집어 던질 수도 있지요. 그러면 나도 술을 따르면서 다리를 절뚝여 웃음거리를 제공하게 될 거요.[3]

카론 그러면 당신은 내가 땅 위에서 지향 없이 떠도는 것을 두고 볼 거요? 이게 친구이자 배의 동승자이고, 함께 영혼을 인도하는 자가 할 짓이오? 마이아의 아드님! 내가 당신에게 한 번도 배의 물을 퍼내라거나 노를 저으라고 명령한 적이 없다는 걸 기억하는 게 좋을

---

2) 하데스를 '저승의 제우스'라고 부르는 것에 맞춰, 본래의 제우스를 이렇게 호칭한 것이다.
3) 헤파이스토스는 제우스와 헤라가 말다툼을 하는 데 끼어들어 헤라를 편들다가 제우스에게 잡혀 땅으로 던져진 적이 있었다고 한다. 헤파이스토스가 절름발이가 된 이유가 이것이라고도 하고, 달리는 그가 원래 장애를 갖고 태어났다고도 하는데, 여기서는 전자를 택했다. 다리를 절며 술을 따른다는 내용은 『일리아스』 1권 마지막 장면을 암시한 것이다. 거기서 헤파이스토스는 제우스와 헤라 사이의 다툼을 말리며, 자신이 직접 술을 따라 주고 분위기를 띄운다. 그가 절룩이며 돌아다니는 것을 보고 신들 사이에 그칠 줄 모르는 웃음이 일어난다.

헤르메스

거요. 그러기는커녕 갑판 위에 그 건장한 어깨를 쫙 펴고 누워 코를 골거나, 아니면 혹시 죽은 자 중 수다쟁이라도 만나면 그자와 함께 뱃길 내내 지껄여 댔소. 노인인 내가 혼자서 노 두 개를 저어 가는 동안 말이오. 그건 그렇고 당신 아버님의 이름에 걸고 부탁하니, 사랑스러운 헤르메스 씨, 나를 버려 두지 말고, 삶에서 일어나는 모든 일을 두루 안내해 주시오, 내가 뭐라도 좀 보고서 돌아갈 수 있도록 말이오. 당신이 나를 저버리면, 나는 장님이나 다를 바 없을 것이오. 저들이 어둠 속에서 비틀거리고 미끄러지는 것처럼, 나도 그렇게 눈이 보이지 않는다오, 내 경우는 빛 때문에 그런 거지만. 자, 그러지 말고 응낙하시오, 퀼레네 양반,[4] 내 그 은혜는 영원히 기억하겠소.

헤르메스 이게 내겐 매 맞을 빌미가 될 거요. 안내의 대가로 주먹질이 돌아오리라는 건 너무나도 뻔히 보이니 말이오. 그래도 응낙하긴 해야겠지요. 친구가 졸라 대는데 달리 어떻게 하겠소?

한데 당신이 모든 것을 하나하나 자세히 관찰하는 건 불가능하다오, 사공 양반. 그러다간 여러 해가 지나고 말 테니까요. 그렇게 되면 제우스께서 나를 마치 도망 노예처럼 수배하게 될 것이오. 그리고 당신은 죽음의 신의 일을 수행하는 데 지장을 받을 테고, 또 오랜 기간 죽은 자들을 데려가지 않음으로 해서 플루톤의 나라에 피해를 입히겠지요. 게다가 뱃삯 징수자인 아이아코스는 한 오볼로스도 벌지 못해 화가 나겠지요. 그러니 어떻게 하면 일어나는 일 중 핵

2

---

4) 헤르메스는 퀼레네에서 태어났다.

심적인 것만 볼 수 있을지 그걸 생각해야겠소.

카론 헤르메스여, 당신이 최선의 길을 생각해 보시오. 나는 손님이라 땅 위에서 일어나는 일들은 전혀 모르니까.

헤르메스 한마디로, 카론이여, 우리는 어딘가 높은 데로 올라가야 하오. 거기서 모든 것을 내려다볼 수 있게끔. 당신이 천상으로 올라갈 수 있다면 우리는 수고를 덜 수 있을 것이오. 전망 좋은 곳에서 모든 것을 자세히 볼 수 있을 테니 말이오. 하지만 늘 혼령들과 함께 지내는 당신이 제우스의 왕궁에 발을 디디는 것은 허용되지 않으니, 우리 어디 높은 산이 있는지 돌아봅시다.

카론 헤르메스여, 우리가 배를 타고 갈 때면 내가 늘 당신들에게 말하곤 했던 걸 잘 알고 있지 않소? 바람이 갑자기 불어닥쳐 돛을 내리치고, 파도가 높이 일어나면, 당신들은 잘 알지도 못하면서 돛을 내리라는 둥, 돛폭을 조금 늦추라는 둥, 바람 방향에 맞춰 배를 돌리라는 둥 지시하지 않았소? 그러면 나는 당신들에게 조용히 하라고 명하곤 했소. 최선의 방책은 내가 알고 있기 때문이오. 마찬가지로 당신도 좋다고 생각하는 대로 행하시오, 지금은 당신이 사공이니. 나는 승객에게 합당한 대로, 입을 다물고 당신이 명하는 대로 복종하며 가만히 앉아 있겠소.

헤르메스 옳은 말이오. 무엇을 할지는 내가 생각하고, 적당한 전망대도 내가 찾아내겠소. 그럼, 카우카소스가 적당할까, 아니면 파르낫소스일까, 그도 아니면 이 둘보다 더 높은 올륌포스일까? 아, 올륌포스를 바라보는 사이에 내게 나쁘지 않은 생각이 떠올랐소. 당신도

3

함께 나서서 나를 도와야 하오.

카론 지시만 하시오. 가능한 데까지 도울 테니.

헤르메스 호메로스 시인의 말에 따르면, 알로에우스의 아들들이, 그들 역시 둘이었는데, 아직 어린데도 옷사 산을 바닥에서 뜯어내어 올륌포스 위에 얹고, 다음엔 펠리온 산을 거기 얹으려 했었다고 하오. 이거면 하늘로 올라가기에 충분한 사다리가 되리라고 여겼다는 거요.5) 물론 이 두 젊은이는 그 오만에 대한 대가로 형벌을 당하게 되었죠. 하지만 우리는 신들에게 해악을 꾀하는 건 아니니까, 우리도 한번 같은 식의 토목을 해 보는 게 어떻겠소? 산들을 다른 것 위에 굴려다 쌓아 놓고, 더 높은 데서 더 잘 보도록 말이오.

카론 헤르메스여, 겨우 우리 둘뿐인데 펠리온이나 옷사를 들어서 쌓을 수가 있겠소?

헤르메스 안 될 게 뭐 있겠소, 카론? 당신은 우리가 저 애송이들보다 못하다는 게요? 더구나 우리는 신인데?

카론 그건 아니지만, 그래도 일이 믿을 수 없을 정도로 큰 노력을 요할 것 같소.

헤르메스 물론이오, 카론. 당신은 시적인 데라고는 전혀 없는 평범한 존재니까요. 하지만 저 멋진 호메로스는 시 두 줄로써 곧장 우리를 하늘로 올라가게 했소. 그토록 쉽게 산들을 쌓은 거요. 나는 당신이 이걸 놀랍게 여긴다면 오히려 놀랄 거요. 당신도, 아틀라스가 우

---

5) 『오뒷세이아』 11권 305행 이하. 옷사 산은 올륌포스 북쪽에, 펠리온은 남쪽에 있다.

리들 모두를 지탱하며 하늘 축을 받치고 있다는 걸 잘 아니 말이오. 그리고 당신은 아마 내 형제 헤라클레스에 대해서도 들으셨을 거요, 언젠가 그가 아틀라스를 대신했다는 것을, 그리고 자기가 그 짐을 떠맡아 잠깐이나마 그를 노역에서 쉬게 해 주었다는 것을.

카론 그것도 들었소. 한데 그게 사실인지는, 헤르메스여, 당신들 시인 들이나 알 것이오.

헤르메스 사실이고 말고요, 카론! 대체 현자들이 왜 거짓말을 하겠 소? 그러니 우선 옷사 산을 지레로 움직여 봅시다, 저 도목수인 호 메로스와 그의 시가 지시하는 대로. "그다음엔 옷사 위에 나뭇잎 흔 들리는 펠리온을." 보이죠, 우리가 얼마나 쉽게, 시적으로 일을 해치 웠는지? 자, 이제 올라가서 보죠, 이걸로 충분한지 아니면 아직도 더 쌓아야 하는지.

맙소사, 우리는 아직도 하늘의 발치 아래 있군. 동쪽으로는 겨우 5 이오니아와 뤼디아가 보이고, 서쪽으로는 이탈리아와 시켈리아 이상 은 보이지 않고, 북쪽으로는 이스트로스[6)]의 이편만, 저쪽으로는 크 레테도 아주 또렷하게는 보이지 않네요. 사공 양반, 우리가 오이테 산 도 움직여 얹고, 그다음에 모두 위에 파르낫소스도 얹어야겠구려.[7)]

카론 그렇게 합시다. 그저 우리가 합당한 것 이상으로 높이를 키우다 가 너무 홀쭉하게 만들지만 않도록 주의하시오. 그러다간 우리가 그 것과 함께 넘어져 머리를 깨 먹고 호메로스 건축술의 쓴맛을 보게

---

6) 도나우(다뉴브) 강.
7) 오이테는 펠리온의 서쪽에, 다시 파르낫소스는 오이테의 서쪽에 있다.

될 것이오.

헤르메스 걱정 마시오. 모든 게 안전하게 될 터이니. 오이테를 얹으시오. 파르낫소스를 굴려 얹으시오. 자, 다시 올라갑니다. 좋아요, 모든 게 보이는구려. 이제 당신도 올라오시오.

카론 헤르메스여, 손 좀 내미시오. 당신은 나를 작지 않은 장치 위로 올라가게 하는구려.

헤르메스 카론이여, 모든 것을 보고자 한다면 이래야 하오. 안전한 것과 구경 좋아하는 것은 동시에 충족할 수가 없어요. 그렇지만 자, 내 오른손을 잡으시오. 그리고 미끄러운 데를 딛지 않도록 조심하시오. 좋아요, 당신도 올라왔구려. 파르낫소스의 봉우리가 둘이니, 각기 봉우리 하나씩 차지하고 앉읍시다. 이제 빙 둘러보면서 모든 것을 살피시오.

카론 많은 땅과 그것의 가장자리를 두르고 있는 어떤 호수와 산과 강들이 보이네요. 강들은 코퀴토스나 퓌리플레게톤보다 더 크군요. 또 아주 작은 사람들과 그들의 어떤 은신처가 보이는구려.

헤르메스 당신이 은신처라고 부르는 건 도시들이오.

카론 한데 헤르메스여, 당신은 아시오? 우리가 전혀 득 얻은 게 없고, 공연히 카스틸리아 샘까지 포함해서 파르낫소스 산을, 그리고 오이테와 다른 산들을 옮겼다는 것 말이오.

헤르메스 대체 왜 그러시오?

카론 높이 때문에 아무것도 자세히 볼 수 없단 말이오. 나는 도시와 산들을 그저 그림 속에서처럼 보는 게 아니라, 사람들 자신과 그들

6

132

이 하는 일, 하는 말을 알고 싶었소. 당신이 나를 처음 마주쳐서 내가 웃는 것을 보고 왜 웃느냐고 물었을 때처럼 말이오. 그때 나는 어떤 말을 듣고 지극히 즐거웠던 참이었소.

헤르메스 대체 그게 뭐였소?

카론 내 기억에, 어떤 사람이 친구 중 하나에게서 내일 식사하러 오라는 초대를 받고는 "그럼, 가고말고"라고 대답했소. 한데 그가 말을 하는 중에 지붕에서 누군가가 옮기던 기와가 떨어져서 그를 죽게 만들었소. 그래서 나는 그가 약속을 지키지 못한 것 때문에 웃은 거요. 어쨌든 나는 이제 더 잘 보고 듣기 위해 좀 내려가는 게 좋겠소.

헤르메스 가만히 계시오. 내가 당신을 위해 이것도 조치해 주겠소. 호메로스에게서 이것을 위한 어떤 주문을 얻어다가 잠깐 사이에 당신을 천리안으로 만들어 줄 것이오. 내가 그 말을 입 밖에 내는 순간에, 근시안이기를 그치고 모든 것이 또렷하게 보이는 걸 잊지 마시오.

카론 말하기만 하시오.

헤르메스 "내 또한 전에 그대의 눈을 덮고 있던 안개를 걷었도다,
그대가 신과 인간을 잘 분간할 수 있도록."[8)]
어떻소, 이제 보입니까?

카론 놀랍소! 저 륑케우스[9)]도 내게 비하면 장님이오. 그러니 이제 내가 묻는 것에 답하고 가르쳐 주시오. 한데 당신은 나도 호메로스 식으로 당신에게 묻기를 원하시오? 나도 호메로스의 시들을 공부 안

---

8) 『일리아스』 5권 127~128행.
9) 아르고 호 영웅 중 하나. 천리안으로 알려져 있다.

한 건 아니라는 점을 당신도 알게 말이오.

헤르메스 늘 배에 타고 노를 저으면서 그 사람의 시는 또 어디서 알게 되었소?

카론 이보쇼, 그건 나의 기술에 대한 모욕이오. 나는, 그 사람 죽은 다음에 배로 실어 나르면서, 그가 음송하는 것을 많이 듣고 여전히 상당 부분 기억하고 있다오. 그때 작지 않은 폭풍이 덮치긴 했지만. 왜냐하면 그때 그는 항해자들에게 상서롭다고는 할 수 없는 어떤 노래를 부르기 시작했기 때문이오. 그건 포세이돈이 구름들을 모으고, 삼지창을 마치 일종의 국자처럼 휘저어서 바다를 뒤집고, 돌풍들과 다른 모든 것을 일으킨다는 내용이었소. 이렇게 호메로스가 노래로 바다를 뒤흔들자, 갑자기 폭풍과 어둠이 내리 덮쳐 우리 배를 거의 뒤집을 지경이었소. 그러자 그는 배멀미를 시작하여 자기 노래 가운데 다수를 토해 냈고, 거기에는 스퀼라와 카륍디스, 그리고 퀴클롭스가 포함되어 있었소. 그래서 그 많은 토사물 중에서 약간을 챙기는 것은 그리 어려운 일이 아니었소.

그러니 말해 주시오.

"저기 저 훌륭하고 키 크고 몸집 좋은 사람은 대체 누구요?

그는 머리와 넓은 어깨로 인간들 중 특히 뛰어나 보이는구려."[10]

헤르메스 그 사람은 크로톤[11] 출신 운동선수 밀론이오. 희랍인들은

8

---

10) 『일리아스』 3권 226~227행. 트로이아 왕 프리아모스가 아이아스를 가리키며 헬레네에게 묻는 말을 조금 고친 것이다.
11) 이탈리아 반도 남부 해안의 희랍 식민 도시.

그에게 갈채를 보내고 있소. 그가 황소를 들어서 경주장 가운데를 지나 옮기고 있기 때문이오.

카론 헤르메스여, 그들이 내게 칭찬을 보내고 있다면 얼마나 더 정당하겠소? 잠시 후면 내가 저 밀론을 잡아서 배에 앉히게 될 테니 말이오. 물론 그가 적수들 중 가장 맞싸우기 어려운 죽음의 신과의 레슬링에서 제압되어 우리에게 왔을 때 말이죠. 그는 자신이 어떻게 다리 걸려 넘어졌는지도 모를걸요. 그러면 그는 분명히 우리 앞에서 이 승리의 관과 박수를 기억하면서 통곡할 것이오. 한데 그는 지금 황소를 옮겨 가는 것 때문에 경탄을 받으며 자신을 대단하게 여기고 있군요. 어떻소? 우리는 그가 자기도 언젠가는 죽으리라는 걸 내다보고 있다고 여겨야 할까요?

헤르메스 저 사람이 지금 저토록 한창인데 죽음을 생각할 이유가 뭐 있겠소?

카론 그는 내버려 둡시다, 머지않아 배를 타고서 우리에게 웃음을 줄 사람이니. 그때는 황소는커녕 모기 한 마리 들어 올리지 못할 것이오.

그런 그렇고 이걸 대답해 주시오.

9

"저 다른 사람은 대체 누구인가, 저 근엄한 자는?"[12] 옷으로 보아서는 희랍인이 아닌 것 같구려.

헤르메스 퀴로스입니다, 카론이여. 캄뷔세스의 아들이죠. 옛날에 메디

---

12) 앞의 경우처럼 『일리아스』 3권 226행을 변형한 것이다.

아 인들이 차지하고 있던 제국을 이제는 페르시아 인들에게 속하도록 만든 인물이오. 그는 최근에 앗쉬리아 인들도 정복했고, 바뷜론을 종속시키고, 지금은 뤼디아로 진격하기로 결심하였소. 크로이소스를 제압하여 온 세상을 지배하려는 거지요.

카론 그 크로이소스는 대체 어디 있소?

헤르메스 저쪽 세 겹의 성벽을 두른 거대한 아크로폴리스를 보시오. 그건 사르데이스요. 이제 황금 보좌에 앉은 크로이소스가 보이죠? 그는 아테나이 사람 솔론과 대화를 나누고 있소. 그들이 무슨 얘기를 하는지 들어 보고 싶소?[13]

카론 정말 듣고 싶소.

크로이소스 아테나이에서 온 이방인이여, 그대는 나의 부와 풍요함과 보물 창고들, 그리고 내게 얼마나 많은 금괴가 있는지를 보았으니, 내게 말하라, 모든 사람 가운데 누가 가장 행복한지를.   10

카론 솔론이 뭐라고 대답할까?

헤르메스 걱정 마시오. 그는 고상치 않은 답을 하진 않으리다, 카론이여.

솔론 오, 크로이소스여, 행복한 사람은 얼마 되지 않습니다. 제가 아는 사람 가운데 가장 행복한 자는 클레오비스와 비톤이라고 생각합니다. 그들은 아르고스 여사제의 아들들인데, 스스로 멍에를 지고 수레 위에 자기들 어머니를 싣고서 신전까지 끌고 간 다음에 둘이 함께 죽었지요.

---

13) 이 대화의 내용은 헤로도토스 『역사』 1권 29~33장에 나온다.

황소를 짊어진 밀론

크로이소스 좋소. 저들이 행복의 첫자리를 차지하라고 하시오. 한데 그다음은 누구겠소?

솔론 아테나이 사람 텔로스입니다. 그는 삶을 훌륭하게 잘 살고 또 조국을 위해 죽었습니다.[14]

크로이소스 그러면 나는, 이 쓸모없는 자여, 그대가 보기에 행복하지 않단 말인가?

솔론 저로서는, 그대가 삶의 종착점에 닿을 때까지는 결코 모르겠습니다, 크로이소스여. 왜냐하면 죽음이, 그리고 끝까지 행복하게 살아 냈는지가 그러한 일에 대한 정확한 판정 기준이니까요.

카론 잘했군, 솔론! 그대는 우리를 잊지 않고, 그런 일의 판정이 나룻배 곁에서 이뤄지는 게 옳다고 여기는군!

한데 크로이소스는 저 사람들을 어디로 보내는 것이며, 그들은 어깨 위에 무엇을 나르는 거요?

헤르메스 퓌토의 신전으로 금괴를 바치는 중이라오. 신탁에 대한 감사 헌물이지요. 한데 그 신탁 때문에 그는 잠시 후에 파멸하게 될 거요. 그는 이상하리만치 신탁을 좋아하는 사람이지요.

카론 저 반짝이며 빛나는, 불그스름하면서도 누런 것이 금인가요? 늘 듣기는 했지만, 지금 처음 보오.

헤르메스 카론이여, 그게 바로 사람들이 늘 노래하는 이름이고, 쟁탈

---

14) 『역사』에서 솔론이 가장 행복한 사람으로 먼저 꼽은 사람은 텔로스이다. 그는 자식들을 잘 키우고 손자까지 본 다음에 조국을 지키다 전장에서 죽었고, 국가의 비용으로 장례를 받았다.

을 벌이는 것이라오.

카론 하지만 나는 그것에서 뭐 하나 좋은 점을 보지 못하겠구려, 그걸 운반하는 사람들이 무겁게 느낀다는 점 한 가지 빼고는.

헤르메스 아니, 당신은 저것 때문에 얼마나 많은 전쟁과 음모, 강탈, 거짓 맹세, 살인, 감금, 그리고 무역과 노예질이 있었는지 모른단 말이오?

카론 아니, 헤르메스여, 청동과 별로 다르지도 않은 이것 때문에 그랬단 말이오? 당신도 알다시피, 나도 청등은 알아요. 배 타고 건너는 자들에게 오볼로스를 거두니까.

헤르메스 물론 그렇지요. 하지만 청동은 흔해서 저들이 별로 열심히 좇지 않아요. 반면에 이것은 광부들이 다주 깊이 파 봤자, 겨우 조금 건진답니다. 한데 이것도 납이나 다른 것처럼 땅에서 나는 거라오.

카론 그대는 인간들이 어떤 점에서 끔찍하게 어리석다고 하시는구려. 그들이 누렇고 무거운 물건을 그토록이나 사랑한다니.

헤르메스 하지만 카론이여, 저 솔론만큼은 그걸 사랑하지 않는 것 같네요. 그대도 보다시피 그는 크로이소스와 그의 동방 사람다운 오만함을 비웃고 있소. 그리고 아마 그에게 뭔가 질문하려는 듯하오. 한번 들어 봅시다.

솔론 크로이소스여, 제게 말해 보십시오. 당신은 정말로 퓌토의 신께서 이 금괴들을 조금이라도 필요로 한다고 생각하십니까?

크로이소스 제우스께 맹세코, 그렇소. 그분께는 델포이에 이만한 헌물이 없으니 말이오.

솔론 그러면 당신은, 신께서 다른 것들에 덧붙여 금괴들까지 갖게 되면 행복해 보이리라 생각하십니까?

크로이소스 어떻게 그렇지 않을 수 있겠소?

솔론 크로이소스여, 만일 신들이 금을 원할 때 그걸 뤼디아로부터 실어 가져가야만 한다면, 당신은 하늘나라는 아주 가난하다고 말하시는 겁니까?

크로이소스 사실 우리나라에서 얻을 수 있는 만큼의 금이 대체 어디에 있겠소?

솔론 말해 보시죠, 뤼디아에서는 철이 나나요?

크로이소스 별로 그렇지 않소.

솔론 그렇다면 당신들은 더 훌륭한 자원이 부족한 겁니다.

크로이소스 어떻게 철이 금보다 더 훌륭하단 말이오?

솔론 당신이 화내지 않고 대답하신다면 아실 수 있습니다.

크로이소스 물으시오, 솔론.

솔론 다른 이들을 구원해 주는 자와 다른 사람에게 구원을 받는 자 중에 누가 더 훌륭합니까?

크로이소스 그야 물론 구원해 주는 사람이오.

솔론 그러면 만일, 어떤 자들이 퍼뜨리고 있는 것처럼, 퀴로스가 뤼디아로 쳐들어온다면, 당신은 군대에게 황금으로 칼을 만들어 주겠습니까, 아니면 그때 필요한 건 철일까요?

크로이소스 그야 당연히 철이오.

솔론 그리고 그것이 준비되지 않는다면, 당신의 황금은 전리품이 되어 페르시아로 가겠지요?

크로이소스 불길한 말은 삼가시오, 이 사람!

솔론 일이 그런 식으로 되지 않기를 기원합니다. 하지만 당신은 철이 황금보다 더 훌륭하다는 데 동의하신 게 분명합니다.

크로이소스 그러면 당신은 나더러 신께 철괴를 바치라는 거요? 보낸 금은 다시 회수하고?

솔론 그분은 철도 필요하지 않습니다. 당신이 청동이나 금을 바친다면, 다른 사람을 위한 재산이나 행운을 바친 게 될 것입니다. 포키스 인이나 보이오티아 인, 혹은 델포이 인들 자신, 또는 어떤 참주나 강도에게나 득이 되지, 신께는 당신의 금제품이 전혀 관심 밖일 것입니다.

크로이소스 당신은 계속 나의 부에 싸움을 걸고, 그걸 시기하는구려!

헤르메스 카론이여, 저 뤼디아 인은 자유로운 발언과 저 말의 진실성을 견디지 못하는군요. 그에게는 가난한 사람이 위축되지 않고, 떠오르는 대로 자유롭게 말하는 이 상황이 낯설게 느껴지는 겁니다. 하지만 조금 지나면 그는 솔론을 기억하게 될 거요. 그가 퀴로스에게 잡혀서 어쩔 수 없이 장작더미 위에 올려질 때 말이오. 나는 전에 클로토 여신이 각 사람을 위해 자아 놓은 운명을 읽는 걸 들었다오. 거기에는 이 일도 적혀 있었지요. 크로이소스가 퀴로스에게 잡히고, 퀴로스 자신은 저 맛사게타이 여인에 의해 죽는다는 것이오. 당신께도 보이죠, 저 흰말을 타고 달려가는 스퀴티아 여인이?

카론 확실히 보이는구려.

헤르메스 저 여자는 토뮈리스인데, 퀴로스의 머리를 베어 피가 가득한 자루에 넣게 될 것이오.[15] 그의 젊은 아들도 보이죠? 저 사람은 캄뷔세스랍니다. 그는 자기 아버지 다음에 왕으로 다스리게 될 터인데, 리뷔아와 아이티오피아에서 수많은 사람을 쓰러뜨린 후, 마지막엔 미쳐서 아피스[16]를 죽이고 자신도 죽을 것입니다.

카론 정말 우스운 일이구려. 하지만 지금은 다른 사람들을 저토록 깔보는 그들을 감히 누가 마주 볼 수 있겠소? 그리고 대체 누가 믿을 수 있겠소, 잠시 후면 한 사람은 포로가 되고, 다른 사람의 머리는 피 자루 속에 들어가리란 것을?

한데 헤르메스여, 저 사람은 누구요? 자색 망토를 여며 입고 왕관을 쓴 사람 말이오. 요리사가 물고기 배를 가르고는 그에게 반지를 바치고 있으니 말이오.

"바다로 둘러싸인 섬에서, 그는 자신이 왕이라고 우쭐대고 있다오."[17]

헤르메스 오, 카론, 멋지게 흉내 내었소. 당신이 보고 계신 건 사모스

---

15) 퀴로스는 맛사게타이 족의 땅으로 쳐들어가서, 처음에는 계략으로 토뮈리스의 아들을 사로잡고, 결국 그 아들이 죽었다. 토뮈리스는 나중에 퀴로스를 전투로 제압하고, 그의 머리를 베어 피가 가득 담긴 자루 속에 넣었다. 그가 피에 굶주려 자기 땅으로 쳐들어왔기 때문이다. 헤로도토스 『역사』 1권 214장.

16) 소의 모습으로 태어난다는 이집트의 신. 캄뷔세스는 신성한 소를 칼로 찔러 죽인 후, 나중에 말에 오르다 칼집이 벗겨져서 다리를 다치고, 그것이 악화되어 죽는다. 헤로도토스 『역사』 3권 27~29, 64~66장.

17) 『오뒷세이아』 1권 50행과 180행을 짜 맞춘 구절이다.

의 참주 폴뤼크라테스요. 그는 자신이 정말 운이 좋다고 생각하고 있지요. 하지만 이 사람도 지금 곁에 서 있는 종 마이안드리오스에게 배신당해, 페르시아 태수인 오로이테스에게 넘겨질 거고, 그 행운으로부터 한순간에 완전히 전락하게 될 것이오.[18] 나는 그것도 클로토 여신에게서 들었습니다.

카론 고귀하신 클로토 님, 존경을 바칩니다! 오, 으뜸의 여신이여, 저들을 불태우소서! 그들의 목을 베고, 기둥에 못 박으소서, 저들이 자신들이 인간이란 사실을 알게끔! 그때까지는 저들을 높이소서, 저들이 더 높은 데서 더 고통스럽게 전락하게끔! 저는 나룻배에서 저들 각각이 벌거벗은 것을 알아보고 웃을 것입니다. 그들은 그때 자줏빛 의상도, 티아라도, 황금 보좌도 가지지 못할 것입니다.

헤르메스 그들의 생애는 그렇게 될 것이오. 한데 카론이여, 저 무리가 보이시오? 항해하고 전투하고 재판하고 농사짓고, 돈 빌려 주고 간

---

[18] 사모스의 참주 폴뤼크라테스는 하는 일마다 줄되어 행운아로 여겨졌다. 하지만 그의 친구인 이집트 왕 아마시스는, 그러다가는 나중에 큰 불행이 닥칠 수 있으니, 일부러 뭔가 슬픈 일을 만들라고 충고했다. 폴뤼크라테스는 그 충고에 따라, 자신이 가장 아끼는 인장 반지를 바다에 던졌다. 하지만 큰 물고기 하나가 그 반지를 삼켰고, 나중에 폴뤼크라테스가 물고기 배 속에서 그것을 발견하였다. 폴뤼크라테스는 나중에 오로이테스의 계략에 넘어가 십자가형을 당했다. 오로이테스는 자신이 큰 재산을 가지고 페르시아에서 탈출하려 한다며 폴뤼크라테스의 도움을 청했고, 그에게 정말 재산이 있는지 확인하러 간 마이안드리오스는 돌이 든 상자에 겉만 금덩이를 얹은 것을 보고 속아서 폴뤼크라테스에게 정말 금이 많더라고 보고하였다. 폴뤼크라테스는 오로이테스를 만나러 갔다가 붙잡혀 죽음을 당한다. 『역사』 3권 39~43장, 120~125장.

청하는 자들 말이오.

카론 다양한 활동과 분주함으로 가득한 생활이 보이네요. 그들의 도시는 벌집과도 같구려. 거기서 모두가 제 나름의 침을 갖고 이웃을 찌르고 있네요. 일부 소수는 마치 말벌처럼 굴면서 약한 자들을 늑탈하는구려. 한데 저들에게는 보이지 않으면서 주위를 날아다니는 무리는 대체 무엇이오?

헤르메스 카론이여, 그들은 희망, 공포, 무지, 쾌락, 탐욕, 분노, 증오와 그 비슷한 것들이오. 이들 중에서 무지는 아래로 내려가 이들과 섞여 함께 산답니다. 그리고 확실히 증오, 분노, 질시, 어리석음, 의심, 탐욕도 마찬가지고요. 반면에 두려움과 희망은 높이 날아오르는데, 두려움은 이따금 내리 덮쳐 사람들을 겁주고 움츠러들게 만들고요, 희망은 머리 위에 떠서는, 특히 누군가 그것을 잡을 수 있다고 생각할 때, 날아올라 떠나가 버리죠. 멍하니 입을 벌린 사람들을 뒤에 남겨 두고 말입니다. 당신은 저승에서 탄탈로스가 물을 마시려다 그런 꼴을 당하는 걸 보실 텐데, 그와 마찬가지죠.

　자세히 보시면 각 사람 위에서 운명의 여신들이 실 톱대에 실을 자아 감는 것을 볼 수 있을 겁니다. 그 실 톱대에서 나온 가느다란 실이 모든 사람에게 붙게 되어 있어요. 실 톱대들에서 각 사람에게로 말하자면 거미줄 같은 게 내려가는 게 보이죠?

카론 아주 가는 실이 각 사람에게 붙은 게 보이는구려. 대개는 서로 엉켜 있네요, 이것은 저것과, 저것은 이것과.

헤르메스 당연한 일이오, 사공 양반. 저 사람은 이 사람에게, 이 사람은 또 다른 사람에게 죽게끔 정해져 있으니까요. 또 이 사람은, 실이 더 짧은 저 사람의 상속자가 되게끔 정허져 있죠. 반면에 저쪽 사람은 이쪽 사람의 상속자이고요. 그게 바르 엉킨 실의 의미랍니다. 한데 모든 사람이 가느다란 실로 공중에 매달린 게 보이죠? 이쪽 사람은 공중 높이 끝어 올려졌는데 잠시 후면 떨어질 겁니다. 실이 더는 그 무게를 견디지 못하게 되면 끊어지는 거죠. 그러면 그는 엄청난 소리를 내게 될 게요. 반면에 이쪽 사람은 땅에서 조금만 들어 올려져서, 떨어진다 해도 소리 없이 내려앉을 것이고, 떨어지는 소리가 이웃에게 거의 들리지 않을 겁니다.

카론 아, 그거 참 우습구려, 헤르메스여.

헤르메스 하지만 이게 또 얼마나 우스운지 당신은 제대로 표현도 찾지 못할 거요, 카론. 그들의 희망이 너두나 지나치고, 게다가 그 희망의 한가운데서 우리 훌륭하디 훌륭한 죽음에 의해 낚여 떠나가게 된다는 것 말이오. 죽음의 전령과 하인들은 당신도 보다시피, 아주 많지요. 오한, 열병, 소모성 질환, 폐렴, 칼, 도적 떼, 독약, 재판관, 참주 등등. 하지만 이들 중 그 어느 것에 대한 생각도, 그들의 일이 잘 되어 갈 때면, 전혀 들어오지 않죠. 하지만 그들이 넘어질 때가 되면, "옷토토이", "아이아이", "오이모이" 하는 비탄이 많이도 일어난다오. 그들이 만일 처음부터, 자신들이 필결의 존재라는 사실, 그리고 이 짧은 시간 동안 삶에 머문 후에 모든 것을 땅 위에 남기고, 마치 꿈에서처럼 떠나가야 한다는 사실을 제대로 의식했다면, 좀 더 현명하게 삶을 살아갈 것이고 죽을 때도 덜 괴로워할 텐데 말입니다. 그

17

런데 그들은 지금 가진 것을 영원히 누리리라고 기대했다가, 죽음의 하인이 그의 머리맡에 서서 열병이나 소모성 질환으로 그를 묶어 끌고 가려 하면, 그것에 대해 울고불고 난리를 치죠. 자기 재산을 떠나 끌려가는 것은 전혀 예상도 하지 못했으니까요. 예를 들어, 지금 집을 짓느라고 열을 올리고 일꾼들을 채근하는 사람이, 그 집이 완성은 되겠지만, 그 자신은 지붕을 올리자마자 죽어서 그걸 즐기는 일은 상속자에게 넘겨주고, 자기는 그 집 안에서 식사 한 번 온전히 못하고 떠나야 한다는 걸 알게 된다면, 무슨 짓을 마다하겠습니까?

또 저기 저 사람은 아내가 그에게 사내아이를 낳아 주었다고 기뻐하며, 이걸 축하하느라고 친구들을 초대하고 아이에게 자기 아버지 이름을 부여하고 있는데, 만일 이 아이가 일곱 살에 죽게 되리라는 걸 그가 안다면, 아이 태어난 것에 그토록 즐거워하는 게 그에게 합당해 보일까요? 그런데도 이 사람이 이러는 것은, 이쪽 사람만 보았기 때문이죠. 아들이 올륌피아 경기에서 우승해서 즐거워하는 아버지 말입니다. 반면에 그는 아들의 시신을 묻으려고 옮기는 이웃은 보지 못한 거죠. 또 자기 아들에게 어느 정도 길이의 실이 붙어 있는지 몰라서 그러는 것이기도 하고요.

그리고 토지 경계 때문에 다투는 이 사람들이 보이죠? 그런 사람이 얼마나 많은지도요? 또 재산을 끌어모으는 사람들도? 하지만 이들은 이 재산을 즐기기도 전에, 내가 언급한 죽음의 전령과 하인들에 의해 부름을 받게 될 거요.

카론 나는 이 모든 것을 보고, 사람들이 살아 있는 동안 어떤 즐거움 18

을 누리는지, 그리고 그들이 무엇을 잃고서 그렇게 애통해하는지 생각하게 되는구려. 예를 들어 누군가가 그들의 왕들을 살펴본다면, 그들이 가장 행복한 것으로 여겨지긴 하지만, 그대가 말한 운수의 불안정함과 불확실함 외에도, 즐거움보다 더 큰 괴로움이 그들과 함께한다는 걸 발견하게 될 거요. 두려움, 혼란, 미움, 음모, 분노, 아첨 등등. 이들에게는 이 모든 것이 따라다니니까요. 고통과 질병, 그리고 확실히 그들까지도 공평하게 지배하는 불운 등은 말할 것 없이 그냥 지나갑시다. 어쨌든 이들의 인생이 이 정도로 괴로우니, 평범한 사람들의 삶은 또 어느 정도인지 생각하게 되네요.

그래서 헤르메스여, 나는 인간들과 그들의 모든 삶이 내게 어떻게 보였는지 그대에게 말해 보고 싶소. 쏟아지는 격류에서 생겨나 물 위에 떠 있는 거품들은 그대도 본 적이 있지요? 거품 방울들을 일으키는 그 수포(水泡) 덩어리 말이오. 그중 어떤 것들은 작고 금방 터져 스러지지만, 어떤 것들은 오랫동안 힘을 유지하지요. 그리고 그것들에 다른 것들이 합쳐져서 부풀어 오르고 굉장한 크기로까지 자라지요. 하지만 그것들도 언젠가는 그냥 터져 버립니다. 달리 될 길은 없으니까요. 인간의 삶도 이와 같소. 모두가 바람이 들어 부풀었는데, 어떤 자들은 크고, 어떤 자들은 작을 뿐이오. 그리고 일부는 짧게 지속되는, 금방 죽음에 다다르는 거품을 지녔고, 어떤 이들은 아예 생겨나자마자 끝나 버리기도 하지요. 어쨌든 터져 버리는 건 모두에게 피할 수 없는 일이오.

헤르메스 오, 카론, 그대는 호메로스에 조금도 못지않게 비유했소. 그

19

는 인간의 종족을 나뭇잎에 비겼다오.[19]

카론 그리고 헤르메스여, 인간들은 그런데도 서로 권력과 명예, 재산 20 을 놓고 무슨 짓을 하는지, 얼마나 출세를 좋아하는지 당신도 보고 있소. 이 모든 것을 남겨 두고 1오볼로스만 지닌 채 우리에게로 오게 될 터인데요. 그러니 아마 당신은, 우리가 이렇게 높은 데 있긴 하지만, 내가 소리 높여 고함을 질러서 저들에게 헛된 수고를 그치도록 촉구하길 원할 거요. 그리고, 늘 죽음을 눈앞에 두고 살아가라고. 이런 식으로 말이오. "오, 어리석은 자들이여, 그대들은 왜 이와 같은 일에 몰두하느뇨? 노역을 그치라! 그대들은 영원히 살 것이 아니기에 말이다. 여기서 무게 있게 여겨지는 것 중 그 어느 것도 영원하지 않도다. 죽을 때는 누구도 이것들 중 그 무엇도 지니고 갈 수 없도다. 벌거숭이로 떠나는 것, 집도 땅뙈기도 금전도 계속해서 다른 사람 것이 되고, 주인을 바꾸는 게 필연이로다." 만일 내가 이런 말과 그 비슷한 말들을 그들에게 들리도록 외쳐 보내면, 저들이 살아가는 데 큰 도움을 받고 훨씬 더 현명하게 변하리라고 생각지 않소?

헤르메스 오, 축복받은 자여, 그대는 저들 가운데 무지와 기만이 얼마 21 나 두루 달렸는지 모르시는구려. 도래송곳으로도 저들의 귀까지 뚫고 들어갈 수가 없답니다. 무지와 기만은 그 정도의 밀랍으로 그 귀들을 막아 버렸다오. 오뒷세우스가, 자기 동료들이 세이렌들의 노래를 들을까 봐 겁이 나서 했던 일과 같은 것이지요.[20] 그러니 설사

---

19) 『일리아스』 6권 146행.

당신이 소리 지르다가 목이 터진다고 해도, 저들이 어떻게 들을 수 가 있겠소? 우리 세계에서 레테 여신이 할 수 있는 것과 같은 일을 여기서는 무지가 수행한다오. 하지만 그들 가운데도 귀에 밀랍을 받 아들이지 않은 소수가 있답니다. 이들은 진리를 지향하고, 사물을 날카롭게 관찰하고, 그것들이 어떤 것인지 알아냈지요.

카론 그러면 그들을 향해서 외쳐 봅시다.

헤르메스 그것도 쓸데없는 일이오. 그들도 이미 알고 있는 것을 전하는 거니까요. 당신도 보고 계시죠? 저들이 다수로부터 멀리 떨어져서 되어 가고 있는 일들을 비웃고, 전혀 이 일들을 마음에 들어 하지 않는다는 것을. 오히려 그들은 벌써 숲으로부터 도망쳐서 우리에게로 오고 싶어 하는 게 분명합니다. 이들이 저들의 무지를 폭로한 까닭에 미움을 받고 있어서입니다.

카론 잘하였도다, 고귀한 자들이여! 하지만 헤르메스여, 저들의 숫자는 정말 적구려.

헤르메스 이 정도로도 충분합니다. 그건 그렇고 이제 내려갑시다.

카론 헤르메스여, 아직 보고 싶은 게 하나 있다오. 내게 이걸 보여 주면 그대는 안내를 완벽하게 수행한 게 될 거요. 매장할 때 시신을 두는 곳을 보고 싶다오.

헤르메스 카론이여, 사람들은 그런 곳을 봉분, 무덤, 묘소라고 부른다오. 한데 도시 앞에 있는 흙더미와 돌기둥, 피라미드가 보이나요? 저

---

20) 『오뒷세이아』 12권 173행 이하.

모든 것이 시신을 안치하는 곳이고 시체를 간수하는 곳입니다.

카론 그러면 왜 저 사람들은 돌에 화환을 두르고 몰약을 바르는 게요? 이쪽 사람들은 무덤 앞에 장작더미를 쌓고 뭔가 구덩이를 판 다음에, 거기다 아주 잘 차린 음식을 태우고, 그 구덩이에 내가 보기엔 술과 꿀 탄 우유를 붓는 것 같구려.

헤르메스 사공 양반, 나로서는 이것들이 이미 하데스의 집에 있는 사람에게 무슨 도움이 되는지 모르겠소. 어쨌든 사람들은, 영혼들이 아래로부터 위로 올라가게끔 허락을 받아서, 할 수 있는 한 어떻게 날아다니며 김과 연기로 식사를 한다고, 그리고 구덩이에서 꿀 탄 우유를 마신다고 믿게 되었다오.

카론 해골이 바싹 말라 버린 자들이 여전히 먹고 마신다고? 내가 그런 말을 한다면 오늘도 저들을 저승으로 인도한 당신 앞에서 우스워질 것이오. 당신은 한번 땅 밑으로 온 사람이 다시 위로 올라갈 수 있는지 없는지 잘 알고 있소. 헤르메스여, 만일 내가 저들을 저승으로 실어 나를 뿐 아니라, 음료를 마시도록 다시 이승으로도 실어 날라야 한다면, 나는 적지 않은 수고를 하면서 아주 우스운 꼴을 당하게 될 것이오. 오, 어리석은 자들이여, 오, 무지여! 저들은 얼마나 큰 경계가 죽은 자들의 세계와 산 자들의 세계를 나누고 있는지 모르고, 우리 세계의 일이 어떠한지도 모르고 있소. 사정이 다음과 같은데도.

"장례받지 못한 자나 무덤을 얻은 자나 똑같이 죽어 있도다,

이로스[21]와 통치자 아가멤논이 같은 명예 속에서,

아름다운 머릿결을 가진 테티스의 아들[22]도 테르시테스[23]와 동

등하며,

　모두가 시체의 힘없는 머리로서

　수선화 핀 초원에서 벌거벗고 말라 가도다."[24]

헤르메스 헤라클레스 맙소사! 당신은 정말로 많은 호메로스 구절들 23
을 퍼내는구려. 어쨌든 당신이 내게 상기시켰으니, 아킬레우스의 무
덤을 당신께 보여 드리고 싶소. 바닷가에 있는 무덤이 보이죠? 저 너
머는 트로이아의 시게이온입니다. 그 맞은편에는 아이아스가 로이테
이온에 묻혀 있죠.

카론 아, 헤르메스여, 무덤이 별로 크진 않구려. 이제 내가 저승에서
들었던 유명한 도시들을 보여 주시오. 그러니까 사르다나팔로스[25]
의 도시인 니노스[26]와 바빌론, 뮈케나이, 클레오나이,[27] 그리고 바
로 그 트로이아 말이오. 나는 거기서 온 수많은 사람을 실어 나른
걸 기억하고 있소. 10년 내내 배를 뭍에 끌어 올리지도 못하고, 말리
지도 못할 정도였소.

헤르메스 니노스는요, 사공 양반, 벌써 멸망해서 지금은 흔적도 남아

---

21) 오뒷세우스의 집에서 구걸하던 거지.
22) 아킬레우스.
23) 『일리아스』 1권에 등장하는 인물. 매우 못생겼고, 불평이 많고 수다스러운 것으
　　로 되어 있다.
24) 이 구절은 『일리아스』 9권 319~320행, 『오뒷세이아』 10권 521행, 11권 539, 573
　　행의 내용을 적당히 엮어 만든 것이다.
25) 기원전 7세기 앗쉬리아의 마지막 왕.
26) 보통 니느웨 또는 니네베(Nineveh)로 알려진 도시.
27) 코린토스와 네메아 사이에 있던 도시.

망자를 위한 제사

있지 않답니다. 당신은 아마 그게 대체 어디 있었는지도 말할 수 없을걸요. 그래도 바뷜론은 저기 있다오. 틈이 잘 갖춰지고 거대한 성벽을 두르고 말입니다. 하지만 그것도 머지않아 당신은 니노스를 찾듯이 잘 찾아봐야 할 겁니다. 뮈케나이와 클레오나이는 보여 주기도 부끄럽고, 일리온[28]은 특히 그렇군요. 당신이 저승으로 내려가면, 서사시에서 허풍 친 것을 비난하며 호메로스의 목을 조르리라는 걸 제가 잘 알기 때문입니다. 하지만 그 도시들도 옛날에는 은성했었다오, 지금은 다 죽어 버렸지만요. 왜냐하면 사공 양반, 도시도 인간들처럼 죽어 가기 때문이오. 가장 뜻밖인 건 강물들도 전부 그렇다는 사실이지요. 그래서 이나코스 강은 아르고스에 무덤조차 남기지 못했다오.

카론 아아, 호메로스여, 그대가 도시들에 붙였던 칭찬과 수식들은 다 무엇인가? "신성하고" "길이 넓은" 일리으스는, 그리고 "잘 지어진" 클레오나이는?

한데 우리가 얘기하는 사이에 전투를 벌이는 저들은 대체 누구며, 무엇을 위해 서로를 죽이고 있소?

헤르메스 카론이여, 그대는 아르고스 인들과 라케다이몬 인들을 보고 있소. 저 사람은 장군인 오트뤼아데스인데, 반쯤 죽었으면서도 자신의 피로 승전비를 쓰고 있다오.[29]

---

28) 트로이아는 '일리온' 또는 '일리오스'라고도 불렸다.
29) 튀레아 지역을 놓고 스파르타 인들과 아르고스 인들 사이에 분쟁이 일어나자, 그들은 각기 3백 명씩 나와서 싸우고 그 결과에 따르기로 합의했다. 마지막에 스

카론 그러면 헤르메스여, 그들은 무엇을 위해 싸운 거요?

헤르메스 그들이 전투를 벌인 그 벌판을 차지하려는 거지요.

카론 오, 어리석도다! 그들은, 설사 그들 중 하나가 펠로폰네소스 전체를 차지한다 해도, 아이아코스에게서 한 걸음만큼의 공간도 얻어내지 못하리라는 걸 알지 못하는구려. 그리고 이 벌판에서는 때마다 다른 사람이 농사지으며, 자주 쟁기로 그 승전비를 땅에서 파내 버릴 것이오.

헤르메스 그렇게 될 것입니다. 하지만 이제 내려가서, 산들을 다시 제자리에 돌려 놓고 돌아가십시다. 나는 지시받은 데로 가고, 당신은 나룻배로 가야죠. 그러면 나도 잠시 후 죽은 자들을 이끌고 그리 가리다.

카론 정말 잘 해주셨소, 헤르메스여. 당신의 선행은 영원히 기록될 것이오. 당신 덕에 내가 이 여행에서 뭔가 득을 보았으니 말이오. 한데 불운한 인간들의 일이란 어찌 이렇소! 왕들, 금괴들, 장례식들, 전쟁들! 그러면서도 카론에 대해서는 전혀 생각하지도 않다니!

파르타 쪽에는 한 명, 아르고스 쪽에는 두 명이 남았다. 한데 그때는 이미 밤이어서, 아르고스 인들은 상대 쪽에 생존자가 있는 것을 모르고 자기들이 이겼다고 알리러 달려갔다. 남은 스파르타 인 오트뤼아데스는 전사자들의 무구를 벗기고 자신의 자리를 지켰다. 다음 날 승패를 확인하러 양쪽에서 사람이 왔을 때, 그가 자리를 지키고 있는 것이 스파르타 쪽에서 승리를 주장하는 근거가 되었다. 물론 아르고스 쪽에서 승복하지 않아 다시 전투가 벌어졌고, 결국 스파르타가 이겼다. 헤로도토스 『역사』 1권 82장.

죽은 자들의 대화
Νεκρικοὶ Διάλογοι

저승에서 죽은 자들끼리 어떤 이야기를 나누는지를 그린 작품이다. 짧은 여러 편의 대화로 구성되어 있다. 내용은 크게 몇 가지로 나뉜다. 가장 많이 다뤄진 것은 인간들이 이승에서 추구하는 가치들이 얼마나 무익한지 하는 것이다. 그리고 죽음은 예기치 않게 닥치고, 죽는 데는 순서가 따로 없다는 내용도 많이 나온다. 죽은 자들끼리 누가 더 뛰어난 존재인지 다투는 경우도 있다. 이 논쟁은 대개 죽은 자는 외모나 처지에서 다 동등하다는 결론에 도달하지만, 때로는 이승에서 이룬 일 중 누구의 업적이 가장 나은지 순위가 정해지기도 한다. 죽음은 나쁜 것이 아니라는 주장도 많이 보이고, 견유학파를 옹호하고 다른 철학 학파들의 쓸데없는 논변들을 비난하는 대목도 많다. 소크라테스나 아리스토텔레스 같은 유명한 철학자들은 슬슬 놀림을 당하고 있다. 죽음을 관장하는 신적 존재들 사이의 작은 다툼도 여러 차례 다뤄지는데, 이 신들은 그래도 상당히 유머 있는 존재로 그려진다. 이들은 죽은 자들을 짓궂게 골리기도 하며, 때로는 소피스트적인 논변에 넘어가 주기도 한다. 이 작품에서 가장 여러 차례 등장하는 사람은 견유 철학자 메닙포스이다. 그는 이승에서 행복을 누리던 자들이 죽기 싫어서 발버둥치는 것을 비웃을 뿐만 아니라, 저승의 질서까지도 무시하고 자유롭게 행동하여 저승의 여러 신적 존재들을 곤란하게 만들기도 한다. 한편 그는 보통 사람들이 믿고 있는 신화의 내용과 종교적 믿음들이 불합리하다는 걸 보여 주는 역할도 맡고 있다. 죽은 자들은 감각이 없어서 그 벌들이 사실상 무용하다는 것을 지적하고, 또 테이레시아스 같은 신화적 인물이 겪었다는 사건도 개연성이 없음을, 영웅 숭배도 근거가 없음을 폭로한다. 이러한 폭로자 역할을 하는 다른 인물로 견유 철학자 디오게네스와 알렉산드로스의 아버지 필립포스도 들 수 있다.

I(1).[1] 디오게네스[2]와 폴뤼데우케스의 대화

디오게네스 폴뤼데우케스여, 당신이 곧 위르 올라가겠기에 부탁 좀 합 1
시다. 내 생각에 내일은 당신이 다시 살아날 차례이니[3] 말입니다. 어

---

1) 이 작품에 나오는 일화들을 나열할 때 현대의 편집자들은 전통적인 순서를 따르지 않고, 바티칸 사본(Vaticanus 90)의 순서를 따르는 게 보통이다. 앞으로 현대의 일반적인 순서는 로마 숫자로, 전통적인 순서는 아라비아 숫자로 괄호에 넣어서 표시하겠다.
2) 기원전 412년경~323년. 시노페 출신의 견유학파 철학자. 알렉산드로스 대왕이 소원을 묻자, 햇빛을 가리지 말고 조금 비켜서라고 했다는 일화로 유명하다.
3) 제우스에게서 태어난 쌍둥이 폴뤼데우케스와 카스토르는 죽은 뒤에 하루씩 번갈아 가면서 삶을 누리게 되었다고 한다.

죽은 자들의 대화 157

디선가 '개'[4]라고 불리는 메닙포스[5]를 보면—당신은 그 사람이 코린토스의 크라네이온[6]이나 뤼케이온에서 서로 논쟁하는 철학자들을 비웃고 있는 걸 발견할 겁니다—, 그에게 말 좀 전해 주세요. 이런 내용입니다. "메닙포스여, 디오게네스가 명하네, 자네가 지상의 일들을 충분히 비웃었거든, 그리고 훨씬 더 많이 웃으려면 이리로 오라고. 거기서는 그 비웃음에 불확실성이 개재되어 있고, 그저 '죽은 뒤의 일을 대체 누가 알랴?' 하는 것이지만, 여기서는 지금 내가 하듯, 그치지 않고 확실하게 웃게 될 걸세. 특히 자네가 부자들과 태수(太守)들, 참주들이 납작해지고 별 볼 일 없게 된 것을 보면 말이네. 그들은 그저 신음소리로만 구별이 된다네. 그리고 지상에서 있었던 일이나 추억하는 나약하고 기백 없는 모습이라네." 이런 말을 그에게 전해 주시오. 그리고 자루를 충층이부채꽃 씨[7]로 가득 채워 오

---

4) 견유(犬儒)학파 사람(cynic)을 이런 식으로 부른 것이다. 왜 이 학파 사람들이 개와 연관되었는지는 여러 가지로 설명되는데, 학파의 창시자인 안티스테네스가 퀴노스아르게스(Kynosarges, '빠른 개' 또는 '빛나는 개')라는 이름의 체육관에서 가르쳤기 때문이라고도 하고, 그 학파 사람들이 개처럼 다른 사람을 공격하기 때문에, 또는 개처럼 (악덕으로부터) 지켜 주기 때문에, 혹은 일반적인 관습을 무시하고도 개처럼 부끄러움을 모르기 때문이라고도 한다.
5) 기원전 3세기의 가다라 출신 견유 철학자. 바르로(Varro)와 루키아노스에게 큰 영향을 끼쳤다. 그의 저작은 남아 있지 않지만, 그의 이름을 딴 '메닙포스식 풍자시'라는 장르에 흔적을 남기고 있다.
6) 코린토스 사람들이 만남의 장소로 삼던 삼나무 숲.
7) 맛이 매우 쓴 콩과 식물. 먹으려면 아주 오랫동안 삶아야 하므로, 가난을 상징한다. 견유학파 사람들이 식량으로 삼았다.

라고 해 주세요. 또 혹시 삼거리에서 헤카테 여신에게 바쳐진 음식[8]이나, 정화 의식 치른 달걀이나, 그 비슷한 걸 발견하면 함께 가져 오라고 하시오.

폴뤼데우케스 그 말을 전하리다, 디오게네스여. 한데 내가 그 사람 외모가 어떤지 어떻게 알겠소?

디오게네스 노인이고 대머리에다, 문이 여러 개 뚫린 닳아 빠진 옷을 입었어요. 온갖 바람이 숭숭 통하는, 여러 겹 덧대서 알록달록한 누더기지요. 그리고 늘 웃으며 사기꾼 철학자들을 놀려 대지요.

폴뤼데우케스 그 정도면 아주 쉽게 찾을 수 있겠소.

디오게네스 저 철학자들을 향해서도 무슨 말인가 보내도 될까요?

폴뤼데우케스 말해 보시오. 그것도 전하기 어렵지 않으니.

디오게네스 그들에게 헛소리 지껄이는 걸 중지하라고 전하면 됩니다. 우주에 대해 다투는 것도, 서로에게 뿔을 심어 주는 것[9]도, 악어 문제[10]를 만드는 것도, 정신으로 하여금 그따위 난문(難問)들을 탐구

---

8) 「저승 가는 길, 또는 참주」 7장의 각주 참고.
9) 기원전 4세기 밀레토스 출신 철학자인 에우불리데스의 일곱 가지 역설 가운데 하나를 가리킨다. 다음과 같은 논변이다. '당신이 잃어버리지 않은 것은 당신이 지니고 있는 것이다. 당신은 뿔을 잃어버리지 않았다. 따라서 당신은 뿔을 가지고 있다.' 디오게네스 라에르티오스 『저명한 철학자들의 생애와 사상』 2권 108장, 아울루스 겔리우스 『앗티카의 밤』 18권 2장 8절, 퀸킬리아누스 『연설가 교육론』 1권 10장 5절 참고.
10) 다음과 같은 문제이다. '악어가 당신의 아이를 물어 갔다고 해 보자. 그 악어는, 자기가 그 아이를 어떻게 하려는지 당신이 제대로 맞히면 아이를 돌려주겠다고 한다. 당신은 뭐라고 말해야 하는가?' 당신이 악어에게 '아이를 돌려줄 것이다'라

하도록 가르치는 것도 그치라고 말입니다.

폴뤼데우케스 하지만 그러면 그들은, 내가 자신들의 지혜를 비방하는 무지하고 교육받지 못한 자라고 할 거요.

디오게네스 그러면 당신은 그들에게 저주나 받으라고 전해 주세요.

폴뤼데우케스 오, 디오게네스여, 그것도 전하겠소.

디오게네스 가장 친애하는 폴뤼데우케스 도련님, 부자들에게는 이 말을 전해 주시오. "오 어리석은 자들이여, 왜 황금을 지키는가? 왜 이자를 계산하면서, 탈란톤 위에 탈란톤을 쌓으면서 자신을 벌하는가? 잠시 후면 겨우 1오볼로스만 지니고 이곳에 와야 할 터인데?"

3

폴뤼데우케스 그것도 그들에게 말해 주겠소.

디오게네스 잘생기고 건장한 자들, 코린토스의 메길로스나 레슬링 선수 다목세노스 같은 자들에게는 이렇게 전해 주시오. 여기에는 금발도, 파란 눈도 검은 눈도, 뺨의 홍조도 없고, 잘 다져진 근육도 튼튼한 어깨도 없다고. 단지 사람들이 말하듯, 온통 먼지와, 아름다움을 벗어 버린 해골뿐이라고 말이오.

폴뤼데우케스 그 말을 잘생기고 건장한 자들에게 전하는 것도 어렵지 않겠소.

디오게네스 가난한 자들에게는, 라케다이몬 출신이여—이런 자들이 많은데, 그들은 그런 상황에 분노하고 자신들의 무기력함을 스스로 불쌍히 여기고 있다오—, 이런 이들에게는 이곳의 평등함을 설명해

4

고 하면, 악어는 '틀렸다' 하고는 아이를 삼켜 버릴 것이고, '아이를 삼킬 것이다' 라고 하면 그는 '맞았다' 하면서 삼킬 것이다. 「철학자를 팝니다」 22장 참고.

견유(犬儒) 철학자 디오게네스

주고서, 울지도 비탄하지도 말라고 전해 주시오. 그리고 거기서 부유한 자들도 그들 자신보다 나을 게 없다는 걸 알게 되리라고 말해 주시오. 그리고 혹시 원한다면, 당신 동족인 라케다이몬 인들을 이렇게 꾸짖어 주시오, 그들이 너무 해이해졌다고.

폴뤼데우케스 디오게네스여, 라케다이몬 사람들에 대해서는 아무 말도 하지 마시오. 나는 참지 못하겠소. 하지만 다른 사람들에 대해 당신이 한 말은, 내 전하리다.

디오게네스 당신이 그러시다면 라케다이몬 사람들은 그냥 지나갑시다. 하지만 앞에 언급한 자들에게 내 말을 꼭 전해 주시오.

II(22). 카론과 메닙포스의 대화

카론 뱃삯을 내라, 이 저주받을 놈아! 1

메닙포스 그게 더 좋아 보인다면 소리를 지르시오, 카론이여.

카론 다시 말한다, 너를 건네준 대가를 지불해라!

메닙포스 돈이 없는 자에게서는 받아 낼 길이 없을걸.

카론 한 오볼로스도 없는 자가 어디 있느냐?

메닙포스 다른 사람들은 어떤지 모르겠지만, 나는 없다오.

카론 이 더러운 놈, 돈을 내지 않으면, 플루톤에 맹세코 네 목을 조르리라.

메닙포스 그러면 나도 지팡이로 쳐서 당신 머리통을 깨 버리겠소.

카론 그러면 네놈이 그렇게 오래 여행한 것이 헛수고가 될 것이다.

메닙포스 헤르메스가 나를 당신에게 넘겼으니, 그에게 내 대신 돈을 내라고 하시오.

헤르메스 제우스에 맹세코, 내가 죽은 자들을 위해 대신 돈까지 낸다면, 내게 복이 내리기를!

2

카론 나는 네놈에게서 물러서지 않겠다.

메닙포스 그러면 배를 끌어 올리고 그 곁에서 머무르시오. 한데 내가 지니지 않은 것을 대체 어떻게 취하려는 거요?

카론 너는 돈을 갖고 와야 한다는 것도 몰랐단 말이냐?

메닙포스 알기는 했지요. 그렇지만 돈이 없었다오. 그래서 어쨌단 말이오? 그 때문에 내가 죽지 말았어야 했다는 게요?

카론 그러면 너 혼자만 무료로 건넜다고 으스댈 테냐?

메닙포스 무료는 아니지요, 훌륭하신 이여. 나는 물도 퍼내고, 노도 함께 저었고, 승객들 중 유일하게 울지도 않은걸요.

카론 그런 건 사공에게 아무 일도 아니야! 너는 한 오볼로스를 내야만 해! 다른 방식은 허용되지 않아.

메닙포스 그럼, 나를 다시 삶으로 데려다 주시오.

3

카론 아주 우아한 말씀을 하시는군! 나더러 아이아코스에게서 매질까지 당하라고?

메닙포스 그러면 나를 괴롭히지 마시오.

카론 그 자루 안엔 뭘 갖고 있는지 한번 보자.

메닙포스 혹시 원하신다면, 층층이부채꽃 씨요. 그리고 헤카테에게 바친 음식이오.

카론 헤르메스여, 당신은 대체 어디서 이 '개'를 우리에게로 데려왔소? 이자는 배를 타고 오는 동안 내내 어찌나 지껄이고 승객들을 모조리 비웃고 조롱하고 다들 우는데 혼자서 노래를 하던지!

헤르메스 카론이여, 당신은 어떤 인간을 태워 건네는지 모른단 말이오? 그는 완전히 자유롭고, 아무것도 신경 쓰지 않는다오. 이자는 바로 메닙포스요.

카론 내가 너를 잡기만 하면······.

메닙포스 오, 훌륭하신 분, '잡기만 하면'이라고요? 하지만 당신은 나를 두 번은 잡지 못할걸.

III(2). 죽은 자들이 플루톤 앞에서 메닙포스를 비난함

크로이소스 플루톤이여, 우리는 곁에 살고 있는 이 '개'를 더는 참지 못하겠습니다. 그러니 저자를 어디론가 치워 주십시오. 아니면 우리가 다른 데로 이주하겠습니다.

1

플루톤 그자는 똑같이 죽은 처지인데 너희에게 무슨 해코지를 한다는 거냐?

크로이소스 우리가 지상의 일을 기억하면서 신음하거나 탄식하면, 그러니까 여기 이 미다스는 황금에 대해, 사르다나팔로스[11]는 대단하던 사치에 대해, 저 크로이소스는 보물들에 대해 기억할 때면, 그자가 우리를 노예요 쓰레기라고 부르며, 비웃고 꾸짖습니다. 그리고 때로는 노래를 불러서 우리의 탄식을 혼란시켜 버리지요. 그러니까 완전히 말썽꾼이지요.

플루톤 메닙포스야, 이들이 대체 무슨 얘기를 하는 거냐?

메닙포스 플루톤이시여, 사실입니다. 저는 기백 없고 쓸모없는 저들이 싫거든요. 저들은 엉망으로 산 것으로도 충분치 않아서, 죽어서도 여전히 지상의 일들을 기억하고 집착한답니다. 그래서 저는 이들을 괴롭히는 게 즐겁습니다.

플루톤 그래도 그러면 안 되지. 그들은 작지 않은 걸 잃고서 슬퍼하는 중이잖나?

메닙포스 플루톤이여, 이자들의 탄식에 동조하시다니, 당신도 어리석은 건가요?

플루톤 그런 건 아니네만, 그대들이 분쟁하는 것은 내 원치 않네.

메닙포스 뤼디아와 프뤼기아, 앗쉬리아에서[12] 가장 못난 자들아, 진정 내가 이 짓을 그치지 않을 줄 알아라! 너희가 어디로 가든, 내가 따라다니며 괴롭히고 노래를 부르고 비웃어 주리라.

크로이소스 그건 오만이 아니냐?

메닙포스 아니지, 오히려 당신들이 했던 짓들이 오만이었지. 부복받기를 바라고, 자유인들을 모욕하고, 죽음에 대해서는 전혀 유념치도

---

11) 앗수르바니팔.
12) 크로이소스는 뤼디아의, 미다스는 프뤼기아의, 사르다나팔로스는 앗쉬리아의 왕이었다.

않았던 것 말이야. 바로 그 때문에 저 모든 걸 잃어버리고 앞으로 계속 탄식하게 된 거라고.

크로이소스 오, 신들이시여, 재산이 그토록 크고 많았건만!

미다스 그 많던 나의 금!

사르다나팔로스 그 대단하던 나의 사치!

메닙포스 잘들 하는군! 당신들이 애통해하면, 나는 '너 자신을 알라'를 계속 갖다 붙이며 장단을 맞춰 주지. 그와 같은 애곡에는 장단을 맞추는 게 합당하니 말이야.

IV(21). 메닙포스와 케르베로스의 대화

메닙포스 어이, 케르베로스—나 자신도 '개'로서 당신과 동족이어서 말인데—, 스튁스에 걸고 부탁하니, 소크라테스가 당신들에게로 내려왔을 때 어떠했는지 얘기 좀 해 주시오. 당신은 신적 존재이니, 그저 짖기만 하는 게 아니라, 원하면 사람처럼 말도 하겠지?

케르베로스 메닙포스여, 그가 멀리서 다가올 때는 전혀 흔들림 없는 듯한 표정을 하고 있었다네. 죽음은 조금도 두려워하지 않는 듯 보였고, 입구 밖에 서 있는 자들에게 그걸 보여 주려 했지. 하지만 틈서리로 들여다보고 암흑을 보게 되자, 그리고 내가 독약 때문에 느려져서 지체하는 그를 다리를 물어 끌어 내리자, 그는 갓난아이처럼 울어 대며 자기 아이들에 대해 애곡하고 온갖 짓을 다 했다네.

1

메닙포스 그러면 그 사람은 현자로서, 상황을 진짜로 경멸하진 않았 던 건가?

케르베로스 전혀 아니지. 단지 그 일이 불가피하다는 걸 알자, 당해야 만 하는 일을 기꺼이 당하려는 듯 용기를 내어 보였지. 보는 사람들 이 경탄하게끔 말이지. 나는 그런 종류의 사람들 모두에 대해 확실 하게 말할 수 있다네. 입구까지는 대담하고 용감하지만, 안에서 일 어나는 일이 그들을 정확히 시험하는 거지.

메닙포스 내가 그대에게 내려올 때는 어떠해 보였나?

케르베로스 메닙포스여, 당신만 유일하게 당신의 종(種)에 걸맞았다 네. 그리고 당신 전에는 디오게네스가 그랬지. 억지로 떠밀어서 집어 넣지 않아도 들어왔으니까. 오히려 자진해서 웃으면서, 모든 자에게 저주를 퍼부으며 들어왔지.

V(18). 메닙포스와 헤르메스의 대화

메닙포스 헤르메스 님, 잘생긴 남자와 여자들은 어디에 있나요? 난 새 로 도착했으니, 날 좀 안내해 주세요.

헤르메스 난 시간이 없네, 메닙포스. 하지만 저쪽을 보게나, 오른쪽 말이야. 거기에 휘아킨토스와 나르킷소스, 그리고 니레우스, 아킬레 우스, 또 튀로, 헬레네, 레다 등 옛 미인들이 다 있다네.

메닙포스 그저 살이 다 떨어져 나간 뼈와 해골밖엔 안 보이는데요. 거의가 같구만.

헤르메스 하지만 저 뼈들이 바로 모든 시인들이 찬탄하던 것이라네. 그런데 당신은 무시하는 것 같군.

메닙포스 어쨌거나 헬레네를 보여 주세요. 나로선 구별할 수 없으니.

헤르메스 이 해골이 헬레네라네.

메닙포스 그러면 이것 때문에 천 척의 배가 온 헬라스에서 사람들로 채워졌었고, 그 많은 헬라스 인들과 이방인들이 쓰러졌으며, 그렇게 많은 도시들이 황폐하게 되었단 말인가요?

헤르메스 하지만 메닙포스여, 당신은 그녀가 살아 있는 것을 보지 못하지 않았나. 만일 보았더라면 당신도 "이렇게 아름다운 여인을 두고 그토록 오랫동안 고통을 겪은 것은"[13] 나무랄 수 없다고 말했을 것이네. 왜냐하면 만일 누가 말라 버려 색이 바랜 꽃을 본다면 그것은 흉해 보이는 게 당연하지만, 그것이 한창 피어나고 여전히 색깔을 유지할 때 본다면 아주 아름답겠기에 하는 말이네.

메닙포스 한데 헤르메스 님, 내가 궁금히 여기는 것은 바로 이 점입니다. 즉, 아카이아 인[14]들이, 자기들이 그토록 수명이 짧고 쉽게 시들어 버리는 것을 두고 고생하고 있다는 걸 알고 있었는지 말입니다.

헤르메스 메닙포스, 나는 지금 자네와 함께 철학 공부를 할 시간이 없네. 자네는 원하는 장소를 택하여 거기 몸을 눕히게. 나는 다른 죽은 자들을 이리로 데려오겠네.

---

13) 『일리아스』 3권 157행. 트로이아 원로들이 헬레네를 보고 하는 말이다.
14) 호메로스의 작품에서 희랍인들을 가리키는 말.

해골이 된 헬레네

VI(20). 메닙포스와 아이아코스의 대화

메닙포스 아이아코스 님, 플루톤의 이름으로 부탁드립니다. 하데스에 서 일어나는 모든 일을 제게 설명 좀 해 주세요.

1

아이아코스 다 설명하는 건 쉽지 않다네, 메닙포스. 대신 핵심적인 것들은 알아 두게나. 이쪽은 자네도 알다시피 케르베로스라네. 그리고 자네를 건네준 이이는 뱃사공이고, 호수와 퓌리플레게톤 강은 이미 들어오면서 보았겠지.

메닙포스 그것들은 알고, 당신도 문을 지키고 계시니 누군지 알겠습니다. 이곳의 왕과 복수의 여신들도 이미 보았고요. 그보다 옛사람들, 특히 그중에 유명한 자들을 보여 주십시오.

아이아코스 이 사람은 아가멤논이고, 저 사람은 아킬레우스, 그 가까이에 있는 이 사람은 이도메네우스, 이쪽은 오뒷세우스, 또 아이아스, 디오메데스,[15] 그리고 헬라스의 가장 뛰어난 자들일세.

메닙포스 맙소사, 호메로스여, 당신 노래의 핵심 인물들이 이 얼마나 분간할 수 없게 흉한 모습으로 땅에 누워 있는가! 모두가 먼지요, 몽땅 헛소리이고, 진실로 "아무 힘없는 해골"[16]이군요. 한데 아이아코스 님, 이자는 누구입니까?

2

아이아코스 퀴로스라네. 이쪽은 크로이소스고, 그 위쪽은 사르다나팔로스, 그들 위쪽은 미다스, 저 사람은 크세륵세스[17]라네.

---

15) 모두 『일리아스』에 등장하는 인물들이다.
16) 『오뒷세이아』 2권 29행.

메닙포스 (크세륵세스를 향하여) 그러면, 이 쓰레기야, 헬라스가 너를 몸서리치며 두려워했단 말이냐? 네가 헬레스폰토스에 다리를 놓고, 산들 사이로 항해하기를[18] 원했던 것이냐? 또한 크로이소스는 어떠한가? 한데 아이아코스 님, 제가 사르다나팔로스의 뺨을 때리도록 허락해 주십시오.

아이아코스 안 되네. 자네는 그의 여자 같은 머리통을 부서뜨리고 말 걸세.

메닙포스 그러면 저는 계집애 같은 그자에게 침이나 된통 뱉겠습니다.

아이아코스 자네에게 철학자들도 보여 줄까?

3

메닙포스 그야 좋지요.

아이아코스 우선 여기 퓌타고라스가 있네.

메닙포스 안녕하시오, 에우포르보스여, 아니면 아폴론,[19] 또는 당신 좋을 대로여!

퓌타고라스 당신도 안녕치 않기를, 메닙포스여!

메닙포스 당신 허벅지는 더 이상 황금이 아닌가요?[20]

퓌타고라스 아니오. 그건 그렇고, 자, 당신 자루에 먹을 게 있는지 좀 봅시다.

---

17) 기원전 480년에 대군을 이끌고 희랍을 침공했던 페르시아 왕.
18) 크세륵세스가 아토스 산이 있는 악테 반도를 끊어 운하를 팠던 것을 가리킨다.
19) 퓌타고라스는 원래 아폴론이었고, 에우포르보스로도 태어났다고 한다. 「꿈, 또는 수탉」 4장, 16장 참고.
20) 퓌타고라스의 허벅지가 황금이었다는 설은 디오게네스 라에르티오스의 『저명한 철학자들의 생애와 사상』 8권 11절 참고.

메닙포스 오, 훌륭하신 분이여, 콩입니다. 하지만 당신은 이건 못 먹지 않소?[21]

퓌타고라스 주기나 하오. 죽은 자들 사이에선 교리가 다르다오. 나는, 여기선 부모님의 머리와 콩이 같지 않다는 걸[22] 알았으니 말이오.

아이아코스 이 사람은 엑세케스티데스의 아들 솔론이고, 저쪽은 탈레스,[23] 그들 너머에는 핏타코스[24]와 다른 이들이 있네. 자네도 보다시피, 그들은 모두 일곱이라네.

메닙포스 아이아코스 님, 여러 사람 가운데 이들만이 고통 없이 쾌활하군요. 한데 재 속에서 구운 빵처럼 재를 뒤집어쓰고 물집이 잔뜩 잡힌 저 사람은 누군가요?

아이아코스 아, 그는, 메닙포스여, 엠페도클레스라네. 아이트나 화산에 들어갔다가 반쯤 익었지.[25]

메닙포스 청동 발을 지닌[26] 뛰어난 이여! 당신은 대체 무슨 일을 당해서 자신을 분화구 속에 던지셨소?

엠페도클레스 뭔가 우울증 때문이었다네, 메닙포스.

---

21) 퓌타고라스 학파는 콩 먹는 것을 금기로 삼았다.
22) 콩이 부모님의 머리나 같다는 것은 「꿈, 또는 수탉」 4장 참고.
23) 6세기 이오니아 지역의 밀레토스 출신 철학자. 만물의 근원이 물이라고 주장했다.
24) 희랍의 7현인 중 하나로 꼽히는 인물.
25) 「진실한 이야기 2」 21장 참고.
26) 엠페도클레스가 분화구에 뛰어든 후 나중에 거기서 청동 신발이 튀어나왔다는 얘기도 있고, 사실은 그가 평소에 신고 다니던 청동 신발만 던져 넣었다는 얘기도 있다. 후자는 『저명한 철학자들의 생애와 사상』 8권 69장 참고.

메닙포스 그런 게 전혀 아니고, 오히려 공명심과 허영, 그리고 완전한 어리석음 때문이었겠죠. 그것들이 당신을 그 장화와 더불어 태워 먹은 거죠. 사실 그게 부당한 일도 아니지. 하지만 그런 속임수가 전혀 도움이 되질 못했다오. 당신은 죽은 채로 발견되었으니 말이오. 한데, 아이아코스 님, 소크라테스는 대체 어디 있나요?

아이아코스 그자는 네스토르, 팔라메데스와 더불어 헛소리를 많이도 나누고 있지.

메닙포스 하지만 저는 그를 한번 보고 싶네요. 이곳에 있다면요.

아이아코스 저 대머리가 보이는가?

메닙포스 전부 대머리인데요. 그 특징은 모두에게 해당되겠네요.

아이아코스 저 들창코 말일세.

메닙포스 그것도 마찬가지네요. 모두가 들창코이니까요.

소크라테스 메닙포스여, 나를 찾고 있는가?

메닙포스 예, 그랬습니다, 소크라테스여.

소크라테스 아테나이 사정은 어떤가?

메닙포스 많은 젊은 것들이 철학함네 떠들고 다니는데, 그 모양새와 걸음걸이를 보면, 아주 최정상 철학자들입죠.

소크라테스 그런 자들은 나도 아주 많이 보았지.

메닙포스 하지만 당신이 본 건 아마 당신을 찾아온 아리스팁포스나 플라톤 자신의 모습이겠죠. 하나는 향수 냄새를 풍기고, 다른 자는 시켈리아의 참주들에게 봉사하는 법에나 달통한 자였죠.

소크라테스 한데 그들은 나에 대해 어떻게 생각하고 있소?

메닙포스 소크라테스여, 당신은 이런 점에 있어서 행운아입니다. 어쨌거나 그들은 모두 당신이 놀라운 인물이었다고, 그리고 모든 것을 알고 있었다고 생각하니까요. 사실 당신은—제가 진실을 말하는 거라고 생각합니다만—아무것도 몰랐는데 말이죠.

소크라테스 나 자신도 그들에게 계속 그렇게 말해 왔는데, 그들은 그게 반어법을 쓰는 거라고 생각했다오.

메닙포스 그런데 당신 주변의 인물들은 대체 누굽니까?

소크라테스 카르미데스와 파이드로스, 그리고 클레이니아스의 아들[27] 이라네, 메닙포스.

메닙포스 대단하군요, 소크라테스! 여기서까지 여전히 당신의 기술을 추구하다니, 그리고 미남들 챙기기를 전혀 소홀히 하지 않다니!

소크라테스 사실 내가 달리 무엇을 더 즐거이 행하겠소? 한데 좋다면, 우리 곁에 좀 눕지 그러시오.

메닙포스 아닙니다. 크로이소스와 사르다나팔로스에게로 가서 그들 곁에 머물렵니다. 그들의 탄식을 들으면서 적잖이 비웃을 수 있을 듯하니 말입니다.

아이아코스 나도 이제 가 보겠네, 죽은 자 중 어떤 놈이 몰래 달아나지 않게. 메닙포스, 자네는 나중에 다시 많은 걸 보게 될 걸세.

메닙포스 가 보세요. 이것들로도 충분하니까요, 아이아코스 님.

---

27) 클레이니아스의 아들은 알키비아데스이다. 이 셋은 소크라테스의 제자들 중 미남으로 꼽힌다.

VII(17). 메닙포스와 탄탈로스의 대화

메닙포스 왜 우시오, 탄탈로스여? 호숫가에 서서 뭘 애통해하시오?   1
탄탈로스 오, 메닙포스, 목이 말라 죽어 가고 있어서요.
메닙포스 아니, 당신은 물을 마시기 위해 몸을 굽히거나, 제우스 맙소사, 손을 오목하게 만들어 물을 뜨지도 못할 만큼 게으르단 말이오?
탄탈로스 내가 몸을 굽힌다 해도 아무 소용이 없다오. 내가 다가가는 걸 그 물이 느끼면 달아나 버리니 말이오. 또 내가 물을 떠서 입으로 가져가기만 하면, 입술 끝을 적시기도 전에 손가락 사이로 빠져나가, 어떻게인지 모르게 다시 내 손을 마르게 만들어 버린다오.
메닙포스 아, 탄탈로스여, 당신은 뭔가 놀라운 일을 겪고 있구려. 한데 얘기 좀 해 주시구려, 대체 왜 당신이 물을 마실 필요가 있는지. 당신은 몸뚱이도 갖고 있지 않으니 말이오. 그건 뤼디아 땅 어딘가에 묻혀 버리지 않았소? 그 몸뚱이라면 배고픔, 목마름도 느낄 수 있었죠. 하지만 당신은 영혼인데, 대체 어떻게 여전히 목이 마르거나, 마시거나 할 수 있겠소?
탄탈로스 영혼이 마치 육체인 것처럼 목마른 것, 그게 바로 내가 받는 벌이오.
메닙포스 당신이 목마름으로 벌을 받고 있다고 하니, 그건 그렇다고   2
믿읍시다. 하지만 그게 왜 그렇게 당신에게 끔찍한 일이오? 혹시 수분 결핍으로 죽을까 봐 두려워서 그러시오? 나는 이것 다음에 있는 다른 하데스나, 여기서 다른 데로 데려갈 다른 죽음을 알지 못하니

하는 말이오.

탄탈로스 당신 말이 맞긴 하오. 그렇지만 필요도 없는데 마시기를 갈망하는 게 또한 내가 받는 벌의 일부요.

메닙포스 오, 탄탈로스, 당신 헛소리를 하는구려. 그러니 정말로 마실 게 필요해 보입니다. 진짜로 순수한 엘레보로스(광기 치료제)를 말이오. 당신은 미친개에게 물린 사람들과는 정반대의 사태를 겪고 있소. 물을 무서워하는 게 아니라, 목마름을 무서워하니 말이오.

탄탈로스 메닙포스여, 뭐든 얻어걸리기만 하면, 나로서는 엘레보로스를 들이켜는 것도 사양치 않겠소.

메닙포스 힘내시오, 탄탈로스. 당신이건 죽은 자 중 다른 누구건 마시는 일이라곤 없을 것이오. 그건 불가능하기 때문이오. 하지만 그들 모두가 징벌을 당해 목마른 것은 아니라오. 당신도 마찬가지고요. 그저 물이 그들을 기다려 주지 않을 뿐이오.

VIII(26). 메닙포스와 케이론의 대화

메닙포스 케이론이여, 내가 듣자니 당신은 원래 신인데 죽기를 원했다더군요.[28]   1

케이론 제대로 들었소, 메닙포스. 그래서 당신이 보고 있듯, 나는 죽

---

28) 널리 알려진 판본에 따르면, 케이론은 헤라클레스가 쏜 독화살에 맞아서 너무나 고통스러웠기 때문에 차라리 죽는 쪽을 선택했다고 한다.

었소. 불사의 존재일 수도 있었지만.

메닙포스 대체 어떻게 죽음에 대한 욕망이 그대를 사로잡았소? 그것은 대다수에게는 가장 사랑받지 못하는 것인데.

케이론 당신이 무식한 자 같지는 않으니, 내 말해 주겠소. 불멸을 향유하는 것이 내게는 더 이상 즐겁지 않았기 때문이오.

메닙포스 살아서 빛을 보는 게 즐겁지 않았다는 말이오?

케이론 그렇소, 메닙포스. 나는 즐거움이란 게 다양하고 단순치 않은 것이라고 여기기 때문이오. 한데 나는 살면서 계속 같은 것들을 누렸소. 태양과 빛, 음식 등등. 계절들은 늘 같고, 각각의 모든 사물이 하나가 다른 것을 따라가듯 차례로 생겨나지 않소? 그래서 나는 이것들에 질려 버렸다오. 내가 보기에, 즐거움은 항상 같은 것에 있지 않고, 차라리 그것들을 전혀 갖지 않는 데 있기 때문이오.

메닙포스 좋은 말이오, 케이론. 한데 당신은 이쪽을 택해서 내려온 후로 하데스의 일들을 어떻게 견디고 계시오?

케이론 나쁘지 않다오, 메닙포스여. 평등한 게 아주 민주적인 데다가, 양지쪽에 있든 그늘 속에 있든 아무 차이가 없으니 말이오. 특히 위에서 그랬듯 목마름이나 가난이 있는 것도 아니오. 이 모든 게 우리에게는 전혀 필요치 않소.

메닙포스 조심하시오, 케이론, 그 논리가 당신 자신에게 떨어지지 않도록, 그리고 같은 데로 돌아가지 않도록.

케이론 무슨 뜻이오?

메닙포스 살아 있을 때 당신이 늘 비슷하고 같은 것에 질렸었다면, 여

2

기서도 같은 일들이 일어나니 마찬가지로 질리게 되리라는 말이오. 그래서 당신은 어떤 변화를 찾고, 여기에서 다른 삶으로 가는 걸 추구하게 될 것이오. 하지만 그건 불가능하다고 생각하오.
케이론 그러면 메닙포스여, 우리가 어떻게 삶을 대해야 한단 말이오?
메닙포스 내가 보기엔, 사람들이 말하길 현자라면 그렇게 한다는 대로요. 즉, 있는 것에 만족하고 그것을 사랑하며, 그중 어떤 것도 못 참겠노라 생각지 않는 것이오.

IX(28). 메닙포스와 테이레시아스의 대화

메닙포스 오, 테이레시아스여, 당신이 지금도 눈먼 상태인지 알아보기가 쉽지 않군요. 우리 모두가 같은 눈을 가져서, 비어 있는 눈구멍만 있으니 말이오. 사실 당신으로서도 누가 피네우스고 누가 륑케우스인지[29] 말할 수 없겠지요? 그렇지만 저는 당신이 예언자였다는 것과, 인간 중 유일하게 남자도 여자도 되었었다는 것은 알고 있지요. 시인들에게서 그걸 들었소. 신들께 걸고 청하노니 부디 말해 주시오. 어느 쪽 삶이 더 즐거웠소, 남자였을 때요, 아니면 여성으로서의 삶이 더 나았소?

테이레시아스 오, 메닙포스, 여자로 사는 게 훨씬 나았지. 걱정할 일이

1

---

29) 피네우스는 신들의 뜻을 인간들에게 너무 많이 알린 죄로 눈이 멀게 되었다는 예언자이자 왕. 륑케우스는 천리안 영웅.

훨씬 적으니 말이오. 게다가 여자들은 남자들의 주인 노릇을 하지, 전쟁하러 갈 필요도 없고, 방벽 곁에 지키고 서 있을 필요도 없지. 또 민회에서 다투거나 재판정에서 대질당할 일도 없지.

메닙포스 테이레시아스여, 당신은 확실히 에우리피데스의 메데이아가 여자의 삶을 불쌍히 여기며 한 말을 못 들어 보셨구려! 그녀의 말에 따르면, 여자들은 가련한 존재고, 아이를 낳을 때면 견딜 수 없는 고통을 당한답니다. 한데 얘기 좀 해 주시오—메데이아의 이암보스 운율이 내게 상기시켜서 묻는 거요—, 당신은 여자였을 때 아이를 낳아 보셨소, 아니면 그렇게 사는 동안 내내 불임이었고 아이도 없었소?

테이레시아스 그건 왜 묻소, 메닙포스?

메닙포스 테이레시아스여, 어렵지도 않은 질문이지 않습니까? 답하기 쉬운 것이라면 그냥 대답이나 해 주세요.

테이레시아스 불임은 아니었지만, 애는 전혀 낳지 않았소.

메닙포스 그걸로 충분합니다. 저는 당신이 자궁도 지녔었는지 그걸 알고 싶었을 뿐이니까요.

테이레시아스 물론 지녔었지.

메닙포스 그럼, 자궁이 서서히 사라지고, 여성적인 기관이 점차 막히고, 젖가슴이 내려앉고, 남성의 기관이 자라나고, 수염이 돋아났나요, 아니면 갑작스레 여자에서 남자로 변했나요?

테이레시아스 당신이 그런 질문을 하는 이유를 모르겠군. 당신은 그 일이 그렇게 일어났다는 것과 관련해서 나를 못 믿는 것 같소.

메닙포스 테이레시아스여, 그런 얘기들을 불신하면 안 되나요? 꼭 머저리처럼 그게 가능한지 불가능한지 살펴보지도 않고 그냥 받아들여야 하는 건가요?

테이레시아스 그럼, 당신은 다른 일들도 그렇게 일어났다는 걸 안 믿소? 여자가 변하여 어떤 새나 나무나 짐승이 되었다는 얘기, 예를 들어 아에돈이나 다프네, 뤼카온의 딸30) 등의 얘기 말이오.

메닙포스 어디선가 그녀들도 만난다면, 그들이 얘기하는 것도 알아볼 참이오. 한데 고귀하신 이여, 당신이 여자였을 때, 그때도 나중에 처럼 예언을 했나요, 아니면 남자가 되는 것과 동시에 예언자가 되는 것도 배우셨나요?

테이레시아스 이제 당신에게도 확실하지? 당신은 나에 대해 전혀 모르는 거요. 내가 어떻게 신들 사이의 어떤 분쟁을 해결했는지 말이오. 그리고 헤라가 나에게 장애를 주었고, 제우스가 그 재난에 대해 예언 능력을 주어 위로했다는 것도.31)

메닙포스 테이레시아스여, 여전히 거짓말에 집착하는 거요? 한데 그

---

30) 뤼카온의 딸은 칼리스토이다. 이 세 여성은 앞에서부터 차례로 나이팅게일, 월계수, 곰으로 변했다고 한다.

31) 제우스와 헤라 사이에, 남녀가 결합할 때 누구의 쾌락이 더 큰지 논쟁이 있었다. 제우스는 남성의 쾌락이 더 적다고, 헤라는 그 반대라고 주장했다. 그래서 남성과 여성의 경험이 모두 있는 테이레시아스가 판정을 위해 불려 갔는데, 그는 여자의 쾌락이 남자의 아홉 배나 된다고 말했다. 이에 분노한 헤라는 그를 장님으로 만들었고, 제우스는 그에게 예언의 능력을 주어 보상하였다. 아폴로도로스『도서관』 3권 7장 참고.

건 예언자들에게 걸맞게 말한 것이긴 하네요. 당신들은 건전한 것은 아무것도 말하지 않는 게 버릇이니까.

X(3). 메닙포스, 암필로코스,[32] 트로포니오스[33]의 대화

메닙포스 트로포니오스와 암필로코스여, 당신들 둘은 죽었는데도 어   1
찌어찌 신전을 봉헌받을 자격이 있는 것으로 여겨지고, 예언자로 여
겨지고 있소. 그리고 인간들 중 어리석은 자들이 당신들을 신으로
떠받들었소.
암필로코스 그게 왜 우리 탓이란 말이오? 저들이 어리석어 죽은 자에
대해 그런 생각을 하는 것인데.
메닙포스 하지만 당신들이 살아 있었을 때 그런 것을 신비롭게 전하
면서 미래의 일을 내다본다고, 질문하는 자에게 예언해 줄 수 있다
고 하지만 않았더라면, 저들도 그런 생각을 하지 않았을 것이오.
트로포니오스 메닙포스여, 이 암필로코스는 자신을 위해 스스로 어떻
게 대답해야 하는지 잘 알 터이니 나에 대해서만 말하자면, 나는 영
웅이고 누가 내게 찾아오면 예언을 주고 있소. 한데 당신은 레바데이
아에 전혀 안 가 본 것 같구려. 가 봤더라면 그 얘기를 불신하지 않

---

32) 알크마이온과 만토의 아들. 시칠리아의 도시 말로스와 그곳 신탁소의 건립자.
33) 에르기노스(또는 아폴론)의 아들. 델포이에 있는 아폴론의 여러 신전 중 하나를
    건립했다고 한다. 보이오티아 지역 레바데이아에 그의 신탁소가 있다.

았을 테니 말이오.

메닙포스 무슨 소리를 하는 거요? 아니, 내가 레바데이아에 가서, 세 마포를 걸치고서, 손에는 우스꽝스럽게 제물 케이크를 들고 동굴로 통하는 낮은 통로로 기어들지 않았으면, 당신이 우리들처럼 죽은 자이고, 단지 속임수에 있어서만 차이가 난다는 것을 알 수 없으리라는 거요? 한데, 예언술에 걸고 묻노니, 대체 영웅이란 게 무엇이오? 나는 모르겠으니 말이오.

2

트로포니오스 인간과 신이 어떤 식으로 결합된 존재이지.

메닙포스 당신 말에 따르자면, 인간도 아니고 신도 아니면서, 동시에 양쪽 다라는 거지요? 그러면 지금 당신의 신적인 저 절반은 어디로 가 버렸소?

트로포니오스 메닙포스여, 그것은 보이오티아에서 신탁을 내리고 있소.

메닙포스 나는 당신이 무슨 소리를 하는 건지도 모르겠소, 트로포니오스. 하지만 당신이 온전히 죽은 자라는 것만은 정확히 보고 있소.

XI(16). 디오게네스와 헤라클레스의 대화

디오게네스 저 사람은 헤라클레스가 아닌가? 다른 이가 아니군, 헤라클레스 맙소사! 활, 곤봉, 사자 가죽, 저 몸집, 완전히 헤라클레스야. 그러면 제우스의 아들이면서도 죽은 건가? 오, 아름다운 승리를 누리는 자여, 내게 말해 주시오, 당신도 죽은 자요? 나는 지상에서 당

1

신이 신이라고 여겨서 제물을 바쳤었기에 하는 말이오.

헤라클레스 제물을 바친 것은 제대로 행한 것이오. 헤라클레스 자신은 하늘에서 신들과 함께하며, "복사뼈가 아름다운 헤베[34]를 아내로 데리고"[35] 있고, 나는 그의 허깨비요.

디오게네스 그게 무슨 말이오? 신의 허깨비라니? 그러면 어떤 이가 절반은 신이고 절반은 죽은 자가 된다는 게 가능하단 말이오?

헤라클레스 그렇소. 그가 죽은 게 아니라, 그의 닮은꼴인 내가 죽었기 때문이오.

디오게네스 알겠소. 그는 자기 대신 대역으로 당신을 플루톤에게 넘겨주었고, 당신은 지금 그자 대신 죽은 자가 된 거군요.

헤라클레스 뭐, 그 비슷하오.

디오게네스 한데 어떻게, 정확하기 그지없는 아이아코스께서 당신이 그자가 아니란 것을 알아채지 못하고, 바꿔치기한 헤라클레스를 받아들여 바로 곁에 두셨을까?

헤라클레스 그야 내가 정확하게 닮았기 때문이지.

디오게네스 맞는 말이오. 당신이 그자인 것처럼 정확하게 닮았으니까 말이오. 한데 혹시 사정이 반대가 아닌가 생각해 보시오. 당신이 헤라클레스이고, 허깨비가 신들 가운데서 헤베와 결혼한 것은 아닌지.

헤라클레스 당신은 뻔뻔하고 말도 많군! 날 조롱하는 걸 멈추지 않으면, 당신은 곧 내가 어떤 신의 허깨비인지를 알아보게 될 게야.

---

34) 청춘의 여신. 헤라클레스는 죽어서 신이 된 뒤에 헤베와 결혼하였다.
35) 『오뒷세이아』 11권 603행.

디오게네스 활은 집에서 나와서 준비되어 있구려. 한데 벌써 한 번 죽은 내가 왜 당신을 여전히 두려워하겠소? 그러지 말고, 당신의 그 헤라클레스에 걸고 부탁하니, 내게 말 좀 해 주오. 그이가 살아 있을 때, 당신도 허깨비로 그와 함께 있었소? 아니면 살아 있는 동안은 하나였지만, 당신들이 죽을 때 둘로 나뉘어 하나는 신들에게로 날아가고 당신은, 허깨비로 그러는 게 합당하니까, 하데스로 오게 된 거요?
헤라클레스 고의적으로 말장난이나 치는 자에게는 대답할 필요도 없지. 하지만 이것만큼은 들어 두시오. 헤라클레스에게 있던 것 중 암피트뤼온[36]에게서 온 것들은 죽었는데, 내가 바로 이것들 전부요. 반면에 제우스에게서 온 것은 하늘에서 신들 가운데 있소.
디오게네스 이제 분명하게 알겠소. 당신 말에 따르자면, 알크메네가 동시에 헤라클레스를 둘 낳았는데, 하나는 암피트뤼온에게서, 다른 하나는 제우스에게서 왔다는 거요. 그래서 같은 어머니에게서 난 쌍둥이인데, 아무도 그걸 모른다는 거지요.
헤라클레스 이 바보, 그게 아냐! 우리는 둘이 같다니까!
디오게네스 둘이 하나로 합쳐진 헤라클레스라니! 그걸 이해하기가 쉽지 않군요. 당신들이 마치 힙포켄타우로스[37]처럼 인간과 신이 함께

---

36) 헤라클레스의 어머니인 알크메네의 남편. 보통 제우스와 암피트뤼온이 하루 차이를 두고 각기 알크메네와 결합하여 쌍둥이가 생겼으며, 제우스에게서는 헤라클레스가, 암피트뤼온에게서는 이피클레스가 태어났다고 전해진다. 여기서는 헤라클레스 한 몸 속에 제우스에게서 온 부분과 암피트뤼온에게서 온 부분이 섞여 있다고 주장하는 셈이다.

헤라클레스

하나로 붙은 게 아니라면 말이죠.

헤라클레스 그러면 모든 사람이 영혼과 육체라는 두 가지가 그런 식으로 결합된 존재라는 것은 생각지 못하오? 그렇다면 무엇이 방해한단 말이오, 영혼은 제우스에게서 온 것으로서 하늘에 있고, 죽을 수 있는 부분인 나는 죽은 자들 사이에 있는 것을?

디오게네스 하지만, 오 탁월한 암피트뤼온의 아들이여, 만일 당신이 육체였다면 조금 전의 그 말을 아주 훌륭하게 한 셈이었을 거요. 하지만 지금 당신은 육체 없는 허깨비요. 그러니 당신은 헤라클레스를 이제 세 겹으로 만드는 모험을 감행하는 거요.

헤라클레스 어째서 세 겹이요?

디오게네스 이런 식이오. 우선 누군가가 하늘에 있고, 또 하나는 우리들 곁에 있는 당신 허깨비이고, 그 밖에 오이테 산[38]에 이제 먼지가 된 육체가 있소. 이것이 이제 세 번째 것이 되었다오. 그러니 이 육체를 위해 누구를 세 번째 아버지로 꾸며 댈지를 생각해 보시오.

헤라클레스 당신 뻔뻔한 데다 협잡꾼[39]이기까지 하군! 대체 당신은 누구야?

디오게네스 시노페 출신 디오게네스의 허깨비요. 디오게네스 자신은 결코 '불사의 신들 가운데에' 있지 않고 죽은 자들 가운데 가장 탁

5

---

37) 상체는 사람, 하체는 말로 되어 있는 존재. 보통은 켄타우로스라는 호칭이 많이 쓰인다.

38) 헤라클레스가 스스로 장작더미를 쌓고 불을 붙여 타 죽었다는 산.

39) 직역하면 '소피스트(sophistes)'.

월한 이들과 함께 있지요. 그리고 호메로스와 이런 식의 썰렁한 이
야기들을 비웃고 있지요.

XII(14). 필립포스와 알렉산드로스의 대화

필립포스 알렉산드로스야, 이제는 네가 내 아들이라는 걸 거부할 수   1
없겠지? 네가 암몬의 아들[40]이라면 죽지 않았을 테니까.
알렉산드로스 아버님, 저도 제가 아뮌타스의 아들인 필립포스의 아들
임을 모르지 않았습니다. 하지만 그러는 게 사업에 유용하리라고 생
각해서 신탁을 받아들인 것입니다.
필립포스 무슨 말을 하는 게냐? 예언자들에게 속도록 자신을 넘겨주
는 것이 유용해 보였단 말이냐?
알렉산드로스 그건 아닙니다만, 그래도 이방인들이 저를 보고 놀라게
되었죠. 그래서 그들은 신과 싸우는 거라고 생각해서 더 이상 누구
하나 저항하지 않았습니다. 그 덕에 그들을 좀 더 쉽게 정복했죠.
필립포스 하지만 네가 싸워 볼 가치가 있는 누구를 정복했단 것이냐?   2
너는 늘 활과 돌팔매, 그리고 버들고리로 얽은 방패를 앞세운 겁쟁
이들과만 맞붙지 않았더냐? 반면에 보이오티아 인들, 포키스 인들,
아테나이 인들 같은 희랍인들을 누르는 것은 어려운 일이지.[41] 또

---

40) 마케도니아 왕 필립포스의 아들인 알렉산드로스는 이집트의 오아시스에 있는
    암몬 신탁소에서 자신이 암몬 제우스의 아들이라는 신탁을 받았다.

아르카디아의 중갑병, 텟살리아의 기병, 엘리스의 투창병, 만티네이아의 경방패병, 트라케 인들, 일리리아 인들을 제압하는 것은 정말로 큰 업적이라고 할 수 있지. 메디아 인들, 페르시아 인들, 칼다이아 인들, 금붙이나 걸치고 다니는 그 유약한 자들에 대해서는, 너 이전에 이미 클레아르코스와 함께했던 만 명의 병사[42]가 원정하여 제압했었다는 걸 알지 못하느냐? 그때 적들은 그들이 가까이 다가올 때까지 버티지도 못하고, 화살이 닿기도 전에 도망쳐 버렸었지.

알렉산드로스 하지만 아버님, 스퀴티아 인들과 인디아의 코끼리들은 쉽게 비웃고 말 일이 아닙니다. 그런데도 저는 그들을 서로 반목하게 하거나 배신을 이용하지 않고도 저들에게 승리를 거두었습니다. 저는 절대로 맹세를 어기지도 않았고 거짓으로 약속하지도 않았습니다. 또 승리를 얻고자 신뢰를 저버리는 짓도 하지 않았습니다.[43] 희랍인들 대부분은 피 흘림 없이 취했지만, 테바이 인들에 대해서는 아마 제가 어떻게 벌했는지[44] 들으셨겠죠.

필립포스 나도 그걸 모두 알고 있단다. 클레이토스가 내게 다 전해 주

---

41) 필립포스는 신성 전쟁에서 포키스 인들을, 그리고 케이로네이아 전투에서 보이오티아 인들과 아테나이 인들을 이겼다.
42) 크세노폰의 『페르시아 원정기』에 나오는 사건이다. 소(小) 퀴로스가 자기 형제인 아르탁세륵세스와 내전을 벌일 때, 희랍군 용병 1만 명이 퀴로스에게 가담하여 페르시아까지 갔었다.
43) 알렉산드로스는 필립포스가 즐겨 쓰던 방법을 은근히 비판하고 있다.
44) 알렉산드로스는 테바이 인들을 6천 명 이상 처형하고, 3만 명 가까이 노예로 팔아 버렸다고 한다. 플루타르코스 「알렉산드로스」 11장 참고.

었지. 네가 식사 중에 창으로 꿰뚫어서 죽인 자 말이다. 그 이유는, 그가 네 업적을 칭찬하지 않고 감히 나를 높였기 때문이지.[45]

게다가 사람들이 말하길, 네가 마케도니아의 외투를 버리고 페르시아 의상을 걸쳤다고 하더구나. 또 너는 티아라를 세워 쓰고서, 자유인인 마케도니아 인들에게 부복받는 것을 옳다고 여겼으며, 무엇보다 우스꽝스러운 것으로서, 정복된 자들을 흉내 내었지. 네가 행한 다른 일들은 언급하지 말고 그냥 지나가기로 하자. 교육받은 자들을 사자와 함께 가둔 것, 수많은 결혼식을 치른 것, 그리고 헤파이스티온을 지나치게 사랑한 것[46] 등 말이다. 한 가지만큼은 내가 듣고 칭찬했었지. 다레이오스의 아름다운 아내를 멀리하고, 그의 어머니와 딸들을 돌보아 준 것 말이다.[47] 그건 왕에게 걸맞은 행동이니까.

알렉산드로스 아버님, 제가 모험을 좋아했던 것과 옥쉬드라카이[48] 인들의 땅에서 성벽 안으로 제일 먼저 뛰어든 것, 그리고 그토록 많은 부상을 입었던 것에 대해서는 칭찬하지 않으시나요?

필립포스 그건 칭찬하지 않는다, 알렉산드로스야. 그건 내가, 왕이 군

4

5

---

45) 「알렉산드로스」 50~51장 참고.
46) 알렉산드로스가 헤파이스티온을 가장 사랑한 것에 대해서는 「알렉산드로스」 47장 참고. 알렉산드로스는 헤파이스티온이 병으로 죽자, 말과 노새들의 갈기를 자르고 인근 도시의 흉벽을 허물고, 그를 담당했던 의사를 십자가형에 처했으며, 그다음 전투에서는 적군을 도륙하고서 그것을 친구의 장례 제물로 여겼다. 「알렉산드로스」 72장 참고.
47) 알렉산드로스가 다레이오스 3세 주변의 여성들을 대하던 태도에 관해서는 「알렉산드로스」 21장 참고.
48) 인도의 종족.

대의 맨 앞에서 위험을 감수하는 것이나, 어쩌다 부상을 입는 것이 좋지 않다고 생각해서가 아니라, 그런 일이 네게 전혀 도움이 되지 않기 때문이란다. 왜냐하면 너는 신으로 여겨지고 있는데, 만일 네가 부상이라도 당해서, 전장에서 들것에 실려 나가며 피를 철철 흘리고 부상 때문에 신음하는 것을 누가 보기라도 했으면, 보는 사람에게 웃음거리가 되었을 것이기 때문이다. 그랬다면 암몬은 사기꾼에 거짓 예언자로 비난을 당했을 것이고, 그의 예언자들은 아첨꾼으로 비난받았을 것이다. 사실, 제우스의 아들이 혼절하거나, 의사의 도움을 청하는 것을 보았다면 누가 웃지 않을 수 있었겠느냐? 하지만 이제 너도 죽었으니, 그러한 가식을 조롱하는 자가 많다고 생각하게 되지 않았느냐? 그들은 '신'의 시신이 쭉 뻗고 누운 것과, 다른 시체들처럼 질척해지고 부풀어 오르는 것을 보니까 말이다. 특히 알렉산드로스야, 네가 유용하다고 말한 점, 그러니까 이 때문에 적을 쉽게 제압할 수 있다는 것은 너의 공적에서 영광을 크게 손상시켰단다. 신이 한 일이라고 보면 모든 게 부족해 보이니 말이다.

알렉산드로스 사람들은 저에 대해 그런 식으로 생각하지 않습니다. 오히려 저를 헤라클레스나 디오뉘소스와 대등한 것으로 놓지요. 게다가 이 둘도 차지하지 못했던 저 아오르노스[49)]를 저만이 함락했습니다.

필립포스 너는 암몬의 아들이라면서, 자신을 헤라클레스와 디오뉘소스에 비기고 있다는 것을 알기나 하느냐? 부끄럽지도 않냐, 알렉산드로스야? 그리고 그 허영심을 버리고서, 너 자신을 알고, 네가 이제 죽은 자라는 것을 이해하지 못하겠느냐?

6

XIII(13). 디오게네스와 알렉산드로스의 대화

디오게네스 아니, 알렉산드로스여, 이게 무슨 일이오? 당신도 우리 모두처럼 죽은 거요?

알렉산드로스 오, 디오게네스, 당신이 보는 대로요. 인간인 내가 죽었다면, 그건 놀라운 일이 아니지요.

디오게네스 그러면 암몬은 당신이 자기 아들이라고 거짓말을 했던 거요, 당신은 그냥 필립포스의 아들이었고?

알렉산드로스 물론 필립포스의 아들이지요. 암몬의 아들이라면 죽었을 리가 없으니까.

디오게네스 올륌피아스[50]에 대해서도 비슷한 얘기가 있었는데요, 뱀이 나타나 침상에서 그녀와 결합했다고 말이오. 그렇게 해서 당신이 태어났으며, 필립포스는 속아서 자기가 당신의 아버지라고 생각한 거라고요.

알렉산드로스 나도 당신처럼 그런 얘기를 들었소. 하지만 이제 나는 알고 있소, 내 어머니도 암몬의 예언자들도 전혀 진실을 말하지 않았다는 것을.

디오게네스 하지만 그들의 거짓말은 당신의 사업을 위해 유용성이 없지 않았소, 알렉산드로스. 많은 사람이 당신을 신으로 생각해서 겁을 먹었으니 말이오.

1

---

50) 알렉산드로스의 어머니. 그녀가 뱀과 결합하였다는 일화는 플루타르코스 「알렉산드로스」 2장 6~9절 참고.

그건 그렇고, 내게 얘기 좀 해 주시오, 대체 누구에게 그 큰 제국 2
을 물려주었소?

알렉산드로스 나는 모른다오, 디오게네스여. 나는 제국에 대해 달리 뭔가 지시할 겨를이 없었다오. 다만 죽으면서 페르딕카스에게 반지를 전해 주었을 뿐이오. 한데 왜 웃으시오, 디오게네스?

디오게네스 달리 무엇 때문이겠소? 그저 헬라스가 어떤 일을 했었는지 기억나서 그럴 뿐이오. 그들은 당신이 왕권을 이어받자마자 알랑대면서, 당신을 이방인들에 대항할 선도자이자 장군으로 선택했소.[51] 그리고 몇몇은 당신을 열두 신에 덧붙이기까지 하여, 당신을 위해 신전을 짓고, 뱀의 아들로서 당신께 제물을 바쳤다오.

그건 그렇고, 말해 주시오, 마케도니아 인들이 당신을 어디 묻었 3
는지.

알렉산드로스 지난 30일간 나는 바뷜론에 안치되어 있었소. 한데 나의 무구 담당인 프톨레마이오스[52]가, 지금 있는 모든 소란에서 평온을 찾으면, 나를 아이귑토스로 데려다가 묻어 주겠다고 약속하고 있다오. 그러면 나는 아이귑토스 신들 가운데 하나가 되리라는 것이오.

디오게네스 오, 알렉산드로스여, 내가 안 웃을 수 있겠소? 당신이 하데스에 와서도 여전히 어리석게 행동하고, 자기가 아누비스나 오시

---

51) 기원전 334년 이스트미아 축제 때 희랍인들이 회의를 열어 알렉산드로스를 페르시아 원정의 지휘관으로 선출했다. 「알렉산드로스」 14장 1절 참고.

52) 기원전 305년에 이집트의 왕이 되어, 자신을 '구원자' 프톨레마이오스라고 칭한다. 클레오파트라까지 이어지는 프톨레마이오스 왕조의 시조이다.

알렉산드로스

리스가 되리라고 희망하는 것을 보는데? 하지만, 가장 신적인 자여, 이것을 너무 기대하지 마시오. 일단 저 호수를 건너와서 입구를 지나 안으로 들어온 사람에게 다시 돌아가는 것은 허용되지 않기 때문이오. 아이아코스도 주의를 게을리하지 않고, 케르베로스도 가벼이 볼 수 없으니 말이오.

한데 나는 이것을 당신에게 즐거이 들을 것 같소. 그토록 큰 행복을 지상에 남겨 두고 떠났다는 걸 생각할 때마다, 당신은 그걸 어떻게 견디오? 경호원과 무구 담당자들, 태수들, 그 많은 황금, 당신에게 절하는 여러 민족들, 바뷜론과 박트라, 그리고 그 많은 짐승들, 명예, 영광, 머리에 하얀 띠를 묶고 자줏빛 의상에 브로치를 여미고 걸어갈 때의 그 특출함들 말이오. 이런 것들이 당신의 기억 너머로 사라진다는 것에 괴롭지 않소? 오, 어리석은 이, 왜 우시오? 현자인 아리스토텔레스[53)]가 당신에게, 행운이 준 것은 확실한 것으로 여기지 말라고 가르치지 않았던가요?

알렉산드로스 그 '현자'는 모든 아첨꾼 가운데 가장 교활한 자였소! 나가 아리스토텔레스에 대해 아는 유일한 사람이라고 알아 두시오. 그가 내게 얼마나 많은 것을 요구했는지, 어떠한 것을 가르쳤는지! 그는 얼러 대고 칭찬해 가면서 교육을 향한 나의 열정을 어떻게 이용했던가, 때로는 나의 아름다움에 대해—이것도 좋음의 일부라고 해서—, 때로는 나의 행동과 부에 대해! 왜냐하면 이것도 그는 좋음이

4

5

---

53) 아리스토텔레스는 소년 알렉산드로스를 가르쳤던 스승이다.

라고 간주했고, 그래서 자기가 그걸 취한다 해도 부끄럽지 않다고 여
겼던 것이오. 디오게네스여, 그자는 사기꾼이고 아주 재주 좋은 자
였소. 하지만 이것 하나만은 그의 지혜에서 배웠소. 당신이 조금 전
에 꼽은 그것들을 최고로 좋은 것이라 여기고 슬퍼하는 일 말이오.
디오게네스 한데 당신이 할 일을 아시오? 내가 당신의 슬픔에 대한 처   6
방을 줄 터이니 말이오. 여기서는 엘레보로스가 자라지 않으니, 당
신은 레테 강물을 흠씬 들이켜 마시고, 또 마시고, 여러 차례 하시
구려. 그렇게 하면 아리스토텔레스의 '좋은 것'들에 대해 슬퍼하기
를 그치게 될 것이오. 한데 저기 클레이토스와 칼리스테네스[54]와
다른 많은 이들이 당신에게로 몰려드는 게 보이는구려. 당신을 갈가
리 찢어서 당신이 그들에게 한 짓에 대해 복수하려는 것이오. 그러
니 당신은 다른 길로 가서, 내가 말한 대로 계속 들이켜시오.

XIV(4). 헤르메스와 카론의 대화

헤르메스 뱃사공 양반, 혹시 좋다면, 당신이 내게 얼마나 빚을 졌는지   1
계산해 봅시다, 나중에 그 일에 대해 다투지 않게끔.
카론 오, 헤르메스, 계산해 봅시다. 분명히 선을 그어 두는 게 더 낫

---

[54] 아리스토텔레스의 친척으로 알렉산드로스를 따라 동방까지 갔던 철학자. 왕에
게 아첨하지 않고 바른 말을 하다가 눈 밖에 나서 처형되었다고도 하고, 감옥에
서 병들어 죽었다고도 한다. 「알렉산드로스」 52~55장.

고, 말썽도 덜하지.

헤르메스 당신이 요구한 대로 닻을 구해다 준 게 5드라크메요.

카론 비싸게 부르는구려.

헤르메스 하데스에 걸고 맹세하건대, 5드라크메에 샀소! 그리고 노 묶는 가죽끈은 2오볼로스요.

카론 5드라크메 2오볼로스라고 적으시오.

헤르메스 그리고 돛 꿰매는 바늘에 5오볼로스를 썼소.

카론 그것도 더하시오.

헤르메스 그리고 배의 물 새는 곳 때울 밀랍, 못, 당신이 아딧줄 만드는 데 사용한 밧줄, 모두 해서 2드라크메요.

카론 그것들도 제값을 쳐주었겠지!

헤르메스 우리가 계산하다 뭔가 잊은 게 없다면, 그게 다요. 그러면 이것을 언제쯤 지불하는 걸로 약속하겠소?

카론 헤르메스여, 지금은 안 되오. 하지만 어떤 질병이나 전쟁이 사람들을 떼거리로 데리고 내려오면, 그때는 혼잡을 이용해서 뱃삯을 속여55) 이득 볼 수 있을 것이오.

헤르메스 그러면 이제 나는 앉아서 아주 안 좋은 일이 일어나기를 기도해야겠구려, 그렇게 해서 내가 돈을 받을 수 있게끔?

카론 달리는 방법이 없소, 헤르메스. 지금은 당신도 보다시피, 소수만이 우리에게로 오고 있소. 평화 시기라서요.

---

55) 뱃삯 거둔 것을 모두 아이아코스에게 바치지 않고 일부 빼돌릴 수 있다는 뜻으로 보인다.

헤르메스 당신이 내게 빚 갚기를 지체하게 되더라도 그 편이 더 낫소. 그건 그렇고, 카론, 당신도 옛사람들이 어떠했는지 기억나지요? 그들은 모두가 용감했고 대다수가 피를 뒤집어쓰고 부상을 입은 채로 왔었지요. 한데 요즘은 자식이나 부인에게 독살되어 오거나, 아니면 사치 때문에 배와 다리가 살로 불어서 오는데, 모두가 창백하고 기백이 없어서 옛사람들과는 비슷하지도 않소. 또 그들 대부분은 돈 때문에 서로를 향하여 음모를 꾸미다 여기로 오는 것 같소.
카론 그렇소. 그건 정말 대단한 욕망의 대상이오.
헤르메스 그러니 내가 당신에게 빚을 갚으라고 심하게 졸라 대도 아주 잘못하는 것으로 보이진 않을 것이오.

XV(5). 플루톤과 헤르메스의 대화

플루톤 그대는 저 노인을 아시오? 저 완전히 늙어 빠진 자, 부유한 에우크라테스 말이오. 그에게 자식은 없지만, 그 재산의 몫을 받으려는 재산 사냥꾼 5만 명이 있다오. 1
헤르메스 예, 압니다. 시퀴온 사람 말이죠? 한데 왜 그러시는지요?
플루톤 헤르메스여, 저 사람에게 그가 이미 산 구십에 덧붙여서, 그만큼을 더 달아서 얹어 주고, 가능하다면 그 이상을 더 주시오. 그리고 그에게 아첨하는 젊은 놈 카리노스와 다몬과 다른 모든 자들을 차례로 이리 끌고 오시오.

헤르메스 그런 짓은 비정상적인 걸로 보일 텐데요.

플루톤 아니 그렇지 않고, 아주 정의로운 걸로 보일 거요. 왜 그러냐 하면, 사실 저들이 무슨 안 좋은 일을 겪었기에 그가 죽기를 기원하고, 아무 관계도 없으면서 그의 재산을 노린단 말이오? 모든 일 가운데 가장 더러운 것은, 그들이 이런 것을 기원하면서도 보이는 데서는 그를 모신다는 것이오. 그리고 그가 아프기라도 하면 그들이 꾸미는 짓이 모든 사람에게 분명한데도, 그가 회복되면 제물을 바치겠노라고 서원한다오. 그자들의 아첨은 정말로 현란하지. 그러니 그 사람은 불사의 존재가 되게 하고, 헛되이 입을 벌리고 있는 저들은 그보다 먼저 떠나오게 하시오.

헤르메스 악당인 저들이 우스운 꼴을 당하겠군요.

플루톤 저 사람 또한 그들을 아주 잘 사육하며 득 보기를 기대하는군. 그는 "늘 죽어 가는 듯 보이지만"[56] 젊은이들보다 훨씬 건강하지. 한데 저들은 자기들끼리 벌써 제비를 뽑아 놓고 자기들 앞에 행복한 삶을 놓고 뜯어먹고 있지. 그러니 저 사람은 이올라오스[57]처럼 노령을 벗어던지고서 다시 젊어지게 하고, 저들은 희망의 한가운데서 꿈꾸던 부를 뒤에 남겨 두고 나쁜 놈들답게 나쁘게 죽어서 이

2

---

56) aiei thaneonti eoikos.『오뒷세이아』11권 608행의 "언제라도 쏠 것 같으면서도 (aiei baleonti eoikos)"의 패러디로 보인다.

57) 헤라클레스의 조카. 헤라클레스가 죽고 나서 에우뤼스테우스는 헤라클레스의 자식들을 핍박하고, 그들을 받아 준 아테나이에 전쟁을 선포한다. 그러자 신들이 이올라오스에게 다시 젊음을 회복시켜 주어 그와 맞싸워 죽이게 해 준다. 에우리피데스「헤라클레스의 자식들」참고.

리로 오게 하시오.

헤르메스 걱정하지 마십시오, 플루톤 님. 이제 제가 저들을 하나씩 차례로 당신에게 데려올 테니까요. 아마 일곱 명이지요?

플루톤 끌어오게! 반면에 그는 노인이 아니라 다시 한창때의 청춘으로 돌아가서 그들 각 사람의 장례를 치러 주게 될 걸세.

XVI(6). 테륍시온과 플루톤의 대화

테륍시온 플루톤 님, 이게 정당한 건가요? 아직 서른밖에 되지 않은 저는 죽고, 구십이 넘은 노인 투크리토스는 여전히 살아 있다는 것이요? 1

플루톤 정당하고도 정당하지, 테륍시온. 그 사람은 친구들 중 누구도 죽으라고 기도하지 않으면서 사는데, 너는 그의 유산 받기를 기다리며 살아 있는 시간 내내 그에게 음모를 꾸몄으니까.

테륍시온 늙어서 더 이상 재산을 사용할 수도 없는 노인이라면 젊은 이들에게 자리를 양보하고 삶에서 떠나야 하는 게 아니었나요?

플루톤 테륍시온, 자네는 아주 신기한 법을 세우고 있군. 더 이상 쾌락을 위해 재산을 사용할 수 없는 사람은 죽어야 한다는 거지? 하지만 운명의 여신과 자연은 그 일을 달리 정해 두었네.

테륍시온 그렇다면 저는 현재의 질서를 비판합니다. 일은 어떻게든 차례에 따라 이루어져야 합니다. 더 나이 든 사람이 먼저, 그리고 그 2

다음에는 연배에 있어 그다음인 사람이 죽어야 하고, 이것이 절대로 뒤집히면 안 되죠. 지나치게 늙어서, 치아는 겨우 세 개밖에 남지 않았고, 눈도 거의 보이지 않고, 네 명의 하인에게 부축을 받으며, 코에는 콧물이 흐르고, 눈에는 눈곱이 가득하며 인생의 달콤함도 더는 알지 못하는 사람, 젊은이들에게 살아 있는 무덤이라고 조롱을 당하는 사람이 여전히 살아 있는데, 더할 수 없이 아름답고 강건한 젊은이들이 죽어서는 안 되지요. 이것은 "강물이 거꾸로 흐르는"58) 것이니까요. 아니면 적어도 젊은이들은 노인들 각각이 언제 죽을지를 알 수 있어야 합니다. 그래야 몇몇 노인들을 쓸데없이 보살피지 않을 수 있지요. 한데 지금은 자주, 속담에 말하듯, 수레가 소를 끌고 갑니다.

플루톤 테룹시온이여, 일은 자네가 생각하는 것보다 훨씬 합리적으로 진행되고 있네. 한데 자네들은 왜 그렇게 남의 것에 입을 벌리고 있으며, 왜 자식 없는 노인에게 입양되려고 애를 쓰나? 그래서 자네들은 저 노인들보다 먼저 묻히면서 비웃음을 사고, 여러 사람에게 즐거움을 끼치게 되는 것이네. 자네들이 저 노인들이 죽기를 기원하는 그만큼, 자네들이 먼저 죽는 것이 모두에게 즐겁게 여겨지는 것일세. 왜냐하면 자네들은 아주 새로운 기술을 발명했으니 말일세. 자네들은 노인과 노파를, 특히 자식이 없는 경우에는 더욱 '사랑'하는데, 자식이 있으면 그들은 자네들에게 전혀 사랑스럽지 않지. 하지

3

---

58) 에우리피데스 「메데이아」 410행.

만 '사랑받는' 이들 중 다수가 이미 자네들의 '사랑' 뒤에 있는 사악함을 눈치챘네. 그래서 자식이 있는 경우라도 그들을 미워하는 것처럼 꾸미네. 자신들도 '사랑해 주는' 사람을 가지려는 것이지. 하지만 나중에 유언장에서 이전에 경호원 노릇하던 자들은 배제되고, 그러는 게 합당한 대로 아들과 자연이 모든 것을 이기게 되면, 다른 자들은 속아 넘어간 것에 이를 갈게 되지.

테릅시온 맞는 말씀이네요. 투크리토스가 제게서 얼마나 많은 것을 먹어 치웠는지 보십시오. 그는 늘 곧 죽을 것같이 보이면서, 제가 들어갈 때면 신음을 하고, 마치 막 알에서 나온 병아리처럼 약하게 삑삑댔죠. 저는 그가 금방이라도 관에 들어가리라고 생각해서 많은 것을 가져오도록 사람을 보냈죠. 저의 적수들이 저보다 많은 선물을 해서 저를 이기지 못하게 하려는 것이었죠. 자주 저는 걱정에 잠을 이루지 못하고 누워서 하나하나 계산하고 순서를 정하곤 했지요. 그래서 바로 이것이 저의 죽음의 원인이 되었습니다. 불면과 걱정 말입니다. 반면에 그 노인은 내게서 미끼를 다 받아먹고는 요전 날 저의 장례식에 웃으면서 서 있었죠.

플루톤 잘했다, 투크리토스! 그대는 부를 누리면서 저런 자들을 비웃으며 오래오래 살지어다! 아첨꾼들을 도조리 앞세워 보내기 전에는 결코 먼저 죽지 말지어다!

테릅시온 플루톤 님, 그것은 제게도 아주 달콤할 것입니다. 만일 카로이아데스가 투크리토스보다 먼저 죽는다면 말입니다.

플루톤 힘을 내게, 테릅시온. 그 밖에 페이돈도, 메란토스도, 그리고

4

5

죽은 자들의 대화 201

다른 자들도 모두 같은 걱정 때문에 그 노인보다 먼저 오게 될 것이니까.

테륍시온 그것에 찬성합니다. 투크리토스여, 그대가 오래오래 사시길!

XVII(7). 제노판토스와 칼리데미데스의 대화

제노판토스 칼리데미데스, 당신은 어떻게 죽었소? 나는 당신도 알다시피 데이니오스의 식객이었는데, 충분한 것 이상으로 먹었다가 숨이 막혀 죽었다오. 내가 죽을 때 당신도 곁에 있었잖소?

칼리데미데스 곁에 있었지요, 제노판토스여. 한데 나의 죽음은 기이한 것이었소. 당신도 프토이오도로스라는 노인을 아시오?

제노판토스 자식 없고 부유한 노인 말이오? 당신이 자주 그와 함께 있었던 것은 알고 있소.

칼리데미데스 나는 그분을 보살펴 드렸소, 죽을 때면 내게 이득을 주겠다는 약속을 받고서. 한데 그 일이 아주 길어졌고, 그 노인은 티토노스[59] 이상으로 살았기 때문에, 나는 유산을 얻기 위한 어떤 지름길을 찾아냈소. 독약을 구입하고는 그의 술 시중꾼을 설득한 것

---

59) 새벽의 여신 에오스의 애인. 에오스는 그를 위해 신들에게 영원한 생명을 청하면서 깜빡 잊고 영원한 젊음을 함께 청하지 않아서, 죽지는 않았지만 계속 늙어 갔다고 한다. 가장 널리 알려진 판본에 따르면, 에오스는 그를 매미로 만들어서 매년 껍질을 벗을 수 있게 해 주었다고 한다.

이오. 다음번에 프로토이오도로스가 술을 마시겠다고 청하면—그는 술을 상당히 독하게 해서 마셨소—, 독약을 잔에 담아 준비했다가 그에게 주라고 말이오. 그리고 그가 그 일을 해 주면, 그를 해방시켜 자유인으로 만들어 주겠다고 맹세했소.

제노판토스 그래서 어떻게 되었소? 당신은 뭔가 아주 기이한 일을 얘기하는 듯하구려.

칼리데미데스 우리가 목욕을 마치고 왔는데, 그 젊은이가 두 잔을 준비해 두었소. 하나는 프로토이오도로스에게 줄 독약 탄 것이고, 다른 것은 나를 위한 것이었소. 한데 그는 어찌어찌 혼동해서 독약을 내게 주고, 프로토이오도로스에게는 독이 안 든 것을 주었소. 그래서 그는 아직 마시고 있는데, 나는 즉시 몸을 뻗고 그 노인을 대신하여 시체가 되어 쓰러져 버렸소. 한데 제노판토스여, 왜 웃으시오? 동료 인간을 비웃으면 안 되는 법이오.

제노판토스 칼리데미데스여, 아주 재미있는 일을 당하셨구려. 이 일에 대해 그 노인은 어떻게 반응했소?

칼리데미데스 처음엔 갑작스러운 일에 혼란되었지만, 아마도 곧 사태를 파악하고서, 자기 술 시중꾼이 어떠한 일을 이뤄 냈는지 보고 그 노인도 웃었다오.

제노판토스 한데 당신은 그 지름길을 취할 필요가 없었잖소? 그 노인은 조금 더 늦기는 하겠지만, 큰 길을 통해 더 확실하게 여기로 왔을 테니 말이오.

XVIII(8). 크네몬과 담닙포스의 대화

크네몬 일이, 사슴이 사자를 잡았다는 저 속담처럼 되고 말았군!   1

담닙포스 왜 그리 화를 내시오, 크네몬?

크네몬 나더러 왜 화를 내느냐고 묻는 거요? 나는 불쌍하게도 계략에 넘어가서 원치 않던 상속인을 남기고 말았다오. 내가 정말로 재산을 넘겨주고 싶었던 이들은 제쳐 두고 말이오.

담닙포스 일이 어찌 그리 되었소?

크네몬 나는 아주 부유하고 자식이 없는 헤르몰라오스를 모셨다오, 그가 죽기를 바란 것이지요. 그리고 그 사람도 나의 돌봄을 싫지 않게 받아들였소. 한데 나는 계책을 하나 더 쓰는 게 좋겠다고 생각했소. 그 사람에게 내 재산을 모두 남긴다는 내용의 유언장을 공개하는 것이오. 그렇게 해서 그 사람도 같은 일을 하도록 경쟁심을 부추기자는 의도였소.

담닙포스 그래서 그 사람은 어떻게 했소?

크네몬 그 사람이 자기 유언장에 뭐라고 썼는지는 나도 모르오. 그저 지붕이 내 머리 위로 무너지는 바람에 내가 갑자기 죽었다는 것뿐이오. 그래서 지금 헤르몰라오스가 내 재산을 모두 차지하고 있소. 마치 농어가 미끼와 함께 낚싯바늘까지 삼켜 버리듯이 말이오.

담닙포스 그뿐 아니라 그는 낚시꾼인 당신까지 삼켜 버렸구려. 그게 바로 당신이 계략을 짜낸 결과네요.

크네몬 그런 것 같소. 그래서 나는 지금 슬퍼하고 있는 거요.

XIX(9). 시뮐로스와 폴뤼스트라토스의 대화

시뮐로스 오, 폴뤼스트라토스, 마침내 오셨군. 아마도 당신은 백 살에 그다지 많이 모자라지 않게 살고 우리에게로 오셨지요?

폴뤼스트라토스 오, 시뮐로스, 98세였소.

시뮐로스 나 죽은 뒤의 30년을 대체 어떻게 지내셨소? 나는 당신이 칠십일 때 죽었으니 말이오.

폴뤼스트라토스 아주 즐겁게 지냈다오, 당신에겐 혹시 이상해 보일지 모르지만.

시뮐로스 이상하구려. 당신은 늙었고 병약하고 자식도 없는데 인생이 즐거울 수 있다니요?

폴뤼스트라토스 우선 나는 모든 일을 다 할 수 있었소, 예쁘장한 소년들도 있고, 더없이 부드러운 여인들, 향료, 향기로운 포도주, 시켈리아 인들을 능가하는 식사 등.

시뮐로스 그거 처음 듣는 얘기로군요, 나는 당신은 매우 절약하며 사는 걸로 알았는데요.

폴뤼스트라토스 그런데, 훌륭한 친구여, 좋은 것들이 다른 사람들로부터 내게 쏟아져 들어왔다오. 새벽 댓바람부터 정말 많은 사람이 문 앞으로 몰려오곤 했지요. 그러고는 온 땅에서 난 온갖 아름다운 것들이 선물로 내게 실려 왔소.

시뮐로스 오, 폴뤼스트라토스여, 내가 죽은 뒤에 참주가 되었소?

폴뤼스트라토스 아니오, 그게 아니라 수많은 애인을 두었지요.

시밀로스 당신 날 웃기는구려. 그 나이에 애인이라고요, 이도 네 개 밖에 없으면서!

폴뤼스트라토스 제우스께 맹세코, 도시에서 가장 뛰어난 자들이 애인이었소. 늙었고, 당신도 보다시피 대머리에 눈도 침침하고 코를 훌쩍이는 나를 그들은 시중들면서 아주 즐거워했다오. 그리고 내가 그들 중 하나에게 눈길을 주기만 해도 그는 아주 행복해했다오.

시밀로스 혹시 당신도 파온[60]이 아프로디테를 키오스에서부터 태워 모신 것처럼 어떤 신을 태워 드리고, 그에게 기도를 드려 다시 한 번 젊고 아름답고 사랑받기 적절한 모습이 된 건 아니겠죠?

폴뤼스트라토스 아니오, 그저 이와 같은 모습이었어도 온통 욕구의 대상이었다오.

시밀로스 뭔가 수수께끼 같은 말을 하시는구려.

폴뤼스트라토스 한데 이러한 사랑은 자주 자식 없고 부유한 노인에 대해 두드러진다오.

시밀로스 아, 놀라운 이여, 이제 당신의 아름다움을 이해했소. 그것은 황금의 아프로디테에게서 온 것이었소.

폴뤼스트라토스 시밀로스여, 나는 정말 애인들에게서 거의 숭배를 받으며 즐겼소. 나는 자주 점잔을 뺐고, 이따금 그들 중 몇에게 문을 걸어 잠갔소. 하지만 그들은 서로 경쟁하고 나에 대한 봉사를 두고

---

60) 파온은 뮈틸레네 출신의 못생기고 늙은 뱃사공이었는데, 아프로디테를 배에 태워 건네주고 그 보답으로 잘생긴 젊은이로 변해 여성 시인 삽포의 사랑을 얻었다고 한다.

서로를 능가하려 했소.

시밀로스 그래 당신은 결국 재산에 대해 어떻게 결정했소?

폴뤼스트라토스 나는 공개적으로 그들 각 사람을 상속자로 남겼다고 말하곤 했소. 그러자 그들은 그것을 믿었고 더욱더 아부하게 되었소. 하지만 나는 다른 진짜 유언장을 만들어 두었다가 남겨 주었소. 그들 모두 엿이나 먹으라는[61] 내용이었소.

시밀로스 그러면 최종적인 유언장에는 누가 상속자로 되어 있었소? 역시 당신 친족 중 하나였소?

폴뤼스트라토스 제우스께 맹세코, 아니라오. 내가 새로 구입한 프뤼기아 출신 예쁘장한 소년이었소.

시밀로스 몇 살쯤 되었나요, 폴뤼스트라토스여?

폴뤼스트라토스 대충 스무 살쯤이오.

시밀로스 이제 그가 어떻게 당신의 사랑을 얻었는지 알겠소.

폴뤼스트라토스 하지만 그는 상속자가 되기에 저자들보다 훨씬 더 자격이 있었소. 이방인에다가 파멸적인 존재이긴 했지만. 벌써 그를 저들 중 가장 뛰어난 자들이 모시고 있다오. 그래서 그는 내 상속자가 되었고, 지금 혈통 좋은 자들 가운데 하나로 꼽힌다오. 수염을 말끔히 밀고 이방 억양을 쓰면서도, 코드로스[62]보다 더 혈통 좋고, 니레우스[63]보다 더 잘생기고, 오뒷세우스보다 더 영리한 것으로 여겨지

---

61) 직역하면 '울음이나 터뜨리라는(oimozein)'.
62) 멜란토스의 아들로 아테나이의 왕.
63) 트로이아에 갔던 희랍 연합군에서 아킬레우스 다음으로 잘생겼던 인물. 『일리아

고 있소.

시밀로스 내겐 상관없는 일이오. 그게 좋다면 그에게 헬라스 인들의 장군이 되라고 하시오. 그저 저자들이 상속자만 되지 않으면 되오.

XX(10). 카론과 헤르메스의 대화

카론 너희 상황이 어떤지 들으라! 너희도 보다시피 배는 작고 썩어 들어가서 물이 많이 스며들고 있다. 어느 한쪽으로 기울면 뒤집혀 가라앉고 말 것이다. 한데 너희는 그렇게나 많이 한꺼번에 몰려들고, 각자 짐도 많이 갖고 있다. 만일 너희가 그걸 다 갖고 타면 나중에 후회하게 되지 않을까 걱정이다. 특히 헤엄칠 줄 모르는 자들이 그렇겠지.

죽은 자들 그럼 우리가 어떻게 해야 잘 건널 수 있겠습니까?

카론 내 말해 주지. 그 쓸데없는 것들은 물가에 버려두고 맨몸으로 타야만 한다. 그렇게 해서야 이 배는 너희들이나 겨우 받아들일 수 있을 것이다.

헤르메스여, 당신은 이제부터 저들 중에 누구도, 내가 말한 대로 짐을 버리고 맨몸으로 오지 않는 한 타지 않게끔 주의하시오. 발판 곁에 서서 그들을 살펴보시오. 맨몸으로 올라오도록 규제하면서 터

1

스』 2권 672~673행.

우시오.

헤르메스 잘 말씀하셨소. 그렇게 합시다. 맨 먼저 타는 이자는 누구냐?

메닙포스 저는 메닙포스입니다. 그건 그렇고, 헤르메스여, 내 자루를 보시지요. 지팡이는 호수로 던져 버렸습니다. 누더기 외투도 지니지 않았고요. 아주 잘한 일이지요!

헤르메스 타게, 인간들 중 가장 훌륭한 메닙포스여! 키잡이 옆의 좋은 자리에 높직이 앉게, 모든 사람을 볼 수 있게끔.

이 잘생긴 자는 누구인가?

카르몰레오스 카르몰레오스요, 메가라의 연인이지요. 내게 입맞춤은 2탈란톤짜리입니다.

헤르메스 그러면 그 아름다움과 입술을 입맞춤들과 함께 벗어던지게, 풍성한 머리칼도, 뺨의 붉은 빛도, 그 피부도 몽땅! 좋아, 준비가 잘 되었군. 이제 타게.

거기, 자줏빛 의상과 머리띠를 갖추고 으스대는 너는 누구냐?

람피코스 람피코스요. 겔라의 참주요.

헤르메스 한데, 람피코스야, 왜 그런 것을 지니고 와 있느냐?

람피코스 한데, 왜요? 헤르메스여, 참주된 자가 벌거벗고 와야겠습니까?

헤르메스 참주라면 그럴 필요 없겠지만, 죽은 자라면 당연히 그래야지. 그러니 얼른 그것들을 벗어던져라!

람피코스 보십시오. 부를 내버리고 있습니다.

헤르메스 그리고 그 허영도 던져 버려라, 람피코스, 또 그 자만심도!

그것들이 같이 타면 배가 무거워지니 말이다.

람피코스 하지만 머리띠만큼은 지니도록 허락해 주십시오. 그리고 망토도.

헤르메스 절대 안 돼! 그것들도 던져 버려!

람피코스 그러지요. 또 뭘 할까요? 보다시피 모든 걸 내버렸는데요.

헤르메스 너의 잔인함과 무지와 오만과 분노, 그것들도 던져 버려라.

람피코스 보십시오. 이제 맨몸입니다.

헤르메스 이제 타라. 한데 뚱뚱하고 살집 좋은 너는 누구냐? 5

다마시아스 다마시아스입니다. 운동선수죠.

헤르메스 음, 그런 것 같군. 내 자네를 레슬링 장에서 자주 보아서 알고 있지.

다마시아스 예, 헤르메스 님. 한데 저는 맨몸이니까 받아 주시지요.

헤르메스 오, 훌륭한 친구, 맨몸이 아니네, 그 많은 살을 두르고 있으니. 그러니 그것들을 벗어던지게. 자네는 한쪽 다리를 배에 얹기만 해도 배를 뒤집어 버리겠구먼. 그리고 그 월계관들과 우승 표지들도 던져 버리게.

다마시아스 자, 이제 보다시피 진짜로 알몸이고, 다른 죽은 자들과 같은 무게입니다.

헤르메스 그렇게 가벼운 게 더 낫네. 그러면 타게. 6

그리고 자네, 크라톤, 그 부와 유약함과 사치를 내려놓게. 장례용품들도, 조상들의 명성도 가져오지 말게. 혈통도 영광도 다 버리게. 그리고 혹시 도시가 자네의 이름을 높인다 해도, 조각상의 새김글도

버리게. 그들이 자네 시체 위에 거대한 쿠덤을 세웠다는 것도 말하지 말게. 그런 언급만으로도 배가 무거워지니까.

크라톤 내키지는 않지만, 버리겠습니다. 달리 어쩌겠어요?

헤르메스 맙소사! 당신은 그렇게 무장하그 뭘 하려고? 그리고 그 승전비는 왜 가져오나?

장군 헤르메스 님, 그건 제가 승리를 거뒀기 때문입니다. 저는 최고상을 받았고, 도시가 제게 명예를 부여했지요.

헤르메스 그 승전비는 땅 위로 던져 버리게. 하데스에는 평화뿐이어서 무구는 전혀 필요 없으니까.

　외관상 근엄하고 우쭐대는 이자는 누구냐? 눈썹을 추켜올리고, 생각에 잠긴 듯한, 짙은 수염을 기른 이자는 누구더냐?

메닙포스 철학자거나, 헤르메스여, 차라리 사기꾼이라는 게 낫겠군요. 놀라운 논변으로 가득하지요. 그러니 그걸 벗겨 내십시오. 그 외투 아래 숨겨져 있는 많은 우스운 것들을 크게 될 겁니다.

헤르메스 어이, 당신! 우선 그 태도를 벗어 놓게! 그리고 다른 모든 것도! 오, 제우스여, 이자는 대체 어떠한 가식을 동반하고 왔단 말인가! 어떤 무지와 다툼, 허영, 답할 수 없는 질문들, 엉겅퀴처럼 가시 돋친 논증들, 여러 겹의 복잡한 개념들을 갖고 왔던가! 거기에 헛된 노고를 많이도 동반했고, 적지 않은 헛소리, 잡담들, 좀스러운 논의들도 있구나. 제우스 맙소사, 게다가 돈을 듬뿍 쓴 편안한 생활, 뻔뻔함, 성질 부리기, 사치, 유약함까지! 네가 아무리 둘러 감추고 있어도 내 눈을 피하지는 못한다. 그 거짓을 벗어 놓아라, 허풍도, 자신

죽은 자들의 대화　**211**

이 다른 사람보다 낫다는 생각도! 만일 네가 이 모든 걸 갖고 배에 오른다면, 오십노선이라 해도 어떻게 너를 감당하겠느냐?

철학자 당신이 그렇게 명하시니, 이것들을 벗어 놓겠습니다.

메닙포스 한데, 헤르메스여, 저 수염도 벗어 놓게 하십시오. 당신도 보다시피 아주 무겁고 빽빽하네요. 한 가닥에 최소한 5므나[64]는 되겠습니다.

헤르메스 좋은 말이오. (철학자에게) 그것도 벗어 놓아라!

철학자 하지만 이발사가 어디 있겠습니까?

헤르메스 여기 이 메닙포스가 배 짓는 기술자의 도끼를 가져다 그걸 찍어 낼 것이다. 탑승 디딤판을 받침대로 사용하면 될 것이다.

메닙포스 아니, 헤르메스 님, 그보다 제게 톱을 주십시오. 그게 더 웃기니까요.

헤르메스 도끼로 충분하오. 잘되었소. (철학자에게) 그 고약한 염소 냄새를 치워 버리니, 이제야 네가 좀 더 인간답게 보이는구나.

메닙포스 그의 눈썹도 조금 쳐 낼까요?

헤르메스 물론이지. 그가 별것 아닌 뭔가에 집중할 때면 이마 위로 그것들을 추켜올리니 말이야. 이건 또 뭔가? 눈물까지 흘리는 게냐, 쓰레기 같은 자여? 죽음 앞에 움츠러드는 것이냐? 어쨌든 이제 배에 타라.

메닙포스 그의 겨드랑이 밑에도 아직 굉장히 무거운 것이 있는데요.

---

64) 약 21킬로그램.

우스운 것들로 가득한 철학자

헤르메스 무엇이오, 메닙포스?

메닙포스 아첨입니다, 헤르메스 님. 살아 있을 때 그에게 매우 큰 도움이 되었던 것이지요.

철학자 그러면 메닙포스, 당신도 벗어 놓으시오. 그 자유와 거침없는 발언과 고통 모르는 성격, 고상함, 그 웃음 말이오. 사실 여러 사람 가운데 당신만 웃고 있소.

헤르메스 아니, 아니, 그것들은 그냥 지니고 있으시오. 그것들은 가볍고 아주 나르기 쉽고, 배 모는 데 도움이 되는 것들이니까.

그리고 당신, 수사학자! 수사학자들의 그 끝없는 지껄임과 반대 명제들, 균형을 이루는 문장들, 종합 문장들, 이국적인 문장들, 그리고 다른 무거운 언설들을 벗어 놓게!

수사학자 자, 보십시오, 내려놓습니다.

헤르메스 좋소. 이제 밧줄을 푸시오. 탑승 디딤판을 끌어 올립시다. 닻을 끌어 올리시오. 뱃사공 양반, 돛을 펼치고, 키를 똑바로 하시오. 일이 잘되기를 기원하십시다.

어리석은 자들아, 왜 애곡하느냐? 특히 당신, 방금 수염 잘린 철학자!

철학자 헤르메스 님, 저의 영혼이 불멸하리라고 생각했었기 때문에 이러는 겁니다.

메닙포스 거짓말입니다. 다른 것들이 그를 괴롭게 하는 것 같아요.

헤르메스 대체 어떤 것들이오?

메닙포스 더 이상 근사한 식사를 할 수 없다는 것, 그리고 밤중에 외투로 머리를 감싸고서 누구도 모르게 나가서 홍등가를 순례하는 걸 더는 못한다는 점이지요. 그러고는 다음 날이면 지혜에 대하여 젊은 이들을 속이고서 돈을 갈취해 왔는데요. 바로 이것이 그를 괴롭히는 것입니다.

철학자 메닙포스여, 당신은 죽은 게 억울하지도 않소?

메닙포스 그럴 이유가 어디 있겠소? 나는 누가 부르지 않아도 죽음을 향해 서둘러 가던 사람인걸.

   한데 우리가 얘기하는 사이에 뭔가 외침 소리가 들리지 않나요? 마치 지상에서 어떤 자들이 고함이라도 치는 것 같은데요.

헤르메스 그렇군, 메닙포스. 한 곳에서 나는 게 아닌데! 일부 사람들은 민회장으로 모여들면서 람피코스가 죽은 것에 모두가 기뻐하며 웃고 있군. 그의 아내는 여자들에게 붙잡혔고, 저기 그의 어린 자식들도 마찬가지로 아이들에게 엄청난 돌팔매질을 당하고 있네. 한편 다른 사람들은 시퀴온에서 연설가 디오판토스를 칭찬하고 있군. 여기 있는 이 크라톤의 장례식 연설을 잘했다고. 그리고 단언하건대, 다마시아스의 어머니는 통곡하면서 여자들과 함께 그를 기리는 애곡을 이끌고 있네. 한데 메닙포스여, 당신을 위해 우는 사람은 하나도 없고, 자네 혼자만 평화롭게 누워 있네그려.

메닙포스 아니지요, 곧 나를 위해 아주 구슬프게 우는 개들의 소리와 까마귀들이 날개 퍼덕이는 소리를 들으실 것입니다. 그들이 모여서 나를 장례 치를 때 말이지요.

헤르메스 메닙포스, 당신 아주 용감한 사람이군! 한데 다 건너왔으니 당신들은 이제 내려서, 저 곧은길을 따라 재판정으로 가시오. 나와 사공은 다른 이들을 데리러 갈 것이오.

메닙포스 편히 가십시오, 헤르메스여. (동료들에게) 우리는 이쪽으로 갑시다. 한데 왜 그리 지체하시오? 우리는 심판을 받아야 하오. 그리고 사람들이 말하길 징벌이 매우 중하다고 합니다. 바퀴들, 바위들, 독수리들이오. 그리고 각자가 살아온 내용이 드러나게 될 것이오.

XXI(11). 크라테스[65]와 디오게네스의 대화

크라테스 디오게네스여, 당신은 부자인 모이리코스를 알았었나요? 코린토스 출신으로 상선을 많이 소유한 아주 큰 부자 말입니다. 그의 사촌인 아리스테아스 또한 부유했는데, 다음과 같은 호메로스의 구절을 늘 인용하곤 했지요. "나를 들어 올리시오, 아니면 내가 당신을 들겠소"[66]라는 구절이요.

디오게네스 왜 그러시나, 크라테스?

크라테스 그들은 동년배였는데, 서로 상대의 상속자가 되려고 상대방을 잘 보살폈답니다. 그리고 유언장을 공개했는데, 모이리코스는 자

1

---

65) 테바이 출신의 견유학파 철학자, 디오게네스의 제자.
66) 『일리아스』 23권 724행. 파트로클로스 장례식 기념 경기에서 레슬링 시합에 나선 아이아스가 오뒷세우스와 서로 견제하면서 오랜 시간을 끌다가, 동료들이 지루해서 재촉하자 오뒷세우스에게 하는 말이다.

기가 먼저 죽으면 아리스테아스를 자기 모든 재산의 주인으로 남기겠다 했고, 아리스테아스 역시 자기가 먼저 죽으면 모이리코스에게 그러기로 했지요. 그렇게 문서에 적어 두었고, 그들은 서로 아부로써 상대를 능가하려 애쓰며 상대방에게 봉사했답니다. 한데 별을 보고 미래 일을 점치건, 칼다이아 인들처럼 꿈을 보고 점치건 간에, 예언자들도 그렇고, 퓌토의 신도 어떤 때는 아리스테아스에게 힘을 주고, 어떤 때는 모이리코스에게 그랬답니다. 또 저울도 어떤 때는 이쪽으로, 다른 때는 저쪽으로 기울곤 했지요.

디오게네스 그래서 결국 어떻게 되었나? 거 들어 볼 만한 가치가 있군. 2

크라테스 둘이 같은 날 죽었답니다. 유산들은 에우노미오스와 트라쉬클레스에게 돌아갔지요. 이 두 사람은 그들의 친척으로, 일이 이렇게 될 줄은 전혀 예상치 못했었습니다. 죽은 두 사람은 시퀴온에서 키르라[67]로 배를 타고 건너가는 중이었는데, 반쯤 갔을 때 북서풍이 비스듬히 들이닥쳐 배가 뒤집혔던 것이죠.

디오게네스 거 잘됐군! 우리는 살아 있을 때 서로를 향해 그런 짓 하는 건 전혀 생각도 못했지. 나는 지팡이를 물려받겠노라고 안티스테네스[68]가 죽기를 기도하지도 않았고 ─ 그가 야생 올리브나무로 아주 튼튼한 지팡이를 만들어 갖고 있긴 했지만 말이야 ─, 크라테스 자네가 나 죽으면 내 재산을, 그러니까 항아리[69]와 층층이부채꽃 3

---

[67] 시퀴온은 펠로폰네소스 북부의 도시. 키르라는 시퀴온에서 코린토스 만 건너편에 있는 포키스 지역의 도시.
[68] 소크라테스의 제자이며 견유학파의 창시자.

씨가 두 코이닉스[70] 들어 있는 자루를 물려받으리라고 바라지도 않았을 테니 말이야.

크라테스 제게는 그런 게 전혀 필요치 않았으니까요. 디오게네스여, 당신께도 불필요했지요. 정말 필요했던 것은, 당신은 안티스테네스에게서 물려받았고, 저는 당신에게서 물려받았으니까요. 그건 페르시아 제국보다 훨씬 더 크고 존엄한 것이었죠.

디오게네스 뭘 말하는 건가?

크라테스 지혜, 자율성, 진리, 거침없는 발언, 그리고 자유입니다.

디오게네스 제우스께 맹세코, 나는 이러한 부를 안티스테네스에게서 물려받아, 자네에게 더 풍성하게 넘겨준 것을 기억하네.

크라테스 하지만 다른 이들은 이런 재산에는 전혀 신경도 쓰지 않았죠. 그리고 누구도 우리의 상속자가 되겠다는 기대를 가지고 우리에게 봉사하지도 않았죠. 모든 사람이 황금을 바라보았던 거죠.

디오게네스 그러는 게 합당하긴 했지. 그들은 우리에게서 그런 것을 받았다 해도 담아 둘 데가 없었으니까. 그들은 사치 때문에 마치 썩어 버린 자루처럼 흐물흐물해진 자들이었잖나? 그래서 누가 그들에게 지혜나, 거침없는 발언, 진리 등을 넣어 주었다 하더라도, 곧장 밑으로 빠져 흘러 나갔을 걸세. 바닥이 버텨 줄 수 없으니까 말이야. 마치 저 다나오스의 딸들이 구멍 난 항아리에 물을 길어 부으면서

4

---

69) 보통 디오게네스는 통 속에 살았던 것으로 알려져 있지만, 사실은 항아리(pithos)에 살았다고 한다.

70) 1코이닉스는 1리터 조금 넘는 양이다.

겪었던 일 같은 것이지. 하지만 그들은 **황금**은 이빨과 발톱과 온갖 방법으로 지키곤 했지.

크라테스 그러니 우리는 그 부를 여기서도 지니고 있게 될 것입니다. 반면에 저들은 1오볼로스만 지니고 올 텐데, 그것도 뱃사공이 있는 곳까지만이지요.

XXII(27). 디오게네스, 안티스테네스, 크라테스의 대화

디오게네스 안티스테네스와 크라테스여, 우리에게 한가한 시간이 왔군요. 산책이나 하면서 입구 쪽으로 쭉 가 보는 게 어떨까요? 가서, 내려온 이들이 어떤 자들인지, 그들 각자는 무엇을 하는지 알아보십시다.   1

안티스테네스 가 보세, 디오게네스. 즐거운 볼거리가 될 터이니 말일세. 어떤 이들은 울고, 어떤 이들은 떠나게 해 달라고 애원하는 걸 보겠지. 몇몇은 마지못해 내려와서 헤르메스가 목을 잡아 밀쳐 대는데도 저항하면서, 드러누워 버티겠지. 그래 봐야 다 소용없는 짓인걸.

크라테스 그러면 제가 내려올 때 길에서 본 것을 두 분께 얘기해 드리겠습니다.

디오게네스 오, 크라테스, 이야기해 보게. 뭔가 아주 재미있는 일을 본 것 같으니.

크라테스 많은 사람들이 우리와 함께 내려오고 있었는데, 그중 가장   2

눈에 띄는 사람은 우리 도시[71])의 부자인 이스메노도로스하고, 메디아의 지배자인 아르사케스, 그리고 아르메니아 사람 오로이테스였습니다. 이스메노도로스는 아마 키타이론 산을 지나 엘레우시스로 가다가 도적들에게 피살된 듯했습니다. 그는 신음하면서 상처를 두 손으로 감싸고 있었고, 아직 어린 채로 남기고 온 아이들 이름을 부르고 있었죠. 그러면서 자신의 무모함을 비난했습니다. 키타이론 산을 넘어, 전쟁으로 완전히 황폐해진 엘레우테라이[72]) 지역을 지나면서도 겨우 노예 두 명만 데리고 갔기 때문이지요. 그러고서도 금으로 만든 대접 다섯 개와 잔 네 개를 지니고 갔답니다.

한편 아르사케스는 벌써 노인이었고 외양은 정말 근엄한 데라고는 없었는데요, 이방인들이 자주 그러듯이 화를 냈고, 걸어서 가는 것에 짜증을 냈습니다. 그리고 말을 자기에게 데려오라고 계속 요구했습니다. 왜냐하면 말도 그와 함께 죽었거든요. 그는 갑파도키아 인들에 대항해서 아락세스 강가에서 싸우다가, 어떤 트라케 경방패병의 창에 말과 함께 둘이 같이 꿰뚫려 죽었습니다. 아르사케스가 이야기해 준 바에 따르면, 그는 다른 사람들을 훨씬 앞질러 말을 몰아 나갔는데, 그 트라케 인이 맞서서 가벼운 방패 뒤에 웅크려 그의 창을 피하더니, 자신의 장창을 찔러 넣어 아르사케스 자신과 말을 꿰뚫었다는 겁니다.

안티스테네스 크라테스여, 그게 어떻게 일격에 이뤄질 수 있겠소?

3

4

---

71) 테바이.
72) 보이오티아의 도시. 키타이론 산 부근에 있다.

크라테스 아주 쉬운 일입니다, 안티스테네스여. 아르사케스는 약 20완척[73] 되는 창을 앞세우고 달려 나갔습니다. 한데 그 트라케 인은 방패로 공격을 막아 낸 다음에, 창끝이 자기를 지나치자 무릎을 꿇고는 상대의 돌진을 장창으로 받아 냈고, 말은 자신의 힘과 기세 때문에 자기를 거기에 박아 버린 것입니다. 그러자 아르사케스도 사타구니를 지나 곧장 엉덩이까지 관통되었죠. 일이 어떻게 된 건지 아셨죠? 그건 사람이 한 일이라기보다는 오히려 말이 한 일입니다. 그런데도 아르사케스는 다른 사람들과 같은 정도의 명예만 갖는 것에 불쾌해하며, 자기가 말을 탄 채로 이리 내려올 자격이 있다고 여기고 있었습니다.

한편 오로이테스의 발은 너무나 연약해서, 걷는 것은 고사하고 땅에 서 있지도 못할 정도였습니다. 메디아 인들은 말에서 내리기만 하면 예외 없이 모두가 그렇지요. 그 사람들은 마치 가시밭이라도 딛듯 발끝으로 겨우겨우 걷습니다. 그래서 그는 주저앉아 드러누워 버렸고, 어떤 수단을 써도 일어서지 않으려 했습니다. 결국 훌륭하신 헤르메스께서 그를 들어 곧장 배에까지 옮겨 버렸지요. 저는 그저 웃었습니다. 5

안티스테네스 나도 이리 내려올 때 그랬네. 다른 사람들과 섞이지 않고, 그들을 통곡하게 놓아둔 채로 먼저 배로 달려가서, 편안하게 여행할 수 있도록 좋은 자리를 선점한 거야. 그리고 배 타고 가는 동 6

---

73) 약 9미터.

안, 다른 사람들은 울고 뱃멀미를 하는데, 나는 이들을 보고 아주 즐거웠다네.

디오게네스 아, 크라테스와 안티스테네스여, 당신들은 그런 길동무들을 만나셨구려. 저는 페이라이에우스 출신 고리대금업자인 블렙시아스와, 아카르나니아 출신의 용병 대장 람피스, 그리고 코린토스 출신의 부자 다미스와 함께 내려왔지요. 한데 다미스는 자기 아들에게 독살되었고요, 람피스는 창녀 뮈르티온을 사랑해서 자살하였으며, 불쌍한 블렙시아스는 굶어서 시들어 버렸다고들 얘기하더군요. 그는 극단적으로 창백하고 너무나 말라 보여서, 알아보기 쉬웠습니다. 저는 그들이 어떻게 죽었는지 알고 있었지만, 그래도 한번 물어보았습니다. 그러고는 자기 아들을 비난하는 다미스에게 이렇게 말했지요. "하지만 당신이 그에게 당한 일은 부당한 게 아니오. 당신은 모두 해서 1천 탈란톤이나 갖고 있고, 자신은 나이 구십에도 사치를 즐기고 있으면서 열여덟 살 먹은 젊은이에게 겨우 4오볼로스를 주곤 했으니 말이오." "한데 아카르나니아 양반—그자도 신음하며 뮈르티온을 저주하고 있었기 때문에 한 말입니다만—, 왜 마땅히 자신을 탓하지 않고 에로스를 탓하시오? 당신은 적군들을 결코 피하지 않고, 위험을 즐기면서 남들보다 앞에 서서 싸웠소. 한데 그런 용감한 자가 별것 아닌 계집의 지어낸 눈물과 한숨에 제압되었잖소?" 이 둘에게만 이렇게 말한 이유는, 블렙시아스는 내가 말하기도 전에 스스로 자신이 정말 생각 없었다고 비판했기 때문입니다. 어리석게도 자신이 영원히 살 거라고 생각하다가, 자기와 아무 관련도 없는

7

상속자들을 위해 재산을 지킨 꼴이 되었다고 말입니다. 어쨌든 그들은 그렇게 한숨지으며 제게는 적지 않은 즐거움을 제공했지요.

한데 우린 벌써 입구에 다다랐군요. 새로 도착한 자들을 멀리서 둘러보고 살펴보아야겠습니다. 맙소사, 정말 숫자도 많고 다양하기도 하네! 그런데 어린아이들과 갓난아이들 빼고는 모두 울고 있군요! 아주 늙은 사람까지 애곡을 하고 있네요. 이러는 이유는 뭘까요? 삶에 대한 사랑의 묘약이 그들을 사로잡기라도 한 걸까요?

여기 지나칠 정도로 늙은 사람에게 한번 물어보겠습니다. (노인에게) 그렇게 나이 먹어서 죽었으면서 우는 이유는 무엇이오? 훌륭하신 이여, 노령에 여기 도착했는데 무얼 그리 분개하시오? 당신은 혹시 왕이었소?

거지 전혀 아니오!

디오게네스 그러면 장군이었소?

거지 그것도 아니오!

디오게네스 그렇다면 아마 부자였나 보오. 그래서 엄청난 사치를 뒤에 남기고 죽은 게 당신을 그렇게 괴롭히나 봅니다.

거지 그런 게 아니라오. 나는 구십 정도까지 살았는데, 땡전 한 푼 없이 갈대와 그물 옷을 입고 가난하게 살았소. 거지 신세에 자식도 없는 데다가, 다리까지 절고 눈도 침침했었지.

디오게네스 그런데도 계속 살고 싶었소?

거지 물론이오. 빛은 달콤하지만, 죽음은 무섭고, 피해야 할 것이니까.

디오게네스 노인장, 당신은 지금 정신을 잃을 지경이네요. 피할 수 없는 일 앞에서 마치 아이같이 행동하는구려. 저 뱃사공하고 동년배 같은데 말이오. (자기 일행에게) 이렇게 나이 든 이들이 사는 걸 그리 좋아하니, 젊은이들에 대해서는 말할 필요가 뭐 있겠습니까? 노인이라면 죽음을 노년기의 괴로움에 대한 치료약으로 여기고 오히려 추구해야 하는데 말입니다. 이제 돌아가십시다, 우리가 입구를 배회하는 것을 누가 보면, 도주를 기도하는 것으로 의심할 수도 있으니.

XXIII(29). 아이아스와 아가멤논의 대화

아가멤논 아이아스여, 당신이 미쳐서 우리 모두를 죽이려다가 자신을 죽였다면,[74] 왜 오뒷세우스를 탓하시오? 그리고 요전 날엔 왜 그를 쳐다보지도 않았소? 그가 예언자의 충고를 구하러 왔을 때 말이오.[75] 당신은 전우이자 친구인 그에게 말을 건넬 가치도 없다고 여기고서, 눈을 높이 두고 성큼성큼 걸어서 지나쳐 가지 않았소?

1

---

74) 아킬레우스가 죽자, 그가 남긴 무장을 차지하려고 아이아스와 오뒷세우스가 경합을 벌인다. 그것이 오뒷세우스에게 돌아가자, 아이아스는 앙심을 품고 자기에게 호의적이지 않은 자들을 모두 죽이려 한다. 하지만 그는 아테네 여신의 개입으로 정신이 나가, 가축 떼를 도륙하고 돌아온다. 다음 날 사실을 알고서 그는 수치심에 자결한다. 이 이야기는 소포클레스의 비극 「아이아스」에서 자세히 다뤄진다.

75) 『오뒷세이아』 11권에서 오뒷세우스가 예언자 테이레시아스를 만나러 저승을 방문했던 일을 가리킨다. 오뒷세우스는 11권 542행 이하에서 아이아스의 혼령과 마주치지만, 아이아스는 그와 대화를 나누려 하지 않는다.

아이아스 그건 적절한 행동이었소, 아가멤논! 바로 그자가 내 광기의 원인이었기 때문이오. 그자 하나만 나에 맞서 그 무장들을 원했었소.

아가멤논 그럼 당신은, 아무도 맞서지 않을 거라고, 모두를 먼지 한 점 묻지 않은 채 이기리라고 생각했던 거요?

아이아스 물론이오. 그러한 상황에서라면 말이오. 우선 그 무구들은 내 사촌76)의 것이었으니, 내 집안에 속한 것이오. 게다가 당신들은 오뒷세우스보다 훨씬 나은 자들인데도 경쟁을 사양하고 내게 그 상들을 넘겼소. 한데 라에르테스의 아들은, 그자가 프뤼기아 인들에게 박살 날 위험에 처한 것을 내가 여러 번 구해 주었는데도, 자기가 나보다 더 훌륭하고 그 무장을 소유할 자격이 더 있다고 생각했소.

아가멤논 그렇다면, 훌륭한 자여, 테티스를 탓하시오. 그녀야말로, 아킬레우스와 친족인 당신에게 무구의 상속권을 넘겨주었어야 했던 것 아니오? 한데 그녀는 그것들을 가져다 우리 여럿 앞에 내려놓았잖소?

아이아스 아니오, 오뒷세우스를 비난하는 게 맞소. 그자만이 내게 맞섰소.

아가멤논 하지만 아이아스여, 핑계가 있잖소? 남자라면 당연히, 가장 달콤한 대상인 명예를 추구하니 말이오. 바로 그것을 위해 우리 각자는 위험을 감내하는 것이오. 게다가 그는 당신을 이겼소, 그것도 트로이아 인들의 판정77)에서 말이오.

---

76) 아킬레우스의 아버지 펠레우스와, 아이아스의 아버지 텔라몬은 형제간이다.

죽은 자들의 대화

아이아스 나는 알고 있소, 어떤 여신이[78] 내게 불리하게 판정했는지를. 하지만 신들에 대해 이러쿵저러쿵하는 것은 옳지 않소. 그러니 나는 결코 오뒷세우스를 미워하지 않을 수가 없소, 아가멤논이여, 설사 아테네 자신이 내게 그것을 명한다 해도 말이오.

XXIV(30). 미노스와 소스트라토스[79]의 대화

미노스 이 해적 소스트라토스는 퓌리플레게톤으로 들어가게 하시오! 그리고 저 신전 약탈자는 키마이라[80]에게 찢기게 하고, 저 참주는, 헤르메스여, 티튀오스[81] 곁에 몸을 뻗고 누워서 독수리들에게 간을 파먹히게 하시오. 하지만 자네들, 선한 자들은 얼른 엘뤼시온 들판으로 가게. 그리고 행복한 자들의 섬에 거주하게. 자네들이 살았을

1

---

77) 트로이아 포로들에게 아이아스와 오뒷세우스 중 누가 더 무서운지를 물었다는 설도 있고, 정탐꾼을 파견하여 트로이아 사람들이 서로 이야기하는 것을 들어보게 했다는 설도 있다.
78) 직역하면 '어떤 여자가(hetis)'. 아테네 여신이 자기를 미워한 것을 암시한다.
79) 기원전 4세기 말에 할론네소스 섬을 점령했던 해적인 듯하다. 이 섬은 원래 아테나이에 속한 것인데, 마케도니아의 필립포스 2세가 해적들을 부추겨 그것을 차지하게 하고, 협상의 대상으로 삼았다. 이 문제를 다룬 「할론네소스에 대하여」라는 (데모스테네스의 것인지는 불분명한) 연설문이 전해진다.
80) 앞은 사자, 중간은 염소, 뒤는 뱀으로 구성된 괴물.
81) 레토를 겁탈하려다 붙잡혔다는 거인. 저승에서 독수리에게 간을 파먹히는 벌을 받았다고 한다.

때 행한 정의로운 행동에 대한 보상일세

소스트라토스 미노스 님, 제 말 좀 들어 주십시오, 혹시 제가 정당한 얘기를 하는 것으로 보인다면 말입니다.

미노스 지금 다시 들어 보라고? 소스트라토스야, 너는 벌써 악당이고 수많은 사람을 죽인 자로 정죄되지 않았느냐?

소스트라토스 그렇게 판정되었습니다만, 제가 정당하게 벌을 받는 것인지 한번 살펴봐 주시지요.

미노스 물론 정당하지, 사람이 적절한 대가를 치르는 게 옳다면 말이야.

소스트라토스 하지만 미노스 님, 답해 주십시오, 아주 짧게 질문 드리겠습니다.

미노스 그럼, 말해 보아라. 하지만 길어지건 안 된다, 다른 사람들에게도 판결을 내려야 하니까.

소스트라토스 제가 살았을 때 행한 일들은 제가 자진해서 한 것입니까, 아니면 모이라[82]가 그렇게 실을 자아 놓았던 것입니까?

미노스 물론 모이라가 그런 것이지.

소스트라토스 그러면 우리 모두는 선해 보이든 악해 보이든, 저 여신에게 복속되어 그렇게 행한 것이지요?

미노스 그렇지, 클로토에게 복속된 것이지. 그녀가 각 사람이 태어날 때, 앞으로 행할 일을 배정했으니까.

소스트라토스 그러면, 어떤 사람이 타인의 강제에 의해 살인을 저질렀

---

82) 운명의 여신.

죽은 자들의 대화 227

고, 그 일을 강요하는 자에게 반대할 길이 없었을 경우를 생각해 보죠. 이를테면 사형 집행인이나 용병의 경우, 한 사람은 재판관의 명에 따랐고, 다른 사람은 참주의 명에 따랐는데, 당신은 그 살인에 대해 누구에게 책임을 묻겠습니까?

미노스 그야 명백히 재판관이나 참주에게 책임이 있지. 칼이 책임을 질 수는 없으니까. 그것은 도구로서, 그저 원인 제공자의 감정에 복종할 뿐이니 말이야.

소스트라토스 좋습니다, 미노스 님. 제가 내세운 예를 풍성하게 만들어 주셨군요. 그러면 만약 어떤 사람이 주인의 명에 따라 금이나 은을 가져왔다면, 누구에게 감사를 드리고, 누구를 은인으로 기록해야 하겠습니까?

미노스 그야 보낸 사람이지, 소스트라토스. 가져온 사람은 그저 심부름꾼일 뿐이니까.

소스트라토스 그러면 이제, 클로토가 정해 준 일에 종속된 우리를 벌하면서 당신이 얼마나 부당한 일을 하는 것인지 아시겠습니까? 타자의 선행에 그저 심부름한 사람들을 높이는 것도 마찬가지고요. 절대 필연으로 정해진 일에 반대하는 게 가능하다고는 누구도 말하지 못할 테니까요.

미노스 오, 소스트라토스여, 자네가 자세히 탐색한다면, 불합리하게 일어나는 일들을 그 밖에도 많이 볼 수 있을 걸세. 하지만 자네는 그 끈질긴 질문에서 이득을 얻을 걸세. 자네는 그냥 해적이기만 한 게 아니라, 일종의 소피스트로도 보이니 말일세. 헤르메스, 이자를

3

풀어 주고 더는 벌하지 말게! (소스트라토스에게) 하지만 다른 죽은 자들에게 이 비슷한 것을 질문하게끔 가르치진 말게나.

XXV(12). 알렉산드로스, 한니발,[83] 미노스, 스키피오[84]의 대화

알렉산드로스 리뷔아 인이여, 내가 당신보다 먼저 재판을 받아야겠소. 내가 더 훌륭하니 말이오.   1
한니발 아니오, 내가 먼저요.
알렉산드로스 그러면 미노스께 판정을 맡깁시다.
미노스 자네들은 누구인가?
알렉산드로스 이쪽은 카르케돈[85] 출신 한니발이고, 저는 필립포스의 아들 알렉산드로스입니다.
미노스 정말 둘 다 유명하긴 하군! 한데 왜들 다투는가?
알렉산드로스 앞자리를 놓고 그러는 것입니다. 이 사람은 자기가 저보다 더 훌륭한 장군이라 하고, 저는 모두가 알다시피, 전쟁에 관한 한 이 사람뿐 아니라 제 앞에 살았던 거의 모든 사람보다 뛰어나다고 주장하는 것입니다.
미노스 그러면 각기 차례로 이야기해 보게나. 리뷔아 인, 자네가 먼저

---

83) 원문에는 희랍어식으로 '안니바스'로 되어 있으나, 일반적인 이름으로 적겠다.
84) 희랍어식으로는 '스키피온'이지만 좀 더 일반적으로 알려진 라틴어 표기를 따른다.
85) 카르타고.

말하게.

한니발 제가 여기서 희랍어를 완벽하게 배워서 이것 하나는 득을 보았네요, 미노스 님. 이자가 이 점에 있어서도 저를 능가하지 못했다는 점 말입니다. 저는 이런 사람들이 특히 칭찬받을 자격이 있다고 단언합니다. 처음엔 아무것도 아닌 데서 출발해서는 자기 힘으로 위대한 데까지 나아가, 권력을 차지하고 지배할 자격이 있다고 평가받게 된 사람들 말입니다. 저는 소수의 병사를 데리고 이베리아를 향해 출발하여, 처음에는 제 형제[86)]의 부관으로 있으면서 으뜸이라 평가받고 최고의 명령권을 가질 자격이 있는 걸로 인정받았습니다. 저는 켈티베리아 인들을 정복하고 서쪽 갈리아 인들을 제압하였으며, 거대한 산들[87)]을 넘어 에리다노스 강[88)] 주위를 모조리 유린하고 수많은 도시들을 황폐하게 만들었습니다. 또 이탈리아의 들판을 쓸어버리고, 가장 탁월한 도시[89)]의 외곽까지 당도하여 하루 사이에 어찌나 많은 자들을 죽였던지, 전사자의 반지를 메딤나[90)] 단위로 헤아려야 했고, 시체들로 강에 다리가 놓일 지경이었습니다.[91)] 저는 이 모든 일을, 암몬의 아들이라 불리지도 않고,[92)] 신이라고 내세우

2

---

86) 이 하스드루발은 사실 한니발의 자형이다.
87) 알프스 산맥.
88) 포 강.
89) 로마.
90) 약 25리터.
91) 기원전 216년 칸나이에서 한니발이 대승을 거둔 것을 말한다.
92) 12장 1절 참고.

지도 않고, 어머니의 꿈[93]을 되뇌지도 않고, 그저 인간이라는 것을 인정하며, 가장 뛰어난 장군들에 대항하면서, 최정예 군사들과 맞싸우며 이뤄 냈습니다. 저는 누가 쫓아가기도 전에 달아나는, 그리고 대담함을 보이는 자에게 즉각 승리를 헌납하는 메디아 인들이나 아르메니아 인들과 싸운 것이 아닙니다.

반면에 알렉산드로스는 아버지의 왕국을 물려받아서는, 행운이 밀어주는 것을 이용하여 그것을 키우고 많이 넓혔지요. 그러다가 저 망할 다레이오스를 잇소스에서 이기고,[94] 아르벨라에서 완전히 제압했을 때,[95] 그는 조상들의 관습에서 일탈하여, 부복받는 걸 옳게 여겼으며, 생활 방식을 메디아식으로 바꾸었습니다. 그는 연회 중에 친구들의 피를 뿌렸고,[96] 또 잡아 죽였습니다.[97] 하지만 저는 조국을 대등한 입장에서 다스렸습니다. 그리고 적들이 대군을 이끌고 리뷔아로 건너오는 바람에 제가 소환되었을 때도 신속히 복종하였습니다. 저 자신을 관직 없이 개인 자격으로 넘겨주었으며, 유죄 판결을 받고도 사태를 불평 없이 견뎠습니다. 저는 이런 일들을, 이방인으로서 희랍식 교육도 받지 못한 채, 이자처럼 호메로스를 낭송하지

3

---

93) 알렉산드로스의 어머니 올륌피아스는 자기 배로 벼락이 떨어지는 꿈을 꾸고 알렉산드로스를 낳았다고 한다. 플루타르코스 「알렉산드로스」 2장.
94) 잇소스는 킬리키아의 도시. 기원전 333년에 있었던 전투이다.
95) 아르벨라는 앗쉬리아의 도시. 기원전 331년에 있었던 전투이다.
96) 알렉산드로스가 클레이토스를 죽인 것을 가리킨다. 12장 3절 참고.
97) 칼리스테네스를 죽인 것(13장 6절 참고)과, 필로타스와 파르메니온을 죽인 일(「알렉산드로스」 48~49장 참고)을 암시하는 말이다.

죽은 자들의 대화 231

도 못하고, 현자인 아리스토텔레스의 가르침을 받은 것도 아니면서, 그저 타고난 좋은 자질만을 이용하여 행하였습니다. 바로 이런 점들이, 제가 알렉산드로스보다 더 낫다고 공언하는 이유입니다. 혹시 그가 머리에 띠를 매고 있어서 더 멋이 있을지는 모르겠지만—아마 마케도니아 인들에게는 이런 것이 장엄해 보이겠지요—, 그런 것으로는 결코, 고귀하고 지휘 능력이 뛰어나고, 행운보다 지혜를 이용해 온 사람보다 더 우월해 보일 수 없을 것입니다.

미노스 이 사람은 자신을 위해 저급하지 않은 연설을 했군! 이건 리뷔아 인에게서 기대치 못했던 것이네! 한데 알렉산드로스여, 자네는 이에 대항해 뭐라고 말할 건가?

알렉산드로스 미노스여, 이렇게 뻔뻔한 자에게는 대답할 필요도 없습니다. 제가 어떤 왕이었고, 이자가 어떤 도적이었는지 당신께 보이는 데는 풍문만으로 충분합니다. 그렇지만 제가 저자보다 그저 조금 우월했는지 한번 보십시오. 저는 그때 아직 젊었었습니다만, 대업을 물려받아 흔들리는 왕권을 안정시키고, 아버지를 죽인 자[98]들을 벌하였습니다. 그 후 테바이 인들을 멸함으로써[99] 희랍을 두렵게 만들고, 그들에 의해 장군으로 선출되었습니다.[100] 저는 마케도니아 인들의 나라를 돌보며 아버지가 남겨 주신 사람들만 지배하는 데 만족

4

---

98) 필립포스는 기원전 336년에 자기 경호원 파우사니아스에 의해 암살되었는데, 그 때 알렉산드로스는 스무 살이었다.
99) 기원전 335년의 일이다.
100) 13장 2절 참고.

한니발

해서는 안 된다고 생각했습니다. 그보다는 온 땅을 염두에 두고, 모든 나라를 정복하지 않는 것은 부끄러운 일이라 여겨, 소수의 병력을 이끌고 아시아로 진격하였고, 그라니코스[101]에서 벌어진 큰 전투에서 승리하였습니다. 또 뤼디아를 차지하고, 이오니아와 프뤼기아, 그리고 제 앞에 있는 모든 것을 완전히 제압하며 잇소스에 이르렀는데, 거기에 다레이오스가 수만 명의 병사를 이끌고 기다리고 있었죠.

    그 후의 일에 대해서는, 미노스여, 하루 사이에 제가 당신들에게 얼마나 많은 시체들을 보냈는지 당신들이 잘 아십니다. 왜냐하면 뱃사공이 말하길 그때 자기 배가 이들을 감당하기에 충분치 않았다고 하니 말입니다. 그래서 그들 중 다수가 뗏목들을 묶어서 타고 건너갔다고요. 한데 이런 일도 제가 앞장서서 위험을 겪으며 해낸 것입니다. 저는 부상을 당하는 것도 당연하게 여겼죠. 그리고 튀로스에서 있었던 일[102]이나 아르벨라의 일은 언급하지 않고 건너뛰자면, 저는 인디아까지 나아갔고 오케아노스[103]를 제국의 경계로 삼았습니다. 또 그들의 코끼리들을 차지하고 포로스[104]를 제압하였습니다. 또 타나이스 강을 건너 얕볼 수 없는 자들인 스퀴티아 인들과 대 기병전을 벌여 승리하였습니다. 그리고 친구들에게는 잘해 주고, 적들에게는 보복하였습니다. 만일 제가 사람들에게 신으로 보였다

5

---

101) 프뤼기아의 강.
102) 7개월의 포위 끝에 함락했다.
103) 인도양.
104) 인디아 지역의 왕. 기원전 327년에 제압되었다.

면, 업적의 크기에 비추어 이런 사람들도 용서될 수 있으며, 저에 대해 그 비슷한 것을 믿는 자들도 마찬가지입니다.

마지막으로, 저는 왕으로 죽었는데 저자는 망명 중에 비튀니아의 프루시아스 곁에 있다가 죽었습니다.[105] 그것은 가장 사악하고 가장 잔인한 자에게 걸맞은 죽음이지요. 그가 이탈리아 인들을 제압했을 때도, 힘에 의해서가 아니라, 협잡과 배신, 기만에 의해서, 그리고 전혀 합법적이거나 공개적인 것 없이 그랬다는 건 그냥 지나가겠습니다. 하지만 이자가 저를 사치하다고 비난했을 때, 그는 까맣게 잊은 것으로 보입니다. '이 놀라운 분'께서 카푸아에서 창녀들과 어울리며, 전투를 위한 절호의 기회를 향락 속에 날리며[106] 무슨 짓을 했는지 말입니다. 그리고 만일 제가 서쪽을 작다 여기고서 동쪽으로 진군하지 않았더라면, 이탈리아를 무혈로 차지하고, 리뷔아와 가데이라[107]까지의 모든 땅을 굴복시켰다고 해 봤자 무슨 큰일을 이룬 게 되겠습니까? 이미 제 앞에 움츠러든, 그리고 저를 주인으로 모시는 데 동의한 그곳은 크게 가치 있는 것으로 보이지 않았지요. 저는 할 말을 다 했습니다. 미노스여, 당신이 판결을 내리십시오. 여러 가지 할 말이 있지만, 이것들로 충분하니까요.

6

---

105) 한니발은 로마인들의 압력을 받자 자진 망명하여, 먼저 쉬리아의 왕 안티오코스에게 갔다가, 그 후 비튀니아의 프루시아스에게로 옮겨 갔다. 마지막에는 로마인들에게 넘겨지는 것을 피하여 스스로 독약을 먹고 죽었다(기원전 183년).
106) 한니발은 칸나이에서 대승을 거둔 후, 로마로 곧장 진격하지 않고 카푸아로 가서 병사들을 쉬게 했다. 그사이 로마는 병력을 재정비할 수 있었다.
107) 오늘날의 카디스(지브롤터 해협의 대서양 쪽 도시).

스키피오 아니, 제 말까지 듣기 전에는 안 됩니다.

미노스 오, 뛰어난 자여, 그대는 누구인가? 어디 출신이기에 그런 말을 하는가?

스키피오 이탈리아 장군 스키피오입니다. 카르케돈을 멸망시키고[108] 대전투로써 리뷔아 인들을 제압했지요.

미노스 한데 무슨 말을 하려는 건가?

스키피오 제가 알렉산드로스보다는 못하지만 한니발보다는 낫다는 것입니다. 저는 그를 이겼고, 불명예스럽게 망명하도록 압박을 가하며 몰아세웠지요. 그러니 이자는 정말 뻔뻔한 자 아닙니까? 이자를 이긴 저 자신, 스키피오도 스스로 알렉산드로스와 나란히 설 자격이 없다고 여기는데, 그가 감히 알렉산드로스와 대적하고 있으니 말입니다.

미노스 그대는 정말로 합당한 말을 했소, 스키피오! 그러니 알렉산드로스를 첫째로 판정하고, 당신을 그다음으로, 그다음엔 혹시 좋다면, 한니발을 세 번째로 판정합시다. 이 사람도 얕볼 사람은 아니니.

---

[108] 기원전 202년 자마에서 한니발에게 승리를 거둔 스키피오는 큰 스키피오(P. Cornelius Scipio, '첫 번째 아프리카누스')로서, 기원전 146년에 카르타고를 완전히 파괴한 작은 스키피오(Scipio Aemilianus, '두 번째 아프리카누스')의 양할아버지이다. 저자가 둘을 혼동한 듯하다. 물론 앞 구절을 조금 약하게 해석해서 '카르타고 군에 막대한 피해를 안긴' 정도로 볼 수도 있다.

XXVI(15). 아킬레우스와 안틸로코스[109]의 대화

안틸로코스 아킬레우스여, 어제 당신이 오뒷세우스에게 죽음에 대해 한 말[110]은 정말 고상하지 못하고, 당신의 두 스승인 케이론[111]과 포이닉스[112]의 가치에 부합되지 않는 것이었소. 내가 들으니, 당신은 모든 죽은 자들을 다스리느니보다 차라리 살아서 "먹을 것도 많지 않은" 가난한 자의 노예가 되어 종살이하고 싶다고 했소. 이것은 아마도 어떤 용기 없는 겁쟁이 프뤼기아 인, 그리고 명예를 앞세우지 않고 목숨 부지하는 데 연연하는 자나 달할 법한 것이오. 펠레우스의 아들이자 모든 영웅들 가운데 위험 무릅쓰기를 가장 좋아하는 이가 자신에 대해 이런 저열한 생각을 갖는다는 건 정말 수치스러운 짓이고, 당신이 살아서 했던 일들에 정반대되는 것이오. 당신은 프티아 땅에서 이름 없이 아주 오랜 세월 왕 노릇 할 수도 있었지만, 훌륭한 명성을 얻고 죽는 쪽을 기꺼이 선택하지 않았었소?

1

---

109) 네스토르의 아들. 파트로클로스가 죽은 후 아킬레우스와 가장 가까운 친구였다고 한다. 『일리아스』에서는 파트로클로스의 죽음을 아킬레우스에게 알리는 역할을 한다. 그는 트로이아 동맹군인 멤논에게 죽었다.
110) 오뒷세우스가 저승에 찾아왔을 때, 아킬레우스가 그와 나눈 대화는 삶의 가치를 찬양한 것으로 유명하다. 죽어서 아무리 높은 지위를 차지해 봤자, 비천하게나마 이승에서 사는 것만 못하다는 것이다. 『오뒷세이아』 11권 489행 이하.
111) 아킬레우스가 어렸을 때 그를 길러 준 반인탄마. 8장에 등장했었다.
112) 아킬레우스가 어렸을 때 돌보아 준 노인. 아킬레우스와 함께 트로이아에 갔으며, 아킬레우스가 전투를 거부할 때 그를 달래러 파견된 사절단에 포함되었었다.

아킬레우스 오, 네스토르의 아들이여, 그때는 내가 아직 이곳의 사정에 대해 경험이 없고, 둘 중 어느 쪽이 더 나은지 몰라서 그 망할 명예 나부랭이를 삶보다 앞세웠던 것이오. 하지만 이제는 그것이 아무 소용도 없다는 걸 잘 알고 있소. 위에 사는 인간들이 아무리 노래를 지어 부른다 해도 말이오. 죽은 자들에게는 명예가 동등하오. 그리고 저 아름다움도, 안틸로코스여, 힘도 더는 남아 있지 않소. 우리는 그저 모두가 같은 어둠 속에 동등하게, 서로 아무 차이도 없이 누워 있을 뿐이오. 트로이아 출신 죽은 자들도 나를 두려워하지 않고, 아카이아 출신 죽은 자들도 나에게 시중을 들지 않소. "열등한 자건 탁월한 자건"[113] 동등하게 죽은 자이고, 완전히 평등하오. 이것이 나를 괴롭히는 일이고, 내가 살아서 종살이 못하는 걸 불평하는 것도 이 때문이오.

안틸로코스 하지만 뭘 어쩌겠소, 아킬레우스? 자연이 이렇게 모두가 모조리 죽는 것으로 정해 놓았으니. 그러니 우리는 법에 복종하여 주어진 몫에 분개하지 말아야 하는 것이오. 무엇보다 당신은 우리 친구들이 당신을 둘러싸고 있는 것을 보고 있소. 그리고 머지않아 확실히 오뒷세우스도 도착할 것이오. 자기 혼자서만 이런 일을 당하는 게 아니라, 이 상황을 공유한다는 점이 위안이라오. 당신은 헤라클레스와 멜레아그로스와 다른 놀라운 인물들을 보고 있소. 내 생각에 이들은, 누가 그들을 양식도 없는 가난뱅이를 섬기도록 위로

---

113) 『일리아스』 9권 319행.

올려 보내 주겠다고 하면, 올라가는 걸 받아들이지 않을 것이오.

아킬레우스 당신의 격려는 우정에서 나온 것이오만, 어쨌든 살았을 때 있었던 일에 대한 기억이 어떤 식으로 나를 괴롭히는구려. 내가 보기엔 당신들도 다 그럴 것 같소. 당신들이 이 말에 동의하지 않으면, 당신들은 아무 저항도 없이 상황을 받아들이는 것이니 이 점에서 나보다 열등한 것이오.

안틸로코스 아니, 우리가 더 우월하오, 아킬레우스. 우리는 말이 아무 쓸데없다는 걸 알고 있으니 말이오. 그래서 우리는 침묵하고 참고 견디기로 한 것이오. 당신이 그런 것을 기원하다가 그랬듯이 비웃음을 사지 않으려는 것이오.

4

XXVII(19). 아이아코스[114]와 프로테실라오스[115]의 대화

아이아코스 프로테실라오스, 자네는 왜 헬레네에게 달려들어 목을 조르나?

프로테실라오스 오, 아이아코스 님, 바로 이 여자 때문에 내가 반쯤 짓다 만 집과 새로 결혼한 아내를 남기고 죽었기 때문입니다.

아이아코스 그렇다면 메넬라오스를 탓하거나. 그자가 이 여인을 위해 당신들을 트로이아로 이끌고 갔으니까.

1

---

114) 아킬레우스의 할아버지.
115) 트로이아 참전자 중 가장 먼저 공을 세우고 가장 먼저 전사한 영웅.

프로테실라오스 잘 말씀하셨습니다. 저자를 비난해야겠네요.

메넬라오스 오, 훌륭하신 양반, 나를 탓할 게 아니라, 파리스를 탓하는 게 더 합당하오. 나는 그를 맞아 접대했는데, 그는 내 아내를 정의에 완전히 어긋나게도 납치해 갔으니 말이오. 그자는 당신 한 사람에 의해서가 아니라, 모든 희랍인과 이방인들에 의해 목매달릴 만하오. 그는 이들 모두의 죽음에 책임이 있으니까.

프로테실라오스 그게 더 좋겠소. 그러니 사악한 파리스야, 내 너를 결코 손아귀에서 놓아 보내지 않으리라!

파리스 프로테실라오스여, 당신은 부당한 짓을 하고 있소. 그것도 당신과 같은 일을 하는 자를 향하여 말이오. 왜냐하면 나도 사랑에 빠진 자이고, 당신과 같은 신에 사로잡혔기 때문이오. 당신도 알지 않소, 그게 뜻대로 되지 않는다는 것, 그리고 어떤 신이 자기 원하는 대로 이리저리 이끌어 간다는 것을 말이오. 그에게 대항하는 건 불가능하오.

프로테실라오스 좋은 말이오. 그러니 에로스를 여기서 잡을 수 있다면 좋으련만!

아이아코스 내가 자네에게 에로스를 위해서도 공정하게 대답해 주지. 그는 아마 자신이 파리스를 사랑에 빠지게 한 것에 대해서는 책임이 있지만, 죽음에 대해서는, 프로테실라오스여, 자네 자신 말고는 달리 누구도 책임이 없다고 할 걸세. 자네는 트로이아에 가까워지자, 결혼한 지 얼마 안 된 아내를 완전히 잊고서, 그토록 모험적으로 생각 없이 다른 사람을 앞질러 달려가지 않았나? 그건 다 명예를 사랑해서지. 그리고 그것 때문에 자네는 상륙 중에 제일 먼저 죽은 걸세.

프로테실라오스 그러면 아이아코스 님, 저는 자신을 위해 더욱 공정한 것을 답하겠습니다. 이 일에 대해 저 자신이 아니라, 모이라가 책임이 있고, 처음부터 그런 식으로 실이 자아졌다는 점이 책임이 있다는 것입니다.

아이아코스 맞는 말이네. 그런데 왜 이 사람들을 탓하나?

XXVIII(23). 프로테실라오스와 플루톤, 페르세포네의 대화

프로테실라오스 오, 주인이시여, 왕이시여, 우리들의 제우스[116]시여, 그리고 그대, 데메테르의 따님이시여! 사랑에 빠진 자의 청을 무시하지 말아 주십시오.

플루톤 그대는 우리에게서 무엇을 청하는가? 그리고 그대는 누구인가?

프로테실라오스 저는 이피클로스의 아들 프로테실라오스로서 퓔라케 출신입니다. 아카이아 인들의 전우였는데, 일리온에 갔던 사람 중 제일 먼저 죽었지요. 저는 잠깐만 다시 살 수 있도록 보내 주십사 청하는 것입니다.

플루톤 프로테실라오스여, 그러한 사랑은 죽은 사람이라면 모두 품고 있다네. 다만 누구도 그걸 만날 수 없을 뿐이지.

1

---

116) 저승의 왕 하데스는 자주 '저승의 제우스'로 불린다.

아내를 잊지 못한 프로테실라오스

프로테실라오스 아이도네우스[117] 님, 저는 삶을 사랑하는 게 아니라, 아내를 사랑하는 것입니다. 저는 결혼하자마자 그녀를 신방에 남겨 두고 배 타고 떠났지요. 그러고는 불행하게도 배에서 내리다가 헥토르에게 죽었습니다. 그러니 주인이시여, 아내에 대한 사랑이 저를 괴롭히는 것도 무리는 아니지요. 그래서 저는 잠깐이라도 아내를 만나보고 다시 이리 내려왔으면 합니다.

플루톤 프로테실라오스, 자네는 레테 강물을 마시지 않았나?

2

프로테실라오스 물론 마셨지요, 주인님. 하지만 제 애정이 너무나 강했습니다.

플루톤 그러면 기다려 보게. 얼마 안 있어 그녀도 이리 올 것이고, 자네가 다시 올라갈 필요도 없게 될 걸세.

프로테실라오스 하지만 저는 그 시간을 견딜 수가 없습니다, 플루톤 님. 당신도 사랑에 빠진 적이 있고, 사랑이 어떤 것인지 잘 아시지 않습니까?

플루톤 그러면, 하루 동안 살아났다가 잠시 후엔 다시 같은 상황을 슬퍼하는 것이 대체 자네에게 무슨 득이 되겠나?

프로테실라오스 저로서는 그녀도 저를 따라 당신들에게로 오도록 설득하려 합니다. 그러면 당신들은 잠시 후에 하나 대신 둘을 갖게 되겠지요.

---

117) 하데스는 아이데스(Aides)라고도 불리는데 이것은 보통 '보이지(idein) 않게(a) 하는 자'라는 뜻으로 설명된다. '아이도네우스' 역시 '아이데스'와 유사한 뜻으로 보아야 할 것이다.

플루톤 그건 법도가 아니고, 일이 그렇게 된 적도 없다네.

프로테실라오스 플루톤 님, 제가 상기시켜 드리죠. 당신들은 이와 똑같은 이유로 해서 오르페우스에게 에우뤼디케를 넘겨주었었습니다. 저와 동족인 알케스티스[118] 역시, 당신들은 헤라클레스에게 호의를 베풀어 보내 주셨었죠.

플루톤 한데 자네는 그렇게 벌거벗고 흉측한 해골 상태로 저 아름다운 새색시에게 모습을 보이고 싶나? 그녀는 자네를 알아보지도 못할 텐데 어떻게 자네를 맞아들이겠나? 내 확신하건대, 그녀는 겁을 집어먹고 자네를 피해 달아날 것이고, 자네로서는 그 먼 길을 공연히 올라간 게 될 걸세.

페르세포네 그러면 여보, 당신이 이걸 고쳐 주셔야죠. 헤르메스에게 지시하세요. 프로테실라오스가 빛 속에 도착하면 그를 지팡이로 건드려서, 그가 신방을 나섰을 때처럼 다시 멋진 젊은이로 만들어 주라고요.

플루톤 (헤르메스에게) 페르세포네께서 그러는 게 옳다고 여기시니, 이 사람을 데려다가 다시 신랑으로 만들어 주게나. (프로테실라오스에게) 그리고 자네는 단 하루를 얻었다는 걸 기억하게나.

---

118) 알케스티스와 프로테실라오스는 모두 아이올로스의 후손이다. 알케스티스는 자기 남편 아드메토스 대신 죽은 것을 헤라클레스가 죽음의 신과 싸워 다시 살려냈다는 판본이 가장 유명하지만, 페르세포네가 그녀의 사랑에 감동하여 이승으로 돌려보냈다는 판본도 있다. 여기는 그 둘을 절충한 것처럼, 헤라클레스에게 호의를 베풀어 돌려보낸 것으로 나왔다.

XXIX(24). 디오게네스와 마우솔로스의 대화

디오게네스 카리아 인이여, 당신은 왜 그리 거만을 떨며, 우리 모두보   1
다 나은 명예를 얻는 게 당연하다 여기고 있소?
마우솔로스 아, 시노페 인이여, 우선 나의 권력 때문이오. 나는 전 카리아를 다스렸고, 또 뤼디아 일부도 다스렸으며, 몇몇 섬들을 복속시켰고, 밀레토스까지 진격하여 이오니아 대부분을 정복하였소. 게다가 나는 잘생기고 체격이 크고, 전투에서도 강력했다오. 그리고 무엇보다 중요한 것은, 할리카르낫소스에 내 위에 어마어마한 기념물이 놓여 있다는 사실이오. 그것은 죽은 자 중 누구도 따라올 수 없을 만큼 클 뿐 아니라, 아름다움에 있어서도 그렇게 조성된 것은 없소. 말들과 사람들도 아름다운 돌로 극히 정교하게 조성하였소. 신전 중에도 그런 것은 쉽게 찾을 수 없을 것이오. 이 정도면 자부심을 가져 마땅하다고 여겨지지 않소?
디오게네스 그러면, 권력과 생김새와 무덤의 무게 때문이라는 거요?   2
마우솔로스 당연히, 그렇소.
디오게네스 한데, 잘생기신 마우솔로스 양반, 저 힘도 아름다움도 이제 당신에겐 없구려. 그래서 우리가, 누가 잘생겼는지 판정할 사람을 하나 정한다 해도, 당신 해골이 내 해골보다 더 낫다고 여길 이유를 찾을 수 없을 것이오. 둘 다 대머리로 거리털이 사라져 버렸으니 말이오. 우리 둘 다 이빨이 다 드러났고, 눈은 없어져 버렸고, 코도 납작해졌소. 당신의 무덤과 잘 다듬어진 저 돌들은 아마 할리카르낫소스 사람들이 이방인들에게 보여 주고 으쓱해할 것이오. 자신들이 소유한 거대한 건축물이니 말이오. 하지만 무척 잘나신 양반, 나는 그게 당신에게 무슨 이득이 되는지 모르겠구려. 당신이 그렇게 무거운 돌들에 눌려서 우리보다 훨씬 힘이 든다고 말하는 정도라면 모를까.

마우솔로스 그러면 그것들이 모두 무익하고, 마우솔로스나 디오게네스나 대등하다는 거요?

3

디오게네스 오, 고귀하고 고귀하신 양반, 전혀 그렇지 않지요. 마우솔로스는 땅 위의 것들, 그것들로 해서 자신이 행복했다고 여겼던 것들을 기억하고 괴로워하겠지만, 디오게네스는 그것을 비웃으니 말이오. 마우솔로스는 자신의 무덤을 누이이자 아내인 아르테미시아[119]가 할리카르낫소스에 조성해 주었다고 말하겠지만, 디오게네스는 자기 시신이 대체 무덤이라도 가졌는지 전혀 알지 못한다오. 그는 이런 것에 전혀 관심이 없었으니까. 하지만 그는 가장 뛰어난 사람들에게 자신에 대한 이야기를, 즉 고상한 삶을 산 사람이라는 이야기를 남겼다오. 그것은, 카리아 인들 가운데 가장 노예적인[120] 인간이여, 당신의 무덤보다 더 높고, 그보다 더 튼튼한 기반 위에 조성된 것이오.

---

119) 헤카톰노스의 딸. 카리아(소아시아 서남부 지역)의 태수. 자기 형제인 마우솔로스와 결혼하였다. 기원전 353년에 남편이 죽자 거대한 무덤을 조성하고, 남편을 기리는 축제를 개최하였다. 그 무덤은 세계 7대 불가사의로 꼽혔다.
120) 희극에 등장하는 노예들은 카리아 출신인 경우가 많았다.

XXX(25). 니레우스와 테르시테스, 메닙포스의 대화

니레우스 (테르시테스에게) 보시오, 여기 이 메닙포스가, 우리 둘 중에 1
누가 더 잘생겼는지 판정할 것이오. (메닙포스에게) 말해 보시오, 메
닙포스, 내가 더 멋져 보이지 않소?

메닙포스 한데 댁들은 뉘슈? 먼저 그걸 알아야 할 것 같소.

니레우스 니레우스와 테르시테스요.

메닙포스 어느 쪽이 니레우스고, 어느 쪽이 테르시테스요? 그게 전혀
분명치 않구려.

테르시테스 이건 벌써 내가 점수를 하나 얻은 셈이지. 내가 당신과 대
등하고, 저 눈먼 호메로스가 다른 모든 사람보다 더 잘생겼다고 떠
벌리며 당신을 칭찬했던 것만큼 차이가 나지 않는다는 것 말이오.
나는 머리통도 뾰족하고 머리털도 성기지만[121] 판정자가 보기에 전
혀 못하지 않았소. 하지만 메닙포스여, 잘 보시오, 누가 더 잘생긴 것
으로 생각되는지.

니레우스 그야 아글라이아와 카롭스의 아들인 나지! "일리온에 갔던
자 중 가장 잘생긴 남자."[122]

메닙포스 하지만 내 생각에 땅으로 온 자 중에 당신이 가장 잘생긴 것 2
은 아니오. 뼈들은 다 비슷하고, 여기서는 그저 당신의 해골만이 테
르시테스의 해골과 구별될 수 있소. 당신 것이 더 잘 깨진다는 점 말

---
121) 『일리아스』 2권 673행.
122) 『일리아스』 2권 672~673행.

이오. 당신 해골은 약하고 남자 것 같지 않아서요.

니레우스 그러면 호메로스에게 물어보시오, 아카이아 인들과 함께 가서 싸울 때 내가 어떠했는지.

메닙포스 당신은 꿈에 대해 이야기하는구려. 내가 보는 것은 당신이 지금 어떠한지요, 반면에 저것들은 그때 사람들이 알았던 것들이고.

니레우스 그러면 메닙포스여, 내가 지금 여기서는 더 잘생기지 않았다는 거요?

메닙포스 당신도 다른 누구도 잘생긴 건 없소. 하데스에는 평등이 있고, 모두가 동등하니 말이오.

테르시테스 내게는 그것으로 충분하오.

꿈, 또는 루키아느스의 생애
Περὶ τοῦ Ἐνυπνίου ἤτοι Βίος Λουκιανοῦ

완전히 사실 그대로는 아니지만, 대체로 자전적인 내용을 담고 있는 것으로 여겨지는 작품이다. 루키아노스가 초급 교육을 마치자, 그의 집안에서는 그를 계속 공부시킬 것인지 아니면 취업시킬 것인지 논의하다가, 일을 시키는 쪽으로 결론 내린다. 그는 집안 아저씨에게 맡겨져 석공 일을 배우게 되었는데, 그 첫날 망치를 너무 세게 내리쳐서 돌판을 깨 먹고 아저씨에게 매를 맞는다. 울며 집에 돌아와 잠 든 그에게 꿈속에 두 여신이 나타난다. 교육의 여신과 조각의 여신이다. 둘은 각기 소년을 자기 쪽으로 잡아당기다가 결판이 나지 않자 소년에게 선택권을 주고는, 각자 자기가 얼마나 큰 혜택을 줄 수 있는지 설파한다. 이야기를 들은 루키아노스는 교육의 여신을 선택한다. 여신은 그에게 좋은 옷을 입혀서는 하늘을 나는 마차에 태워 온 세상을 보여 주고, 또 온 세상 사람에게 그를 소개한다.

글의 마지막 부분은 갑자기 이야기 틀 밖으로 나온다. 저자는 다른 사람들에게 이 꿈을 이야기하는 중이고, 사람들은 그것을 비웃는다. 저자는 자기가 젊은이들을 격려하기 위해 이 이야기를 한다는 것을 밝힌다. 가난에 굴복하지 말고 용기 있게 교육을 선택하라, 자신의 재능을 저버리지 말라는 것이 그의 권고이다.

내가 학업을 막 마쳤을 때—그때 나는 이제 청년이 되어 가는 참 1
이었는데—, 아버지께서는 친구들과 함께 나에게 무엇을 가르쳐야
하는지 논의하셨다. 한데 대다수 사람이 보기에, 교육은 많은 수고
와 긴 시간 그리고 적지 않은 비용과 두드러진 재능을 요구하는 것
인데, 우리 집안은 대단치 않았고 얼른 어떤 도움이 필요한 상황이
었다. 그래서 만일 내가 어떤 손기술을 배운다면 우선 곧바로 내가
그 기술로 해서 제 몫의 비용은 벌 테고, 이 나이가 되어서 여전히
집안의 양식을 축내는 일은 없을 것이며, 머지않아 규칙적으로 집으
로 벌이를 가져와 아버지를 기쁘게 하리라는 게 그들의 의견이었다.

그렇게 해서 두 번째 문제가 제기되었는데, 기술 중 어느 것이 가 2
장 낫고, 가장 배우기 쉽고, 자유인에게 어울리며, 조달하기 쉬운 수

단을 사용하며, 충분한 수입을 보장하는지 하는 문제이다. 사람마다 자기 생각과 경험에 따라 다른 것을 추천하였는데, 아버지께서는 삼촌을 바라보며—그 자리에는 마침 내 어머니 쪽 삼촌이 있었는데, 그는 아주 뛰어난 조각가로 알려져 있었다—말씀하셨다. "자네가 여기 있는데 다른 기술이 승리하는 것은 온당치 않지. 자, 이 아이를"—그러면서 나를 가리키셨다—"데려다가 훌륭한 석공, 석조 건축가, 조각가가 되도록 가르치시게. 이 아이는 잘할 수 있을 걸세, 자네도 알다시피, 쓸 만한 자질을 갖고 있으니까." 아버지가 판단의 근거로 삼는 것은, 내가 밀랍으로 장난을 잘했었다는 점이었다. 선생들의 감시에서 벗어나기만 하면 나는 밀랍을 긁어서는 소와 말, 그리고 물론 사람까지, 아버지 보기엔 제법 비슷하게 만들곤 했었던 것이다. 나는 그것들 때문에 선생들에게 매를 맞곤 했었는데, 이번에는 그게 좋은 자질을 가졌다는 칭찬의 근거가 되었으며, 그 조물락거리던 것으로 판단하건대 내가 조각 기술을 금방 배우리라는 든든한 희망이 생겨나고 있었다.

    그 기술에 입문하기에 적당해 보이는 날이 되자 나는 삼촌에게 넘겨졌고, 나로서는 그게 그다지 나쁘지 않았다. 오히려 뭔가 꽤 재미있는 놀이를 하게 된 것으로 여겨졌고, 신들의 모습을 조각하고 나 자신을 위해, 또 내가 좋아하는 사람들을 위해 작은 조각상들을 조성하면 내 또래들에게 뽐낼 수 있으리라 생각되었다. 그 후 초보자들에게 첫 단계이자 관행적인 과정이 진행되었다. 삼촌은 내게 정을 하나 주고는, 앞에 놓인 돌판을 살살 두드리라고 명했던 것이다.

3

그러면서 흔해 빠진 격언을 덧붙였다, '시작이 전체의 절반이다'라고. 하지만 나는 경험이 없어서 너무 강하게 때렸고, 돌판이 깨져 버렸다. 그러자 삼촌은 화가 나서 곁에 있던 몽둥이를 집어 들고는, 전혀 부드럽지 않고 전혀 격려가 되지 않는 입문식을 거행했다. 그래서 눈물이 내 기술의 서곡이 되고 말았다.

나는 거기서 뛰쳐나와 집으로 달려갔다, 계속 훌쩍이며 눈에는 눈물이 흥건한 채로. 나는 몽둥이에 대해 일러바치고, 멍든 데를 보여 주었다. 삼촌의 지나친 잔인함을 규탄했다. 그가 이런 짓을 저지른 것은 내가 기술에서 자기를 능가할까 봐 그런 거라고 주장했다. 그러자 어머니는 나를 위로하고 자기 형제를 크게 비난했다. 밤이 왔을 때, 나는 여전히 눈물에 젖어 그 몽둥이를 생각하다가 잠이 들었다.

여기까지는 이야기가 우스꽝스럽고 어린애 같았다. 하지만 이후부터는, 사람들아, 당신들은 쉽게 무시할 수 없는 것을 듣게 될 것이다. 그것은 이야기 듣기를 아주 즐기는 청중을 요구하는 것이다. 호메로스의 구절을 인용하자면, "향기로운 밤에 내가 자고 있을 때, 신적인 꿈이 찾아왔었다."[1] 그 꿈은 어찌나 생생한지 사실에 비해 전혀 모자람이 없었다. 그래서 그렇게 긴 시간이 지났음에도 여전히 내게 나타났던 것들의 형태가 내 눈에 남아 있고, 내가 들은 소리들이 여전히 울리고 있다. 그 정도로 모든 게 또렷했다.

두 여인이 각기 내 손을 잡고는 자기 쪽으로 강하고 세게 잡아당

---

[1] 『일리아스』 2권 56행. 아가멤논이 제우스가 보낸 거짓된 꿈을 꾸고는 여러 사람 앞에서 하는 말이다.

겼던 것이다. 그녀들은 너무나 이기고 싶어 하며 잡아당겨서 나를 거의 찢어 놓을 지경이었다. 금방 한 여인이 이겨서 나를 완전히 소유할 것 같다가, 또 금방 다른 쪽이 나를 차지하게 되었다. 그녀들은 서로 상대에게 소리를 질러 댔는데, 하나는 내가 자기 것인데 상대가 차지하려 한다 했고, 다른 쪽은 상대가 공연히 남의 것을 놓고 다투는 중이라고 주장했다. 그런데 한쪽은 일꾼 같고 남성적이고 머릿결도 거칠었으며, 두 손에는 못이 잔뜩 박혔고, 옷을 올려 묶었으며, 마치 우리 삼촌이 돌을 쪼아 대고 있을 때 그렇듯 돌가루를 뒤집어쓰고 있었다. 한편 다른 여인은 매우 아름답고 몸맵시도 좋고 옷도 잘 차려입었다. 결국 그들은 자기들 중 누구와 함께하기를 원하는지 결정하도록 내게 맡겼다. 먼저 저 강하고 남성적인 여인이 말했다.

"사랑스러운 아이야, 나는 네가 어제 배우기 시작한 조각의 기술이란다. 너와 친숙하고, 집안 내력으로 봐도 너의 친척이지. 왜냐하면 너의 할아버지는"—그러면서 그녀는 나의 외할아버지 이름을 댔다—"석공이셨고, 너의 두 삼촌도 나를 통해 아주 유명해졌으니까. 네가 만일 저 여자의 잡담과 헛소리를 멀리하고"—그러면서 다른 여자를 가리켰다—"나를 따라가서 함께하기를 원한다면, 너는 아주 고상하게 키워질 것이고 더욱 튼실한 어깨를 가지게 될 것이며, 모든 질시와 무관하게 될 것이다. 또 너는 조국 땅과 친족을 떠나서 낯선 땅으로 가게 되지도 않을 것이며, 모든 사람이 말로만이 아니라 [사실에 있어]2) 너를 칭찬하게 될 것이다. 7

내 몸매가 볼품없는 것과 옷이 더러운 것을 혐오하지 말아라. 바 8

로 이런 것에서 시작해서 저 페이디아스[2]도 제우스를 보여 주었고, 폴뤼클레이토스[4]도 헤라를 만들었으며 뮈론[5]이 칭찬을 받았고, 프락시텔레스[6]도 경탄받게 되었다. 사실 이들은 신들과 더불어 경배를 받고 있지. 네가 이들 중 하나가 된다면, 어찌 네가 모든 사람 가운데 유명해지지 않을 것이며, 너의 아버지를 부러움 받는 사람이 되게 하지 않을 것이며, 너의 고향이 우러름을 받게 만들지 않겠느냐?"

기술의 여신은 이런 것들을, 그리고 이보다 더 많은 것들을 더듬거리면서 외국어 같은 말로 아주 많이 말했다. 아주 열심히 여러 얘기를 했고, 나를 설득하려 애썼다. 하지만 더는 기억하지 못한다. 이미 많은 것이 나의 기억에서 달아나 버렸기 때문이다.

그녀가 말을 마치자, 다른 여인이 대충 이런 식으로 말을 시작했다. "얘야, 나는 네가 이미 익숙하게 잘 알고 있는 '교육'이란다, 네가 비록 나를 완전히 체험하지는 못했지만. 네가 석공이 되면 얼마

9

---

2) 현재 전해지는 사본을 따르면 뜻이 연결되지 않아 내용을 보충했다.
3) 기원전 480년경~430년경. 희랍의 조각가. 올륌피아 제우스 신전의 제우스 상 조각으로 유명하다.
4) 기원전 4세기 초까지 활동했던 조각가. 아르고스 헤라 신전의 헤라 상으로 유명하다.
5) 기원전 480~440년경. 주로 청동 조각을 만들었던 엘레우테라이 출신 조각가. 그의 작품을 모사한 「원반 던지는 사람」이란 작품이 현재까지 전해진다.
6) 기원전 4세기 아테나이 출신의 조각가. 「크니도스의 아프로디테」, 「아기 디오뉘소스를 옮기는 헤르메스」 등의 작품이 전해진다.

나 많은 좋은 것들을 얻을지는 이 여자가 벌써 말했다. 그건 다른 게 아니라, 네가 막일꾼이 되어 몸으로 힘들게 일하면서 거기에 모든 삶의 희망을 두고, 액수도 적고 고상하지 못한 보수를 받으며, 지성도 보잘것없고 출세와 관련해서도 별 볼 일 없게 된다는 뜻이다. 친구들이 따르지도 않고 원수들에게 두려운 존재가 되지도 못하고, 또 시민들이 부러워하지도 않게 된다는 뜻이지. 너는 그저 그냥 막일꾼으로 대중 속의 한 사람이고, 늘 윗사람 앞에 몸을 움츠리고, 말 잘하는 사람의 시중을 들면서 산토끼 같은 삶을 영위할 것이며, 강자는 너를 만난 걸 횡재로 여길 것이다. 설령 네가 페이디아스나 폴뤼클레이토스가 되어 많은 놀라운 작품을 만들어 낸다 해도, 모두가 너의 기술은 칭찬하겠지만, 너를 본 사람 중 그 누구도, 지각이 있다면, 너처럼 되게 해 달라고 기원하지 않을 것이다. 왜냐하면, 네가 어떤 사람이든 간에, 너는 기계적 존재이고, 손으로 일을 해서 손으로 먹고사는 사람으로 여겨질 테니 말이다.

하지만 네가 내 말을 따른다면, 나는 우선 네게 옛사람들의 많은 작품을 보여 줄 것이고, 그들의 놀라운 행동과 말들을 전해 줄 것이며, 말하자면 너를 모든 것에 통달한 자로 만들어 줄 것이다. 그리고 너에게 가장 중요한 것, 영혼에 대해서 말하자면, 나는 그것을 많은 아름다운 장식으로 치장할 것이다. 절제, 정의, 경건, 온화함, 합리성, 이해력, 강건함, 아름다운 것들에 대한 애정, 숭고함을 향한 열정으로써 말이다. 이것들은 진실로 영혼의 순수한 장식이기 때문이지. 또 너는 과거에 있었던 일도, 현재 이뤄져야 하는 일도 놓치지 않을

10

것이며, 앞으로 일어날 일까지도 나와 함께 보게 될 것이다. 한마디로, 나는 네게 신적인 것이든 인간적인 것이든 모든 있는 것을 단시간 내에 가르치겠노라.

너는 지금 무명인의 가난한 아들로, 이러한 고상치 못한 기술에 대해 뭔가 계획하고 있지만, 잠시 후면 모든 사람의 부러움과 질투의 대상이 될 것이다. 존경과 찬양을 받고, 가장 뛰어난 자들 가운데서 명성을 누릴 것이며, 혈통이나 부유함으로 두드러지는 자들에게 우러름을 받을 것이다. 그리고 이와 같은 옷을 입고서"―그러면서 그녀는 자기 옷을 가리켰다. 그것은 찬란한 빛을 발하고 있었다―"타인을 다스리고 지도할 자격이 있는 것으로 여겨질 것이다. 혹시 네가 외국 땅 어디론가 간다 하더라도, 너는 그 이국땅에서조차 두드러지는 것 없는, 흐릿한 인물이 아닐 것이다. 나는 네게 그러한 표지를 덧붙이리라. 그래서 너를 보는 모든 사람이 옆 사람을 툭툭 치며 손가락으로 너를 가리키고, '이 사람이 바로 그 사람이야'라고 말할 것이다.

또 만일 어떤 진지하게 다뤄야 할 일이 친구들에게, 혹은 도시 전체에 닥치면, 모든 사람이 너를 바라볼 것이다. 혹시 어디선가 네가 무슨 말이라도 하게 되면, 많은 사람이 입을 벌리고 경청할 것이다. 그들은 경탄할 것이고, 그렇게 말 잘하는 것에 대해 너를 행복하다 여길 것이며, 그런 행운을 누리는 것에 대해 너의 아버지를 행복하다 여길 것이다. 사람들이 흔히 하는 말, 즉 인간들 중 어떤 이들은 불멸의 존재가 된다는 그 말을 나는 네게 이루어 줄 것이다. 너 자

기술의 여신과 교육의 여신

신은 삶으로부터 떠나가겠지만, 설사 그렇다 하더라도 너는 결코 교육받은 자들과 함께하기를, 그리고 탁월한 자들과 교유하기를 그치지 않을 것이기 때문이다. 너는 저 데모스테네스[7]가 어떤 사람의 아들인지, 내가 그를 얼마나 위대하게 만들었는지 알고 있다. 너는 또 아이스키네스[8]도 알고 있다. 그는 튐파논[9]을 연주하는 여자의 아들이었지만 내 덕에 필립포스가 그를 섬기게 되었다. 그리고 소크라테스도 원래는 이 조각의 여신에게 양육을 받았지만,[10] 더 나은 것이 무엇인지 깨닫자마자 그녀에게서 도주하여 내게 합류하였다. 그래서 너는 지금 그가 모든 사람에게 어떻게 칭송받는지 듣고 있다.

하지만 만일 네가 이렇게 위대하고 이렇게 뛰어난 사람들, 빛나는 업적들, 고귀한 언어, 품위 있는 모습을 저버린다면, 명예, 영광, 칭송, 특권, 권력, 관직들, 그리고 유창하다는 평판, 남들이 너의 이해력에 보내는 감탄을 저버린다면, 너는 지저분한 외투 나부랭이를 걸치고 노예 같은 꼴이 될 것이다. 손에는 지레와 끌과 정과 홈파는 도구를 들고서 일감 위에 몸을 구부리고 지낼 것이다. 너는 바닥에 떨어진

13

---

7) 기원전 4세기 아테나이 연설가. 플루타르코스는 데모스테네스의 아버지가 상층 계급이고 큰 무구 공장을 운영했던 것으로 전하는데, 여기서 여신은 그가 마치 빈한한 가정 출신인 것처럼 말하고 있다.
8) 기원전 4세기 아테나이 연설가. 처음에는 마케도니아에 대항하여 도시 국가들의 독립을 옹호하였지만, 나중에 평화 조약 협상단으로 마케도니아에 파견되어 필립포스의 호의를 얻었다.
9) 현대의 탬버린 비슷한 악기.
10) 소크라테스의 아버지 소프로니스코스는 석공이었다고 알려져 있다.

자가 되어 바닥을 추구하며 모든 면에서 저열하게 될 것이다. 머리를 들지도 못하고, 남자다운 것, 자유인다운 것은 아무것도 생각지 못할 것이며, 제품을 균형 좋고 모양 좋게 하는 것에만 몰두할 뿐, 어떻게 하면 자신이 균형 잡히고 질서 있게 될지는 전혀 생각도 하지 못할 것이다. 그러니 너는 자신을 돌덩이보다 가치가 덜한 것으로 만드는 셈이다."

그녀가 아직 이런 말을 하고 있는 사이에, 나는 말이 끝나기를 기다리지 못하고 벌떡 일어나 내 뜻을 밝히고 말았다. 나는 저 아름답지 못한 일꾼 여신에게 등을 돌리고, 크게 기뻐하며 교육의 여신에게로 넘어갔다. 그것은 특히 내 마음속으로 저 몽둥이가, 그리고 그것이 어제 일을 막 시작한 내게 적지 않은 매질을 퍼부었다는 사실이 들어왔기 때문이기도 하다. 버림받은 여신은 처음에는 분노하여 두 손을 마주 쳐 때리며 이를 갈았다. 하지만 결국, 우리가 니오베가 그랬다고 듣는 것처럼, 굳어져서 돌로 변했다. 그녀가 예상 밖의 일을 당하긴 했지만, 이 이야기를 불신하지는 마시라. 꿈이란 원래 놀라운 일들을 만들어 보이는 법이니 말이다.

다른 여신은 내 쪽을 보면서 말했다. "그러니 나는 이 공정함에 대해서 네게 보상해 주리라. 너는 훌륭한 판정을 내렸으니 말이다. 자, 이제 이 전차에 올라타라." 그러면서 그녀는 페가소스와 비슷한 날개 달린 말들이 끄는 전차를 가리켰다. "네가 만일 나를 따르지 않았더라면 어떠한 것, 얼마나 대단한 것을 놓치게 되었을지 알게 하려는 거다." 내가 올라타자, 그녀는 말을 몰고 고삐를 다루어 갔

14

15

다. 나는 높이 올라가서는, 동쪽에서 시작해서 서쪽에 이르기까지 도시들과 종족들, 민족들을 살펴보았다, 마치 트립톨레모스[11])처럼 땅에 무엇인가 씨앗을 뿌리면서. 하지만 나는 저 씨앗이 무엇이었는지 더는 기억하지 못하고, 그저 사람들이 밑에서 올려다보면서 나를 칭송했던 것과, 내가 날아서 사람들 위로 지나가면 그들이 찬양하며 수행했던 것만 기억난다.

내게 이런 것을 보여 주고, 나 자신을 저 칭송자들에게 보여 주고 16 나서, 그녀는 나를 다시 원래대로 데려다 주었다. 한데 나는 날기 시작할 때 입고 있었던 것과 같은 옷이 아니라, 멋진 자줏빛 옷을 입은 채 돌아온 것으로 보였다. 그녀는 내 아버지가 서서 기다리는 것을 보고는 그에게 내 옷과, 내가 어떤 상태로 돌아왔는지를 가리켜 보였다. 그녀는, 나와 관련하여 거의 달성될 뻔했던 계획이 어떤 것인지를 살짝 상기시키기까지 했다.

내가 기억하기에 이것은 내가 아직 어린애여서 꾼 꿈이고, 아마도 매 맞는 것에 대한 두려움 때문에 마음이 흔들려서 그랬던 것 같다.

내가 아직 얘기를 하고 있는데 누군가 말했다. "헤라클레스 맙소 17 사! 얼마나 길고 지루한 꿈인가!" 그러자 다른 사람이 끼어들었다. "겨울 꿈이군. 밤이 아주 길 때 꾸는. 아니면 헤라클레스처럼[12]) 이

---

11) 데메테르의 명을 받아 날개 달린 수레를 타고서 온 세상에 농사법을 퍼뜨렸다는 영웅.
12) 제우스는 알크메네와 결합하여 헤라클레스를 낳을 때, 밤의 길이를 세 배로 늘였기 때문에 헤라클레스는 보통 사람 세 배의 힘을 갖게 되었다고 한다.

것도 사흘 밤에 이뤄진 모양이군. 한데 대체 그가 우리에게 이따위 헛소리를 늘어놓을 때 그에겐 무슨 생각이 들었던 거야? 어린 시절의 밤과 케케묵은 늙어 버린 꿈을 회고하다니! 썰렁한 얘기는 철이 지났다네. 우리를 꿈풀이하는 사람으로 여긴 건 아니겠지?" 그렇지는 않다, 좋은 친구여. 그리고 크세노폰도, 그가 꿈 얘기를 할 때, 그러니까 벼락이 떨어져서 자기 아버지 집과 다른 것들을 태우는 꿈을 꾸었다고 했을 때―당신들도 알겠지만―, 그 꿈의 해석을 바라거나 헛소리를 지껄이겠다는 의도를 가지고서 전한 것이 아니다. 특히 전쟁 중이고, 적들에 에워싸인 절망 상태였으니 말이다. 그보다는 그것을 이야기하는 게 어떤 유용성을 갖고 있었기 때문이다.[13]

나 역시 이 꿈을 당신들에게 이야기하는 것은 젊은이들이 더 나은 쪽으로 방향을 돌리고 교육을 많이 받도록 하려는 목적에서다. 특히 그들 중 누군가가 가난 때문에 용기를 잃고서, 나쁘지 않은 재능을 저버리고 더 못한 쪽으로 기울지나 않을까 걱정이 되어서다. 나는 확신한다, 저 사람도 이 이야기를 들으면 용기를 얻으리라고. 그는 나를 자신이 따를 만한 모범으로 놓고, 내가 가장 아름다운 것

18

---

[13] 크세노폰이 자기 집에 벼락이 떨어지는 꿈을 꾼 것은 『페르시아 원정기』 3권 1장 11절 이하에 나온다. 하지만 크세노폰은 이 꿈을 꾸고 나서, 사람들에게 이야기한 것이 아니라 최선을 다해 현 상태를 극복하자는 결심을 굳혔을 뿐이다. 크세노폰이 좋은 꿈을 꾸는 사건은 『페르시아 원정기』 4권 3장 7절 이하에 또 한 번 나오는데, 이번에는 자신이 차꼬에 묶였다가 그것이 저절로 풀리는 꿈이었다. 그는 이 꿈을 길몽으로 여기고 다른 지휘관에게 얘기해 준다. 루키아노스는 두 꿈을 혼동한 듯하다.

들을 향해 출발했을 때, 교육받기를 갈망했을 때 어떤 처지에 있었는지를 생각할 것이고, 그럼에도 내가 당시의 궁핍에 대해 아무 두려움도 갖지 않았음을 생각할 것이다. 그리고 내가 어떠한 모습으로 당신들에게로 돌아왔는지도 생각할 것이다. 다른 것은 다 없다 치더라도, 최소한 석공 중 그 누구보다 나의 명예가 덜하지는 않으니 말이다.

작
가
에
대
하
여

　루키아노스의 생애에 대해서는 대충의 사실만 알려져 있다. 그는 서기 120년경 출생한 것으로 보이며, 그의 고향은 당시에는 로마 제국에 속했고, 현재는 터키에 속한 사모사타(Samosata)이다.(유프라테스 강 서안에 있던 이 도시의 유적은 현재 아타튀르크 댐 때문에 수몰되어 있다.) 그는 자신을 시리아인이라고 칭하고 있지만 그가 정말로 혈통상 셈족에 속하는지는 확실치 않다. 그가 원래 사용했던 언어는 아람어(Aramic, 예수의 구어)였던 것 같지만, 글은 희랍어로 썼다. 그가 활동하던 시기는 이른바 '제2소피스트 운동'(서기 1세기 중반~3세기 전반에 수사학을 중심으로 한 지식인들의 활발한 활동)이 있었던 때로, 그는 헤로이데스 앗티쿠스, 디온 크뤼소스토모스 등과 함께 이 운동의 주요 인사로 꼽힌다.(학자에 따라서는 플루타르코스를 포함시키기도 한다.) 그는 특히 앗티케주의(Atticism)의 대표 인사로, 고전기의 아테나이 저자들이 사용하던 어휘와 표현들을 모범으로 삼고, 자기 시대의 구어적 표현들은 배척한 것으로 알려져 있다.

그가 자신에 대해 써 놓은 내용을 모두 믿기는 어렵지만, 이 책에 실린 「꿈, 또는 루키아노스의 생애」에 따르면 그는 초년에 석공인 아저씨 밑에서 도제로 일을 배우려다가 포기하고 수사학으로 방향을 돌렸던 듯하다. 당시에 수사학자가 하는 일은 법정에서 자신이 직접 변론을 하거나, 아니면 다른 사람을 위해 변론문을 써 주는 것, 그리고 학생들에게 변론 기술을 가르치는 것이었다. 하지만 그는 이런 일보다는 여기저기 여행하며 주로 지식 계층을 상대로 연설 능력을 과시하는 데 주력하였다. 그는 이오니아와 희랍, 이탈리아를 거쳐 갈리아 지방까지 여행하였고, 이 과정에서 명성도 재산도 얻었다. 그가 생을 마친 것은 서기 180년 직후 아테나이에서였던 듯하다.

그의 이름으로 전해지는 작품들은 80편이 넘는데, 일부 위작도 섞인 것으로 보인다. 하버드 대학 출판부에서 발간한 로엡(Loeb) 총서로는 여덟 권이니, 대체로 희랍 3대 비극 작가가 남긴 작품 전체와 비슷한 분량이다. 이 가운데는 수사학자들이 일반적으로 주제로 삼는 특정인에 대한 칭찬이나 비판, 추상적 주제에 대한 논문, 자세한 묘사글 등도 있지만, 그의 가장 특징적인 작품들은 풍자성 강한 대화편들이다.(어떤 학자는 이런 특성에 비추어 그가 수사학을 떠났다는 것은 그냥 겉으로만 하는 말이고, 실제로는 형식만 바꿔서 여전히 수사학적인 작업-비판-을 계속했다고 평가하기도 한다.) 그는 철학자도 도

덕가도 아니었고, 사회를 개혁하거나 비판하는 것이 그의 주된 목표도 아니었다. 그는 그저 연설가로, 이야기꾼으로 청중을 즐겁게 해주고자 노력했을 뿐이다. 그래서 그의 풍자적인 글들도 정말 심각한 풍자라기보다는 오히려 희극에 더 가깝다는 평가를 받는다.

그가 남긴 것 중 가장 유명한 작품은 이 책에 소개된 「진실한 이야기」와 「죽은 자들의 대화」이다.(「신들의 대화」도 매우 유명하나 이 책에 담지는 못했다.) 이 책에 실린 작품들에서도 드러나듯이 그는 에피쿠로스를 매우 존경하였다. 그래서 에피쿠로스 혐오자로 알려진 아보노테이코스 출신의 알렉산드로스(이 사람은 에피쿠로스의 책들을 불태웠다고 한다)를 비웃는 작품 「거짓 예언자 알렉산드로스」를 쓰기도 했다. 루키아노스가 쓴 작품 중 「페레그리노스의 죽음」은 기독교인들이 얼마나 잘 속아 넘어가고 남에게 잘해 주는지를 그리고 있는데, 이 작품은 이교도의 눈에 비친 초기 기독교인의 모습을 보여 주는 자료로 꼽힌다. 「거짓말 애호가들, 또는 믿을 수 없는 자들」은 마법을 신봉하는 사람들의 이야기를 담았는데, 디즈니 영화 「판타지아」에 나온 '마법사의 제자'와 비슷한 내용이 있어서 흥미를 끈다. 루키아노스는 그 자신이 최초의 소설가 중 하나로 꼽히기도 하지만, 로마 시대의 소설을 대표하는 아풀레이우스의 「황금 당나귀」(또는 「변신 이야기」)에 큰 영향을 준 것으로 알려져 있다. 「루키오스, 또는 당나귀」라는 작품에 그 대체적인 줄거리와 공통 요소들이 있어서이다.

이상에서 루키아노스의 대체적인 생애와 작품 성향, 몇 가지 특징적인 작품들에 대해 언급했다. 독자들은 그가 바랐던 대로, 그의 작품에서 즐거움을 찾아내고 그것을 한껏 느리시기 바란다.

찾아보기

ㄱ

「개구리」 97
『걸리버 여행기』 6
「고르기아스」 117
『국가』 67
「꿈, 또는 수탉」 70, 73, 108, 111, 171~172

ㄴ

나르킷소스 64, 67, 167
나우플리오스 76, 78
네스토르 55, 64, 173, 237~238
노마(누마 폼필리우스) 63~64
「니그리노스」 54
니레우스 167, 207, 247~248

ㄷ

다레이오스 189, 231, 234
다마시아스 210, 215
다목세노스 160
다프네 19, 180
「달세계 여행」 6

담닙포스 204
데모스테네스 226, 259
『도서관』 55, 180
디오게네스 6, 65, 100, 156~162, 167, 171, 182~186, 191~195, 216~219, 222~224, 245~246
디오뉘소스 18, 190
디오메데스 72, 170

ㄹ

라다만튀스 57, 65~66, 72, 74~76, 92, 106, 116~121
라에르테스 225
람피코스 209~210, 215
레다 167
레우코테아 81
레테 92, 95, 121, 149, 195, 243
루키아노스 4~8, 54, 58, 64, 66, 68, 70, 72, 76, 78, 90, 97, 99~100, 115, 158, 250~267
뤼카온 180
뤼쿠르고스 63~64

륑케우스 133, 178

ㅁ
마우솔로스 245~246
마이아 126
마이안드리오스 143
메가라 209
메가펜테스 92, 101~107, 118~121
메넬라오스 57, 74, 239~240
메닙포스 156, 158, 162~182, 209, 211~216, 247~248
메데이아 179
「메데이아」 200
멜레아그로스 238
모이라 227, 241
무사(Mousa) 여신 13, 73
뮈론 255
미노스 58, 60, 226~236
미노타우로스 87
미다스 164~166, 170
미퀼로스 92, 107~112, 114~118
밀론 124, 134~135

ㅂ
베르길리우스 5
『변신 이야기』 64
부시리스 72
『비교 인물전』 64
비톤 136

ㅅ
『사랑의 기술』 100
사르다나팔로스 151, 164~166, 170~171, 174

사르페돈 27
살모네우스 54~55
「새」 36
소스트라토스 226~229
소크라테스 5~6, 64~65, 67, 71~73, 156, 166, 173~174, 217, 259
「소크라테스의 변명」 72
솔론 63~64, 124, 136~141, 172
스퀼라 134
스키론 72
스키피오 229, 236
스킨타로스 43, 52, 57, 73, 85
스테시코로스 62
시게이온 151
시퀼로스 205~208
『신들의 계보』 54

ㅇ
아가멤논 150, 170, 224~226, 253
「아기 디오뉘소스를 옮기는 헤르메스」 255
아나카르시스 63
아나크레온 62
아누비스 192
아드메토스 244
아레오스 70
『아르고 호 이야기』 65, 76, 133
아르테미시아 246
아리스타르코스 68
아리스테이데스 58
아리스토텔레스 6, 156, 194~195, 232
아리스토파네스 36, 97, 100
아리스팁포스 65, 173
아뮌타스 187

「아바타」 5~6
아에돈 180
아이도네우스 243
아이소포스 65
아이스키네스 259
아이아스 57, 63, 72, 134, 151, 216, 224~226
「아이아스」 224
아이아코스 97, 128, 154, 163, 170~174, 183, 194, 196, 239~241
아킬레우스 67, 70, 72, 97, 106, 151, 167, 170, 207, 224~225, 237~239
아트로포스 93, 97~98, 109
아폴론 19, 64, 73, 171, 181
아풀레이우스 5, 266
아프로디테 206, 255
아피스 142
안티마코스 86
안티스테네스 158, 217~222
안티폰 80
안틸로코스 237~239
알렉산드로스 6~7, 58, 64, 156~157, 187~195, 229~232, 235, 266
「알렉산드로스」 188~189, 191~192, 195, 231
알케스티스 244
알크메네 184, 261
알키노오스 14
암몬 187, 190~191, 230
암피트뤼온 184, 186
암필로코스 181
『앗티카의 밤』 159
에리뉘스 115~116
에우노모스 62

에우뤼디케 244
에우리피데스 179, 200
에우클레이데스 99
에우포르보스 69~70, 171
에페이오스 70
엔뒤미온 21, 24, 28~29, 34
엠페도클레스 6, 69, 172
『역사』 42, 62~64, 136, 138, 142~143, 154
『연설가 교육론』 159
오뒷세우스 14, 62, 64, 69~70, 76, 81~82, 108, 148, 151, 170, 207, 216, 224~226, 237~238
『오뒷세이아』 68~69, 76, 79, 82, 106, 108, 130, 142, 149, 151, 170, 183, 198, 224, 237
오로이테스 143, 220~221
오르페우스 244
오시리스 192
오트뤼아데스 153~154
올륌피아스 191, 231
이도메네우스 170
이로스 150
이암불로스 14
이올라오스 198
「인디카」 14
『일리아스』 27, 68~70, 126, 133~135, 148, 151, 168, 170, 207, 216, 237~238, 247, 253

ㅈ

자몰크시스(살목시스) 24
『저명한 철학자들의 생애와 사상』 100, 159, 171~172

「접대부들의 대화」 115
제노도토스 68~69
제노판토스 202~203

ㅊ
「철학자를 팝니다」 66, 70, 73, 111, 160

ㅋ
카론 7, 93~99, 107, 112~114, 124~139, 141~154, 162~164, 195~197, 208
「카론」 97
카뤕디스 134
카르몰레오스 209
카르미데스 174
카프로스 70
칼륍소 50, 75~76, 81~82
칼리데미데스 202~203
칼리스테네스 195, 231
캄뷔세스 124, 135, 142
케이론 176~178, 237
코드로스 207
퀴니스코스 92, 100~101, 107, 113, 115~121
퀴로스 58, 63, 124, 135, 140~142, 170, 188
퀴클롭스 108, 134
크네몬 204
「크니도스의 아프로디테」 255
크라테스 216~222
크라톤 210~211, 215
크로이소스 64, 124, 136~141, 164~165, 170~171, 174
크뤼십포스 66
크세륵세스 170~171

크테시아스 14, 78
클레아르코스 188
클레오키스 136
클레이토스 188, 195, 231
클로토 92~96, 98~109, 112~114, 141, 143, 227~228
키뉘라스 73~74, 78
키르케 81

ㅌ
탄탈로스 144, 175~176
탈레스 172
테르시테스 69, 150, 247~248
테륍시 온 199~202
테세우스 57~58, 67, 70, 72
테아게네스 99
테이레시아스 156, 178~180, 224
테티스 150, 225
텔라몬 57, 63, 72, 225
텔레고노스 81
텔로스 64, 138
토뮈리스 142
튀로 54~55, 167
트로포니오스 181~182
트립톨레모스 261
티몬 77
티시포네 115~116
티토노스 202
티튀오스 226

ㅍ
파리스 240
파에톤 21, 23, 26~28, 35
파온 206

찾아보기 271

파이드로스 174
「파이드로스」 62
팔라리스 72
팔라메데스 64, 173
페넬로페 76, 82
「페레그리노스의 죽음」 99, 266
페르딕카스 192
페르세포네 241, 244
『페르시아 원정기』 58, 188, 262
「페르시카」 14
페리안드로스 64
페이디아스 255~256
펠레우스 225, 237
포세이돈 39, 41, 44, 52, 55, 134
포이닉스 237
포키온 63
폴뤼데우케스 157, 159~162
폴뤼스트라토스 205~207
폴뤼크라테스 124, 143
폴뤼클레이토스 255~256
퓌리플레게톤 25, 132, 170, 226
퓌타고라스 69~70, 73, 171~172
프락시텔레스 255
프로테실라오스 125, 239~244
프루시아스 235
프톨레마이오스 192
플라톤 62, 65~67, 72~73, 117, 173
「플루토스」 100
플루톤 95, 128, 162, 164~165, 170, 183, 197~201, 241~244
피네우스 178
피튀오캄프테스 72
필립포스 58, 156, 187~191, 226, 229, 232, 259

핏타코스 172

ㅎ

하데스 95, 109, 126, 150, 170, 175, 177, 184, 196, 211, 241, 243, 248
하스드루발 230
한니발 7, 58, 229~230, 235~236,
「할론네소스에 대하여」 226
헤라클레스 7, 16, 18, 65, 70, 72, 115, 131, 151, 176, 182~186, 190, 198, 244, 261
「헤라클레스의 자식들」 198
헤로도토스 42, 56, 62~64, 78, 136, 142, 154
헤르메스 7, 92~93, 96~100,
헤시오도스 54, 68, 70
헤파이스토스 126
헤파이스티온 189
헥토르 243
헬레네 50, 57, 62, 73~74, 167~168, 239
호메로스 5, 14, 26, 62, 67~70, 73, 79, 82, 130~131, 133~134, 147, 151, 153, 168, 170, 187, 216, 231, 247~248
『황금 당나귀』 5
휘아킨토스 64~65, 67, 167
휠라스 64
「희랍인들에게 보내는 권고」 62
힙포켄타우로스 184
힙포크라테스 57